Felix Haß

Sein letzter Schritt

Kriminalroman

Querverlag

Die Handlung, die Figuren und manche Schauplätze dieses Romans sind fiktiv. Ähnlichkeiten mit lebenden und toten Personen sind unbeabsichtigt.

Erste Auflage September 2017

Lektorat: Rainer Hörmann

Umschlag und grafische Realisierung von Sergio Vitale unter Verwendung eines Fotos des Autors
Gesamtherstellung: FINIDR
ISBN 978-3-89656-255-5
Printed in the Czech Republic

Bitte fordern Sie unser Gesamtverzeichnis an:
Querverlag GmbH
Akazienstraße 25, 10823 Berlin
www.querverlag.de

There must be something wrong with me.
Seasick Steve

1

AZ 1612-BE/77 II/Dokument 2/1:
Internetforum, Verfasst: Di., 4. Feb. 2014, 3:37, Autor:
The Great Pretender

Hilfe, ich weiß nicht, was mit mir passiert.

Es hat gerade erst wieder angefangen, dass ich diese Gedanken habe, die letzten paar Nächte. Sie waren lange verschüttet, aber jetzt kommen sie zurück. Mir ist wieder eingefallen, dass ich schon davon fantasiert habe, als ich noch ein Kind war. Die letzten Nächte konnte ich nicht einschlafen. Ich dachte immer daran. Der rationale Teil meines Gehirns schreckt natürlich davor zurück, aber ich kann die Gedanken und die Bilder in meinem Kopf nicht stoppen.

Wenn ich versuche, meine Gedanken zu durchbrechen, sie abzutöten, dann träume ich davon. Ich stelle mir vor, wie ich es tue. Wie ich es wirklich tue.

2

Es fing alles mit diesem Bein an, das wir gefunden haben.

Dessen Fund uns zugetragen worden war. Ich meine, ich laufe ja nicht selbst durch die Gegend und finde Beine.

Es war so ein bisschen angegammelt. Es hatte im Wasser gelegen. Es war, könnte man sagen, ganz schön eklig.

Streng genommen war zu diesem Zeitpunkt noch nicht vollkommen klar, ob das überhaupt ein Fall für uns werden würde, ob wir es mit einem Tötungsdelikt zu tun hatten. Das musste ja nicht unbedingt sein. Und für Körperverletzung und so Pillepalle sind wir ja nicht zuständig. Genau genommen war ja keine Leiche gefunden worden.

Andererseits, irgendwie ... so ein Bein, ich meine ... Es machte schon Sinn, den Fall uns zu geben.

Auch wenn es natürlich ein verdammter Haufen Arbeit werden würde.

Was ich mochte, war der Fundort. Der Wannsee. Hatte viel Zeit hier verbracht und würde das wieder tun, wenn das Arbeitspensum es zuließe. Wenn die Stahlkralle des Verbrechens, die unsere *failed city* im Griff hatte, die Berlin ausquetschte wie einen nassen, verschimmelten Schwamm, mir wieder ein wenig Zeit lassen würde.

Wir gingen die Treppen runter. Hochsommer, und was für einer. Mitte Juli 2015, knackig heiß. Keine Wolke am Himmel. Zu unseren Füßen lag das einzige Bauwerk der Welt, an dem man den Schwarzen Freitag ablesen kann, wie mir mal wer erzählt hat, der behauptete, sich auszukennen. Vielleicht stimmt es nicht, aber es klingt gut, wer will also wissen, ob es stimmt? Genau an diesem Tag im Jahre 1929, dem Schwarzen Freitag, so erzählt die Legende, wurde aufgehört, das Strandbad weiterzubauen. Und so ist es bis heute nur zum Teil fertig.

Schon 1907 war begonnen worden, das Ufer des Wannsees zu einem Strandbad umzubauen, und ab 1909 hatten sich hier Clubs gegründet, unter anderen der „Club fideler Sonnenbrüder“. Nach meiner Erfahrung gibt es diesen Club bis heute – wenn auch in vielleicht etwas abgewandelter Form, ohne den Namen und eine allzu feste Struktur. Aber fidel sind sie, die Brüder, das kann ich bezeugen.

1982 wurde der Wannsee in dem Lied *Sommersprossen* von *UKW* ein Teil der Neuen Deutschen Welle, besonders wichtig natürlich die Zeile: „Auf den Terrassen, obendrauf, trifft Helmut seinen schönen Klaus.“ Und auch Praunheim hat dem Strandbad in seinem großen Film

Nicht der Homosexuelle ist pervers, sondern die Situation, in der er lebt einen gewissen Raum gegeben.

Wir schritten also die Treppen hinab. Vor uns breitete sich der See aus. Unten angekommen wendeten wir uns nach rechts und gingen den Gang unter den besungenen Terrassen entlang. Es war die Hitze des frühen Nachmittags. Heute Abend würde das Gebäude wieder kupfern in der Abendsonne leuchten. Aus irgendwelchen Gründen, die sich mir bis heute nicht gänzlich erschlossen haben, schließt das Strandbad viel zu früh, schon um 20 Uhr. An manchen Tagen aber sind die Oberen gnädig, so dass sie es länger, hin und wieder bis 22 Uhr, offen lassen.

Große Abende, das.

Wir gingen also weiter – Klawitter schritt voran. Andrea und ich einen halben Schritt rechts und links hinter ihm, und ganz links, einen weiteren halben Schritt zurück, Kollegin Monika. Wir gingen zügig, weil wir aussehen wollten wie in einer amerikanischen Fernsehserie oder einem Film. Wo die Bullen so ganz cool auflaufen, in einer Formation mit einer Spitze vorne, Entschlossenheit ausstrahlend, Kompetenz, Sicherheit, Dynamik – und vor allem natürlich Wichtigkeit, besser: Bedeutung.

Wir kamen unter dem Schild durch.

Zur Orientierung: Rechts von uns ist das Gebäude des Strandbades, Umkleiden, Duschen, Toiletten, Imbissstände, über uns die Terrassen, links trennt uns nur ein Geländer vom Sandstrand und dann vom See.

Wir kamen gerade an die Stelle, an der der Strand geteilt ist, wir verließen den Textil-Bereich und betraten die FKK-Zone. Über uns prangte besagtes Schild, in erhabenen, goldenen Lettern auf rotem Grund, massiv, ehrwürdig, respekteinflößend: *„Traditional Gay Fucking Since 1909".*

Okay, ich gebe zu, dieses Schild gibt es nicht. Ich sehe es nur immer vor meinem geistigen Auge.

Es stellt die Dinge in einen größeren Zusammenhang, es gibt Gewicht.

Links neben uns am Strand erst noch die nackten Heteros, die ältere – eigentlich kann man sagen: alte – Frau, die unter ihrer pergamentenen Haut nur Knochen zu haben scheint, ein paar Familien mit dicken Papis, die auf die Schwulen schielen und die später gelegentlich, weiter hinten, zufällig über den Homostrand spazieren, sich vollkommen verlaufen haben, Mensch, wie komme ich nur hierher und was macht dieses dicke Ding in meinem Mund?

Ich war heute vollkommen bekleidet, sogar Schuhe hatte ich an! Es ist eine Schande, beschuhten Fußes über die Holzbohlen zu laufen, nicht den feinen Sand zu spüren. Aber so im Job, mit Klawitter und den anderen im Schlepptau: Was will man tun?

Klawitter ist mein Chef. Er ist Mitte fünfzig, glaube ich, aber wir sprechen nicht darüber. Kollegin Andrea ist, nach meiner Vermutung ... also: darüber sprechen wir noch viel weniger. Ich könnte mir vorstellen, dass der erste Buchstabe ihrer Altersangabe ein „V" ist – aber das würde ich nie in ihrer Anwesenheit erwähnen. Meine liebe Monika, Kollegin Nr. 3 – und was meine persönliche Sympathie betrifft: Kollegin Nr. 1 –, ist 26. Sie ist die Einzige von uns, auf deren alljährlichem Geburtstagskuchen eine Zahl zu finden ist.

Über mein Alter redet man sowieso nicht, also bitte. Es ändert sich ja auch ständig.

Wir schritten weiter dynamisch voran und sprachen kein Wort. Diese stille, wortlose Entschlossenheit unterstrich unsere Bedeutung.

Langsam begann man zu spüren, dass etwas anders war. Nervosität lag in der Luft. Der See war zwar bereits auf der ganzen Breite des Strandes gesperrt gewesen, bei den Heteros und den sonst stets fröhlich planschenden Türken am anderen Ende genauso wie hier, aber während man sich vorne noch keinen rechten Reim darauf machen konnte, vielleicht auch nicht wollte, man meckerte mehr so allgemein über die da oben, „Ich hab doch Eintritt gezahlt und jetzt darf ich nicht ins Wasser", während also Unkenntnis herrschte, kamen wir langsam und, ich wiederhole mich: spürbar, in eine Zone, in der besorgte Blicke vorherrschten, ausgetauscht wurden, sich eine gewisse Ruhe verbreitet hatte, Gespräche, wenn überhaupt, dann leise geführt wurden, Gäste, die vielleicht noch nicht alle wussten, was genau passiert war, aber doch, dass es etwas Ernstes war.

Und schließlich kamen wir in den Bereich, in dem die Nachricht sich bereits rumgesprochen hatte: Da ist ein Bein zu viel unterwegs. Leute standen in kleinen Gruppen zusammen und redeten, manche bedrückt, manche scherzend. Wir waren ganz am Ende des Ganges, wo es keine Hetero-Männer mehr gibt, nur gelegentlich junge Frauen, mit teilweise, man muss das einfach sagen, schlicht atemberaubenden Körpern, die sich unter den Schwulen splitterfasernackt zu Recht vollkommen wohlfühlten, unter Heteros würden sie im Minutentakt angebaggert werden.

Schon eklig, diese Heteros.

Rechts ist der Kiosk mit dem freundlichen älteren Verkäufer, der mir mal ein paar seiner privaten Zigaretten geschenkt hat, weil es in dem ganzen Kack-Strandbad keine zu kaufen gibt! Und mit dem ich mal gequatscht hatte, an irgendeinem Tag, so um 17:30 Uhr, dass jetzt wohl keiner mehr kommen würde, wegen der Öffnungszeiten, siehe oben, und der daraufhin gesagt hatte, er hoffe doch, dass schon viele gekommen wären.

Jaja.

Der schwule Sex ist hier kein großes Geheimnis.

Ich erinnere mich lebhaft an eine Szene, als hier mal etwas Kriminelles passiert war, ich war nur Badegast, inkognito, und habe es nur am Rande mitbekommen, wie alle anderen auch. Sicherheitsleute in Uniform standen genau vor diesem Kiosk, neben dem eine Treppe zu den Terrassen hochführt, und fünf angezogene Männer, die auch ein Taubblinder als Zivilpolizisten erkannt hätte, waren mit ihnen im Gespräch. Ich hatte gehört, wie die Sicherheitsleute den Bullen über das Geschehene berichteten: „Also der eine Typ steht da oben an der Treppe und holt sich einen runter." Worauf einer der Bullen grinste. Und ich dachte, oje, jetzt gibt's Probleme wegen „öffentlichem Ärgernis" oder so 'nem Käse, aber der Sicherheitsmann fuhr einfach fort: „Und sein Handy lag hinter ihm auf der Mauer und das hat der andere dann geklaut."

Und das war das Ding. Es ging um diesen Diebstahl. Dass der Typ in aller Öffentlichkeit onanierte, war nur die Situationsbeschreibung gewesen, völlig unspektakulärer Hintergrund, es störte die Sicherheitsleute genauso wenig wie die Polizisten. Fehlte nur noch, dass sie zu dem Mann gesagt hätten: „Bitte entschuldigen Sie, wenn wir Sie beim Wichsen gestört haben sollten."

Beziehungsweise: Vielleicht haben sie das ja auch gesagt.

Das Einzige, was hier nicht geduldet wird, ist, seine Hose anzubehalten. Ich erzähle nur, wie es ist. Ein lieber italienischer Freund von mir spricht immer von der Nackt-Polizei, die ihn dort für immer vertrieben hat — sein Katholizismus sitzt tief. Aber das hier ist ein FKK-Strand und hier hat man nackt zu sein oder man muss rüber zu Textil! Das vertreten die Damen und Herren in Uniform mit bleiernem Ernst und äußerster Entschlossenheit. Sie ziehen jeden Tag beruflich Männern und Frauen die Badehosen aus.

Aber ich musste ja Polizist werden.

Besonders mag ich die junge deutsch-türkische Mitarbeiterin der Nackt-Polizei, die schon mal ausruft: „Blank ziehen, Alter!", wenn sie Durchsetzungsschwierigkeiten hat. Schade nur, dass sie kein Kopftuch trägt, auch keine Burka, es würde so gut mit ihrem beruflichen Auftrag kontrastieren. Aber die meisten Mitarbeiter sind Männer, oft bierernst und nichts für mich, einige wenige aber, mindestens einer, doch so ansprechend, dass ich gelegentlich mit dem Gedanken spiele, meine Hose wieder anzuziehen, wenn er kommt, nur damit er mich zwingt, mich vor seinen Augen zu entblößen.

Ah, das fiese, lüsterne Schwein.

Hier jedenfalls, direkt hinter dem Kiosk, endet der Gang und der Strand öffnet sich auf ganzer Breite, bis er nach vielleicht hundert oder hundertfünfzig Metern ausläuft. Rechts hinten, zum Hang hin, sind die Seenot-Retter, von denen ich mir vorstellen konnte, dass sie schon eine ganze Weile lang nervös auf und ab hüpften. Denn so ein verschimmeltes Bein kann man ja nicht wiederbeleben. Davon abgesehen – ich hatte es noch nicht gesehen, aber die Schilderungen waren deutlich gewesen – war es schon ein wenig verwest, so dass ziemlich klar war, dass es nicht erst vor wenigen Minuten durch eine Schiffsschraube jemandem abgetrennt worden war, der dann jetzt hilflos im See geschwommen und möglicherweise noch zu retten gewesen wäre, nein, es lag offensichtlich schon lange im Wasser. Trieb.

Nein, es gab für die Sanitäter eigentlich nichts zu tun, andererseits aber, und da bin ich völlig sicher, fühlten sie bestimmt ein beklemmendes Gefühl von Zuständigkeit. Ich meine, es ist ein menschliches Bein. Wir müssen doch irgendwas tun!

Links, am Wasser, gegen Ende des Strandes, steht die Mutter aller Sandburgen, an der hingebungsvollst gebaut wird, ein Kunstwerk, fraglos, mit Nachbildungen von Gebäuden aus Berlin und anderen Städten, es ist eigentlich keine Burg, sondern eine Miniaturstadt. Dahinter wiederum die Trauerweiden, der wenige, heißumkämpfte Schatten, in dem ich so oft den Arsch des Geschäftsführers massiert hatte, bevor er das geworden war: Geschäftsführer. Zu der Zeit, zu der diese Ereignisse spielen, 2015, war er arbeitslos. Erst später hat er sich zum Geschäftsführer aufgeschwungen – oder was ich so nenne. Ich will da nicht zu präzise sein. Damals jedenfalls bat er mich in der Regel, seinen Rücken einzuschmieren, aber wie es so war, als er dazu auf dem Bauch lag, stellten wir fest, an seinen runden, muskulösen Hintern kommt er eigentlich auch nicht ran, unmöglich, also half ich ihm auch hier, und wie ich ihn so einschmierte, spannte er seine Muskeln an, woraufhin ich dachte, ich müsste ihn massieren, verspannt, wie er war, und tatsächlich ließ der Geschäftsführer irgendwann locker, aber auch jetzt waren noch die Muskelstränge unter seiner Haut zu spüren, achtundzwanzigjährige Muskeln, stabil und fest. *Ah, to be young again.*

Hier jedenfalls herrschte Aufruhr.

Das Bein lag direkt an der Sandburg, umringt von einigen nackten Männern, die es teils interessiert betrachteten, sich teils halb abgewandt aneinander festhielten.

Das Bein hatte eine grünlich-bläuliche Farbe, es sah ungesund aus, das ließ sich mit Gewissheit sagen. Ich versuchte, nicht zu genau hinzusehen, andererseits musste ich es beruflich natürlich doch. Dann wiederum würde ich ja den Bericht der Gerichtsmedizin bekommen, Buchstaben auf Papier. Ich bin zwar nicht unbedingt ein Aktenfresser, aber wenn es um tote Körperteile geht oder Leichen in ihrer vollständigen Pracht, begegne ich ihnen lieber auf Papier als physisch.

Andrea war beziehungsweise ist da anders gestrickt. Was sah sie wieder gut aus. Sie hatte ihre dunklen Locken in dem tiefsitzenden Pferdeschwanz am unteren Hinterkopf zusammengeknotet, wie sie das immer tut, wenn sie Leichen betrachtet. Sie trug ihre knallroten Pumps heute in den Händen, da sie sonst im Sand eingesunken wäre, eine knackig-enge Sommerhose und eine leichte Bluse. Sie war natürlich die Erste von uns, die das Absperrband überquert hatte, welches das Bein in einem gewissen Abstand umgab.

Die Art und Weise, wie wir vier um das Absperrband herumkamen, sagt einiges über uns aus. Andrea war, wie erwähnt, darübergestiegen. Sie hatte keinen Blick von dem Bein gelassen, die Umgebung praktisch nicht zur Kenntnis genommen, war direkt auf das Bein zugegangen und hockte jetzt davor, auf den Zehenspitzen wippend, völlig konzentriert, wie ich sie so oft gesehen hatte. Wenn auch selten im Sand. Sie war – sie ist, wie gesagt – eine Frau, über deren Alter man genauso wenig spricht wie über meins. Sie hat bestimmt noch nicht allzu viele magische Jahreszahlen überschritten, und wenn, dann nur mit einem spöttischen Grinsen ob deren Bedeutungslosigkeit.

Monika war unter dem Band durchgetaucht. Sie hatte es angehoben, ihre zarten, unschuldigen Rehaugen waren dabei mit nicht zu großem Interesse über die nackten Männerkörper geglitten, die die Kulisse bildeten, wir sind an einem FKK-Strand, nicht zu vergessen, und sie hatte freundlich die zugehörigen Gesichter gegrüßt. Sie wirkt immer schüchtern, was sich auch in ihrem Kleidungsstil spiegelt: Sie trägt dunkle, erdige Farben, gut geschnitten und modern, aber nie besonders auffällig, und ich glaube, auch nie wirklich teuer. Kann auch mal secondhand sein. Sie will nicht auf sich aufmerksam machen, sondern sie will gefunden werden, von Männern mit Wahrnehmungskraft. Wer sie nicht sieht, hat sie auch nicht verdient. So, glaube ich, ist es. Es funktioniert sehr gut. Wenn man, zum Beispiel, mit ihr auf eine Party oder in einen Club geht, was ich gelegentlich tue, ich bin ja hetero-friendly, und sie nach einer Orientierungsrunde sagt, für welchen der Anwesenden sie sich interessiert, kann man sicher sein, dass sie nach wenigen Stunden vier von fünf der Ausgewählten kennengelernt haben wird. Obwohl sie nur sehr selten jemanden anspricht. Sie steht einfach zufällig am richtigen Ort und das willige Schlachtvieh kommt angetrabt.

Diese Eigenschaft kann andere, weniger glückliche, Hetero-Frauen zum Wahnsinn treiben.

Klawitter sah das Band und das Bein und fing an, vor sich hin zu schimpfen. Klawitter hat mittlerweile ein kleines Bäuchlein entwickelt, es lässt sich nicht mehr leugnen. Er ist immer schlampig und nachlässig angezogen, mit formlosen Hemden und knitterigen Hosen. Er grummelte Unverständliches, so was in der Art: „Unglaublich, wirklich wahr! All der Sand, da kann man ja nicht ... da kommt man doch gar nicht, ich meine, können die denn nicht mal!" und dergleichen mehr. Dann zog er seine Schuhe und Socken aus und krempelte seine Hosenbeine bis zu den Knien hoch und ging hinten durch das seichte Wasser an dem Absperrband vorbei. Der Kollege, der das Band aufgestellt hatte, hatte hier eine Lücke gelassen, entweder, weil er dachte, von hier geht sowieso keiner durch, oder, wahrscheinlicher, weil er das Band zu kurz abgeschnitten hatte und zu faul war, ein neues Stück dranzuknoten.

Es war ja sowieso symbolisch. Physisch für jeden zu überwinden, ob mit Lücke oder ohne.

Ich war übrigens schon ein wenig beeindruckt, dass Klawitter durch das Wasser ging, in dem ja noch irgendwelche Restpartikel des Beines treiben mussten. Also mir wär's zu eklig gewesen. Aber mein Chef ist halt ein anderes Kaliber.

Wahrscheinlich machte er es natürlich genau deshalb: Er wollte uns zeigen – und am Rande auch den Zuschauern, aber vor allem uns –, was für ein harter Kerl er war, der mit nackten Füßen durch Leichensuppe lief, nur um letztlich der Gerechtigkeit, der Wahrheit zum Sieg zu verhelfen.

Ja, das ist mein Chef. Ach, was bin ich stolz, ihm zu dienen.

Im konkreten Fall allerdings blieb *moi* – ganz Bescheidenheit – außerhalb des Bandes stehen. Wie gesagt, Leichen, ganz oder in Teilen, sind eine feine Sache, aber ich schätze dann doch die Distanz. Ich hoffe jedesmal, dass meine Kollegen dieses Vermeidungsverhalten nicht allzu deutlich mitbekommen – ich meine, Monika weiß natürlich Bescheid, Monika weiß alles über mich, mehr als appetitlich ist –, aber Klawitter und Andrea ... Natürlich haben sie mit den Jahren und den Fällen bestimmt bemerkt, dass ich nicht immer neben ihnen stehe, wenn es um den ersten Blick geht, aber ich hoffe, es fällt ihnen nicht zu sehr auf, wie gesagt. Ich meine, es genügt doch auch, wenn drei Bullen vor der Leiche knien, es gibt ja auch noch anderes zu tun.

Und so wandte ich mich an den nackten blonden jungen Mann, der direkt neben mir stand. Er war wohl circa dreißig, schlanke, knabenhafte Figur, zarte Haut, eine kleine lichte Stelle am Hinterkopf, die ich ignorierte. Trotz der Situation umspielte ein kleines Lächeln seine Lippen. Manche Menschen müssen immer flirten, es ist schon so, ich weiß, wovon ich spreche. Ich setzte meine Sonnenbrille ab, feuerte einen Blick in seine blauen Augen und musste auch ein wenig grinsen. Aus dem Augenwinkel oder mit so einer Art Echolot oder erweitertem Blickfeld – schwer zu sagen, wie, aber ich habe da ein Sinnesorgan mehr – nahm ich wahr oder hatte den Eindruck, dass sein eher kleiner Schwanz durch unseren Blickkontakt um einen halben Zentimeter wuchs. Ein kleiner Blutstoß.

Das ist das Ding mit den kleinen Schwänzen. Sie fangen schon an zu zucken, wenn ein großer sich noch nicht einmal räkelt.

„Haben Sie denn was beobachtet?", fragte ich.

Er grinste.

Sie werden einfach schneller hart und das kann unpraktisch sein. Oder natürlich extrem praktisch.

Dieser Typ: Ich behaupte überhaupt nicht, dass ich so eine magische erotische Wirkung hätte, dass der eine Latte bekommt, nur weil ich angezogen vor ihm stehe, als wäre ich so eine Art Schlangenbeschwörer – das sage ich nicht und das meine ich auch nicht. Was ihm gefiel, war, angeschaut zu werden, gar nicht wichtig, von wem. Ausgeliefert zu sein. Zu einem Objekt gemacht zu werden – natürlich nur für einen Moment oder jedenfalls einen überschaubaren Zeitraum. Ich fange schon wieder an zu übertreiben, ich weiß, aber ich glaube, so was in der Art liegt da drin.

Aber, o Mann, ich bin bei der Arbeit!

Ich riss mich also am Riemen und sah zu dem toten Bein hinüber, was die kurz aufgeflackerte Erotik deutlich unterbrach.

Den Blickkontakt mit ihm vermeidend, hörte ich ihn sagen: „Naja, ich lag am Strand und dann hörte ich aufgeregtes Schreien und der Typ da drüben", er wies mit dem Kopf auf einen etwas aus der Form gegangenen circa fünfzigjährigen Mann, „kam aufgeregt aus dem Wasser gelaufen."

Ich wandte mich mit einem freundlich-professionellen Nicken von dem Zeugen ab und schritt zu dem erwähnten Mann, der das Bein gefunden hatte. Er stand neben dem Kioskbesitzer, den ich vorhin kurz erwähnt habe, und erzählte mir, er wäre mit den Füßen im Wasser gestanden, noch ein wenig unentschlossen, wie tief er hineingehen sollte, als das Bein angespült worden sei. Erst hatte er sich ungläubig genähert, dann hatte er erkannt, was es war; einen weiteren Moment später war bis ins formulierfähige Bewusstsein durchgedrungen, dass da ein halb vergammeltes menschliches Bein auf ihn zutrieb, an den Strand gespült wurde, und daraufhin war er laut kreischend und die Beine hochreißend, wie man im Wasser eben läuft, alles Mögliche an seinem Körper wogte und schwankte und wippte und wabbelte auf und nieder, wie in Zeitlupe, aus dem Wasser an den Strand gelaufen. Er hatte etwas geschrien, wie „Ein Bein, ein Bein" oder so, laut genug, dass viele es hörten und aufsprangen, manche, um hinzulaufen, andere, um zu flüchten. Wer es nicht selbst hörte, dem wurde es zugetragen, schließlich auch besagtem Kioskbesitzer, der als Erstes gedacht hatte, wie er jetzt sagte: „Wenn sich dit rumspricht, können wa die Saison ja wohl vajessen."

3

Während ich mit den Zeugen gesprochen hatte, hatten meine Kollegen sich das Bein angesehen und waren zu der Einschätzung gekommen, dass es wohl schon einige Wochen im Wasser gelegen war. Es handelte sich eindeutig um ein männliches Bein, ein linkes, männliches Bein. Das gute Stück war ziemlich hinüber. Es war bereits absehbar beziehungsweise stand zu befürchten, dass es selbst bei der Obduktion noch schwierig sein würde festzustellen, wie lange genau es im Wasser getrieben war. Denn die Verwesung eines Körpers findet seinen Anfang normalerweise im Bauchraum. Von den Bakterien im Verdauungstrakt ausgehend, beginnen all die Verfärbungen, die Blasenbildung, das Heraustreten von Augen und Zunge, das Ablösen von Haaren, Nägeln und Haut, das generelle Anschwellen des Körpers und schließlich das Aufplatzen – all diese Veränderungen und Entwicklungen, die so typisch für diese Phase unseres körperlichen Daseins sind.

Im vorliegenden Fall allerdings ermangelte es bekanntlicherweise des Bauchraumes. Es war eben nur ein Bein. Deshalb würde es um einiges komplizierter sein festzustellen, wie lange es tot war.

Während meine Kollegen also das Bein betrachteten, hatte *moi* ein wenig in die Ferne gesehen, übers Wasser, leichtes Denken simulierend, so ein schwebendes, umkreisendes Denken, nicht tiefes Grübeln, sondern eher ein Surfen auf den Gedanken. Dann hatte sich Monika vom Anblick des Beines losgerissen, kurz darauf die beiden anderen und wir hatten uns zu einer ersten Besprechung zusammengefunden.

„Kinders", sagte Klawitter zu Monika und mir, „ich will, dass ihr hier noch mal den Strand auf- und abgeht, vielleicht schwimmen ja noch andere Teile von Monsieur hier durch die Gegend. Die Spusi macht das natürlich sowieso, aber vier Augen sehen mehr als ..." Ihm war nicht ganz klar, wie viele Kollegen von der Spurensicherung da waren, und er würgte seinen Satz etwas genervt ab: „... sehen mehr." Außerdem war ihm wahrscheinlich bewusst geworden, dass es auf jeden Fall mehr als zwei Mitarbeiter der Spusi sein würden und damit mehr als vier Augen – und dass sein ganzer Satz sich also in Sinnlosigkeit verlief.

Ich nickte trotzdem zustimmend.

Ich wollte allerdings gerade sagen, dass Leichenteile möglicherweise auch von anderen Leuten bemerkt worden wären, so eine Hand oder auch eine Niere, aber Klawitter hatte ja recht, wir mussten das schon selbst einmal abgehen.

Und dann gibt es ja Körperteile, gerade Innereien, die nicht unbedingt sofort erkannt werden.

„Und was euch sonst so auffällt", fügte Klawitter hinzu.

„Nachher kommen ja sowieso die Taucher, nehme ich an", sagte Andrea zu Klawitter. Es war keine Frage, sondern eine Forderung. Alles andere wäre ja wohl noch schöner. Du wirst ja wohl ein paar Taucher für uns haben.

„Natürlich kommen nachher die Taucher", gab Klawitter zurück, „ich habe Steffen längst gesagt, er soll das organisieren."

„Ach?!", entfuhr es mir. Leise, aber doch. Klawitters Satz war so unvermittelt gekommen, dass mir dieses „Ach" rausgerutscht war, das ich natürlich vermieden hätte, wenn ich vorbereitet gewesen wäre. Ich würde ihn immer vor Andrea in Schutz nehmen.

„Haste ja wohl schon angerufen?", schnauzte er mich an.

„Ja!", sagte ich. „Natürlich, Mann …"

„Gut, also wir quatschen hier mal mit den Chefs", sagte Klawitter, während Andrea bereits in deren Richtung ging, „und ihr …" Er macht eine Kopfbewegung, die hieß, dass wir den Strand abgehen sollten.

Als Andrea außer Hörweite war, holte ich mein Handy raus, rief im Büro an und organisierte die Taucher.

Dann liefen Monika und ich den Strand entlang, um uns einen Eindruck zu machen und zu sehen, ob da noch was schwamm.

Wir fanden natürlich nichts.

Der Ort hier war für uns insgesamt so mittelinteressant. Es war ein Fundort, aber nahezu sicher kein Tatort. Ich jedenfalls hielt es für unwahrscheinlich, dass hier nachts jemand über den Zaun stieg, um eine Leiche zu zersägen. Und tagsüber? Auch wenn das Sicherheitspersonal reichlich abgebrüht war, hätte es sie wohl doch gestört, wenn so was hier bei laufendem Betrieb geschehen wäre. Dass hier nachts jemand mit einer Leiche eingeschlossen worden war? Also am Tag hätte hier jemand wen umgebracht, hätte sich mit ihm einschließen lassen und ihn dann des Nachts zerteilt. Hm – mit was? Mit einem dieser Plastikmesser aus dem Imbiss?

Säge und Axt hatte man ja beim Schwimmen eher selten dabei. Außerdem gibt es ziemlich rigide Sicherheitsvorkehrungen am Eingang. Man darf nicht mal eine Glasflasche mit hineinnehmen.

Nee, nee. Das war hier war kein Tatort.

Aber ein Fundort war ja auch eine recht feine Sache.

Monika und ich blickten auf das Wasser, über den Steg hinaus, an Schwanenwerder vorbei und dann um die Ecke Richtung Havel. Wie oft war ich hier mit dem Geschäftsführer gestanden, bevor er das war, und hatte den sanften Flaum auf der zarten Haut über den harten Muskeln seines wohlgeformten Hinterns gestreichelt.

Ich musste aufpassen, dass ich das jetzt nicht gleich ganz intuitiv bei Monika machen würde.

Ich glaube, unsere Körper haben ein Gedächtnis, und wenn wir in Situationen kommen, die sie zu kennen glauben, weil sie vergangenen Situationen ähnlich sind, fragen sie nicht lange im Bewusstsein nach, ob sie sich verhalten sollen, wie sie es gewohnt sind, sondern tun das einfach. Mir gefällt das irgendwie. Da gibt es eine Kraft. Ich sehne mich nach dieser Kraft, die stärker ist als das rationale Denken, als die Vernunft. Die Vernunft ist doch letztlich immer eine Kosten-Nutzen-Rechnung. Und wäre es nicht erbärmlich, wenn man Entscheidungen über die Lebensführung anhand eines Kassenzettels fällen würde, einer Bilanz, mit einem Taschenrechner in der Hand?

Ich hatte früher die Angewohnheit, am Ende eines jeden Jahres stundenlang schriftliche Jahresrückblicke zu machen, um zu sehen, wo ich herkam, wo ich hinging, all dieser Krempel, wie eben alles so lief. Ein Freund von mir – und es war vielleicht kein Zufall, dass er türkische und nicht deutsche Wurzeln hatte – nannte das mal mit mildem Spott meine „Jahresendabrechnung".

Daraufhin habe ich damit aufgehört.

Das Leben ist dann doch auch einfach Impuls.

Was natürlich auch Angst machen kann. Diese Unkontrollierbarkeit. Die mir dann aber auch wieder gefällt. Angst. Wenn ein Teil des Bodens wegbricht, spannen sich die Muskeln.

Jedenfalls gelang es mir, meine Finger von Monikas Allerwertestem fernzuhalten. Allerdings trat ich näher an sie heran, halb von hinten. Ich mag ihre Haare, die jetzt leicht im Wind wehten. Ich muss oft an diese Zeile von Max Hermann-Neiße denken: „Dein Haar hat Lieder, die ich liebe, und sanfte Abende am Meer". Ich finde diese Worte so poetisch und sie tragen mich immer ein wenig davon. Also stieß ich Monika sanft mit meiner Nase gegen ihren Hinterkopf, rieb meine Schläfe an ihr und küsste sie dann ganz leicht in die Halsbeuge.

Sie grinste und wurde ein bisschen rot. Mich hat mal eine andere Frau darauf aufmerksam gemacht: Während für viele Schwule Frauen kaum sexuelle Anziehungskraft haben, jedenfalls geht es mir so, sie haben höchstens so viel Erotik wie eine Katze, oder immerhin so viel, vielleicht sogar wie eine Wildkatze, ich finde ja besonders Panther aufregend, diese schwarz-schimmernde Eleganz – so sind Schwule für heterosexuelle Frauen natürlich doch aus der Zielgruppe, sie sind eben schlicht Männer. Ich vergesse das manchmal.

Hinter Schwanenwerder geht es in die Havel.

Monika sagte: „Wenn wer auch immer das Bein und möglicherweise den Rest des Körpers direkt in den Wannsee geworfen hat, haben wir eine gute Chance, noch mehr von unserem Gevatter zu finden. Wenn er aber weiter weg in der Havel entsorgt wurde, kann es sein, dass nur das Bein hier die Biege an den Strand gemacht hat, während der Rest einfach weitergeschwommen ist und sich irgendwo in dem Geflecht aus Flüssen und Seen, und was da noch so kommt, verloren hat."

Womit sie recht hatte.

4

Ein paar Tage später war es dann vorbei mit der Strand-
romantik und es begannen die Mühen der Ebene. Das
Obduktionsprotokoll war da und wir saßen zusammen in
unserem Besprechungszimmer im Landeskriminalamt am
Tempelhofer Damm.

Die Stühle und der Tisch hier sind grau und die Gesichter waren es heute Morgen auch.

Klawitter räusperte sich und sagte: „Guten Morgen und
überhaupt und so."

Andrea antwortete: „Laut Obduktionsbericht handelt
es sich bei dem Bein um das linke Bein eines Mannes,
der vermutlich zwischen 30 und 40 Jahre alt und 1,72
Meter bis 1,82 Meter groß war." Sie hielt einen Moment inne, dachte nach, sah dann Klawitter an und sagte: „Oder ist."

„Ist?", fragte Klawitter verblüfft.

Und auch mir fiel ein Stück Croissant aus dem Mund,
woraufhin Monika grinste.

Andrea zuckte mit den Schultern. „Naja, wir wissen es
nicht." Sie wies auf den Bericht vor sich: „Daraus geht es
nicht hervor."

„Naja, pff, aber ick meene …", sagte Klawitter.

Ich teilte seine Ansicht und fragte Andrea: „Meinst du
denn, der Typ lebt noch, dem das Bein gehörte? Oder zu
dem?"

„Hm", bevor sie antworten konnte, ging Klawitter da-
zwischen und sah mich nachdenklich an. „Interessante
Frage: Gehört einem sein Bein? Gehört das Bein zu einem? Oder ist man sein Bein?" Er kratzte sich am Kinn.
„Fraglos ist das Bein Teil von einem, aber würde man zum
Beispiel sagen: Mein Kopf ist ein Teil von mir? Oder ist
man sein Kopf? Es ist wirklich …"

Andrea stöhnte. „Ich sage nur, wir wissen es nicht. Einen Hinweis, dass der Beinhabende ... also Ex- ... der dann Amputierte, also der Mann, dass der noch lebt, einen Hinweis darauf gibt es nicht."

„Hm", meinte Monika, „ist es denn wahrscheinlich?"

„Dass der noch lebt? Nein, natürlich nicht", antwortete Andrea, „ich bin da gerade nur drüber gestolpert, weil der Bericht nicht ganz präzise ist. Hier steht drin", und sie tippte auf die Papiere vor sich, „der Mann ‚war' 30 bis 40 Jahre alt und das ist eben unpräzise. Mehr sage ich ja gar nicht."

Ich unterdrückte einen Seufzer.

Klawitter lächelte freundlich und außerordentlich geduldig.

Andrea fuhr fort: „Das Bein weist keinerlei akute Krankheit oder dergleichen auf. Am Oberschenkel findet sich ein Bruch, und zwar ein ziemlich komplizierter Trümmerbruch, aber der ist wunderbar behandelt und auskuriert, schon ein paar Jahre her."

„Darüber können wir ihn vielleicht identifizieren", brummte Klawitter.

„Richtig", bestätigte Andrea, „anhand des verwendeten Materials, also Zement und Schrauben, aber auch anhand der Operationstechnik kann man dahinterkommen, wo dieser Bruch operiert wurde. Und dann eben auch, wer operiert wurde. Aber das könnte dauern. Wir müssen die Hersteller der Materialien kontaktieren und erfragen, in welchem Zeitraum zum Beispiel die Schrauben an welche Krankenhäuser geliefert wurden, und das dürften einige sein – der Weg führt möglicherweise zum Ziel, aber er ist ein langer."

„‚Mein Weeeeeg wird kein leichter sein'", dudelte ich leise vor mir hin, woraufhin Monika mir ihren Ellenbogen in die Seite rammte.

Klawitter fragte: „Irgendwelche anderen Merkmale: Tätowierungen oder was weiß ich?"

Andrea schüttelte nur den Kopf.

Manitu seufzte. „Also mit was haben wir es hier zu tun?"

Ach so: Wir nennen Klawitter Manitu, manchmal.

Monika meinte: „Ich glaub ja schon, dass es sich um eine zerstückelte Leiche handelt. Jetzt einfach mal so drauflos gesponnen."

Klawitter nickte.

Er dachte einen Moment nach.

Dann sagte er: „Kettensägenmassaker am Wannsee." Er sah prüfend in die Runde. „Wäre das ein Titel für einen Film? Lutz Klawitter in *Kettensägenmassaker am Wannsee*. Der gefürchtete Rächer der Schutzlosen räumt auf. Das Böse zittert." Klawitter horchte seinen Worten nach. „Oder: erzittert. Wäre das was?"

„Du bist zu fett für eine Heldenrolle", sagte Andrea.

„Ah", Klawitter sah auf seine Wampe runter, „hm. Stimmt."

Ich gähnte. Die hätten mich auch 'ne halbe Stunde länger schlafen lassen können, wenn sie schon wieder so anfingen, mit ihrem Geblödel. Ich überlegte, ob ich sie zur Ordnung rufen sollte. Wäre doch mal was, wenn ausgerechnet ich, ich meine: ich …

Ich sagte streng: „Können wir jetzt vielleicht mal mit der Arbeit beginnen? Da liegt ein totes Bein rum und ihr macht eure dummen Witze? Ist doch Scheiße!"

Monika kicherte, während Klawitter und Andrea mich leicht verdattert ansahen.

„Entschuldigung", meinte Klawitter dann.

Ich nickte. Meine Entrüstung flaute ab.

„Also, Fakten", sagte Klawitter.

Andrea war erleichtert: „Das Bein liegt seit circa zwei Monaten im Wasser, plus minus vier Wochen. Die können das nicht genauer eingrenzen, weil die Verwesung einzelner Leichenteile ganz anders vor sich geht als die vollständiger Körper. Und im Wasser ist es noch mal komplizierter."

Ich maulte: „Im Fernsehen können die das aber besser mit den Obduktionen …"

„Schnauze", sagte Andrea und fuhr fort. „Die Stelle, an der das Bein abgetrennt wurde, also ganz oben am Oberschenkel, ist besonders stark verwest und von Tieren angefressen, was Aussagen über die Art der Abtrennung sehr schwer macht. Am Knochen kann man noch erkennen, dass es eher eine Säge war als ein Beil."

„Hm", sagte Klawitter, „und das is alles?"

„Was in dem Bericht steht, ja."

In unserem Besprechungszimmer ist es immer ein bisschen schummerig, weil es so schattig liegt. Heute auch. Und das, obwohl draußen so ein heißer Tag war. Der Geschäftsführer hing bestimmt am Wannsee rum.

Ich war gestern mit ihm auf der Schlagernacktparty gewesen übrigens, nur bis um eins. Er war den ganzen Abend neben mir hergelaufen und hatte ständig gesagt: „Also ich habe ja wieder mal den kleinsten Penis." Was überhaupt nicht stimmte und er gab auch irgendwann zu, dass er das wusste, dass er wusste, dass sein Schwanz ziemlich groß war: „Deshalb zeige ich ihn doch so gerne!"

Und das tut er. Auch im Lab, diesem etwas wilderen Club unterm Berghain: Am liebsten, wenn er erigiert ist. Der Geschäftsführer linst dann so aus dem Augenwinkel rüber, grinst, zieht seine Hose runter und präsentiert, langsam daran auf und ab streichend, seinen harten, langen Penis. „Guck mal, Steffen, ich hab 'nen Steifen!" Er hat riesige grüne Augen, es ist nicht sehr einfallsreich, sie Teiche zu nennen, aber das sind sie eben. Scheinwerfer. Er kriegt dauernd Komplimente dafür. Selbst ich finde das schon langweilig, weil ich es so oft neben ihm stehend gehört habe, wie sehr muss es erst ihn langweilen. Er will Komplimente für seinen Schwanz kriegen.

Wahrscheinlich ist es diese total ehrliche Unverstelltheit, mit der er das lebt, die mir so gefällt, wie er sich nicht schämt — jedenfalls nicht vor mir —, es ihm nicht peinlich ist. Das gehört zu den Dingen, die ich an ihm und auch an anderen so außerordentlich mag: wenn Menschen Eigenschaften oder Vorlieben, und mögen sie noch viel abstruser sein, als Komplimente für seinen Schwanz bekommen zu wollen, einfach zugeben. So mag ich es beispielsweise, wenn Menschen sich zu Neid oder Missgunst bekennen. Weil es das eben gibt. Ich glaube, es gibt viel mehr Menschen, die sich über Niederlagen selbst von Freunden — wenn auch hoffentlich nicht den besten, so vielleicht doch den zweitbesten — klammheimlich freuen. Ich beobachte das: das kleine Lächeln, wenn man von dem Ende einer Beziehung im Freundeskreis erzählt, mit dem vorsichtigen Seitenblick, der einen Spießgesellen in der Schadenfreude sucht; die kleine spitze Bemerkung über das Scheitern eines Bekannten. Und ich glaube nicht, dass ich das nur bei besonders missratenen Kreaturen mitbekomme, sondern ich glaube, dass es weit verbreitet ist. Wahrscheinlich freuen die Leute sich, weil sie sich so mit ihren eigenen Niederlagen weniger allein fühlen. Ich kenne nicht viele Menschen, die solche Gefühle offen zugeben. Aber manche tun es.

Ach so, Wannsee.

„Die Taucher haben nix gefunden", sagte ich.

„Hm", sagte Klawitter.

„Also, die haben den Wannsee abgesucht, was genauer heißt", erklärte ich, „diese Bucht der Havel, die der Wannsee eigentlich ist."

„Oh", antwortete Klawitter beeindruckt.

Ja, *moi* sehr klug. „Das heißt, in der restlichen Havel könnte schon noch was sein, aber das ist zu groß, unabsuchbar groß."

„Oh", machte Klawitter enttäuscht.

„Es tut mir ja auch total leid", sagte ich, „wirklich, ich hab so gebettelt ..."

Dann war es ein wenig still. Alle dachten.

Monika durchbrach die Stille als Erstes: „Was soll das denn anderes sein als eine zerstückelte Leiche?"

Nach einem Moment meinte Klawitter: „Also, die ganze Leichenzerstückelungsnummer ist nicht so was Selbstverständliches, wie du offensichtlich denkst. So viele Leute machen das nicht. Das ist mehr was für die italienische Mafia oder so, organisierte Kriminalität. Wir haben zwar auch organisierte Kriminalität in Berlin, aber anders." Dann fragte er: „DNS-Vergleich mit den Vermissten?"

„*Nada*", antwortete Andrea.

„DNS-Vergleich mit irgendwas?"

„Nix, nirgendwo je aufgetaucht."

„So eine blöde Scheiße, das alles", fand Klawitter.

„Aber was," beharrte Monika, „was könnte es denn anderes sein als eine zerstückelte Leiche? Nur um andere Möglichkeiten auszuschließen."

„Eine Foltermaßnahme …", fiel mir ein.

„Du und deine kranken Gedanken …" Klawitter schüttelte den Kopf.

Was ich tatsächlich manchmal erschreckend finde: Wenn das nun keine Foltermaßnahme war, dann kam dieser Gedanke tatsächlich nur aus mir. Was hat nur dieser Beruf aus mir gemacht?

Naja. Oder der Konsum zu vieler schlechter Filme.

„Das wäre auch wieder Mafia oder so was", meinte Andrea, „und Berlin ist nicht Palermo, also es wäre schon sehr ungewöhnlich." Und fügte hinzu: „Aber natürlich denkbar."

„Oder jemand hatte Spaß daran?" Ich wollte meinen kruden Gedanken jetzt mal so richtig freien Lauf lassen. „Lustgewinn am Zerteilen des Körpers. So was wie Demütigung nach dem Tod, das gibt es!"

Klawitter seufzte. „Entspann dich, Steffen …"

Und Monika tätschelte meine Hand. „Easy, Baby …Wir sind doch nicht in einem Horrorfilm …"

„Ja? Woher weißt du das?", fragte ich sie mit einem kleinen Grinsen.

„Es ist nicht wahrscheinlich", schaltete sich Andrea ein, „auch wenn es das natürlich gibt, das stimmt schon."

Ich machte einen ,Ätsch'-Gesichtsausdruck zu Monika, die leicht den Kopf schüttelte.

Nach einer Pause fragte sie: „Warum zerstückelt eigentlich jemand eine Leiche, wenn er sowieso vorhat, sie ins Wasser zu werfen?"

Wir stöhnten alle auf.

War doch zum Kotzen, wir wussten nichts, nichts, nichts!

„Transport", schlug ich vor.

Nach einem Moment meinte Klawitter: „Kleinwagen?"

„S-Bahn?", fragte Monika.

„DHL?" Auch Andrea hat gelegentlich Humor.

„Ja, sorry, hahaha", sagte ich, „Mann, ey, wenn ihr euch über mich lustig macht, motiviert das nicht gerade, ist doch wahr, pff."

Schwerer Seufzer meinerseits.

Klawitter: „Es gibt zwei Varianten: a) der zerteilte Körper ist an unterschiedlichen Stellen entsorgt worden, b) er ist an derselben Stelle entsorgt worden."

„Unterschiedliche Stellen, um die Identifizierung zu erschweren?", fragte Monika.

„Jupp", nickte Klawitter.

„Ganz schöner Aufwand." Ich malte es mir gerade aus. „Mit den ganzen Leichenteilen durch die Stadt ..."

„Erhöht auch die Chance, erwischt zu werden", meinte Monika.

Klawitter: „Aber wo ist das Bein und vielleicht noch mehr entsorgt worden? Wenn die im Wannsee sonst nix gefunden haben, dann vielleicht ja wohl in der Havel? Und zwar nördlich vom Wannsee, wegen der Fließrichtung." Er stand auf und ging zum Stadtplan, der an der Wand hing. Nachdem er eine Zeit lang draufgeglotzt hatte, zeigte er schließlich auf den Grunewaldturm: „Kinders. Wir fahren da morgen hin. Wir steigen auf diesen Turm und schauen mal, ob wir was sehen, was uns diese billige Karte nicht zeigt."

5

Ich fuhr Unter den Linden entlang. Es war der nächste Morgen, Dienstag, knackige Hitze kündigte sich an. Ich war gestern Abend mit dem Dienstwagen nach Hause gefahren, diesem VW-Passat, den ich immer als so schmerzhaft unerotisch empfinde.

Ich wohne im Prenzlauer Berg in einer Maisonette-Wohnung, aber nicht so schick, wie das vielleicht klingt. Fünfter und sechster Stock ohne Aufzug. Gerade eben war ich gut gelaunt die Treppen hinuntergehüpft, die mit PVC belegt sind, der mal wieder ausgewechselt werden könnte. Die Stufen sind niedrig, was beim Aufstieg sehr angenehm ist, weil die Anstrengung dadurch nicht so groß ist, auch wenn man das Gefühl hat, ewig zu gehen. Meine Wohnung ist so eine Art Holzhütte auf dem Dach. Sie ist praktisch nicht isoliert, ziemlich verwinkelt und schief und krumm geschnitten, mit knarzenden Holzbohlen. Sie hat eine ganz hübsche, kleine Terrasse, auf der allerdings zu selten die Sonne scheint. Ich habe einen Staffelmietvertrag und als ich einzog, dachte ich, ich würde aufgrund der jährlichen Mietsteigerung nicht ewig hier wohnen bleiben. Aber jetzt bin ich schon einige Jahre hier und die Mietpreise um mich herum sind um einiges stärker gestiegen als meine Staffelmiete.

Ich fuhr auf das Brandenburger Tor zu. Der Himmel war stahlblau, blau wie Kruppstahl sozusagen. Da ich Klimaanlagen in Autos ablehne, weil sie so unromantisch sind, unsinnlich, schwitzte ich bereits.

Als ich nach Berlin gezogen war, konnte man noch mit dem Auto durch das Brandenburger Tor fahren. Das war nur für kurze Zeit so und ich fand es nur deshalb interessant, weil es mir deutlich machte, wie veränderbar diese Stadt war. Die Stadt, aus der ich kam, München, war in jeder Beziehung fertig, im Sinne von abgeschlossen, erstarrt, konserviert. Es gab keine Schleichwege. Immer, wenn man versuchen wollte, eine neue Abzweigung zu finden, durch eine Kleinstraße abzukürzen, eine neue Verbindung zu entdecken, stand da garantiert ein Einbahnstraßenschild oder es war eine künstliche Sackgasse oder man durfte nicht abbiegen. Ganz sicher war es einem verboten, eigene Wege zu finden. Es war ausgeschlossen. Nichts würde sich je verändern und wenn doch, dann wurde es von oben verordnet.

Und Berlin war da so anders und ist es, wie ich finde, noch heute. Selbst an dem bekanntesten Bauwerk der Stadt, dem Brandenburger Tor, war die Verkehrsführung damals noch unklar. In München war bis in den letzten Vorort der Verkehr straff durchgeplant, in Berlin wurde er selbst im Zentrum ständig verändert. Und dann: Zentrum? Es gab ja nicht mal ein Zentrum. Der Alex? Der Bahnhof Zoo? Der damals neu entstehende Potsdamer Platz? Es war eine vorentwickelte Stadt, ein unorganisiertes Chaos und das ist es auch heute noch. Und das Chaos zwingt dir keinen Platz zu. Deshalb mag ich es so.

Diese zusammengewürfelte Stadt. Wie viele Architekten haben sich hier ausgetobt. Ich war ja gerade mitten auf der Speer-Achse, die entstanden war, als Albert Speer unter Hitler diese brachialen Pracht-Straßen durch die Bezirke geprügelt hatte. Und so viele andere haben sich hier versucht, mit dem Ergebnis, dass kein Gebäude zu seinem Nachbarn passt. Es ist nicht wie in Hamburg oder München, wo alles so hübsch ist, wo ich immer diesen gesamtarchitektonischen, städtebaulichen Gedanken spüre, alles ist organisiert, das eine und das andere gehören zusammen. Alles hat seinen Platz. Auch dort sind die Häuser natürlich nicht identisch, aber ihre Individualität erscheint mir immer genau berechnet und die kleinen Unterschiede betonen letztlich nur die Uniformität.

Oh, wie ich mich in solchen Städten danach gesehnt habe, Fassaden zu zerstören oder Fenster einzuwerfen, einfach irgendwo eine Abweichung sichtbar zu machen, einen Fehler, eine Persönlichkeit, ein Ich.

In Berlin war das nicht nötig. „Bei mir bist du schön", sagte die Stadt zu mir und ich fand auch: Mit dem hier kannste mithalten. Hässlich, chaotisch, durcheinander. Und dazu kam, dass ich dadurch, dass alles so grau, unfertig und teilweise verfallen war, ein Gefühl von Notwendigkeit oder jedenfalls Sinn spürte. Hier musste was passieren, das war deutlich. In München musste man sich nur einbalsamieren lassen, um dazuzugehören, hier musste man zupacken.

„Ist ja eklig, wie verschwitzt du wieder bist ....", sagte Klawitter, als ich aus dem Auto stieg.

„Guten Morgen", antwortete ich.

Wir hatten uns am Fuße des Grunewaldturms verabredet und irgendwas sagte mir, dass auch Klawitter bald verschwitzt sein würde. Immerhin ging es da ungefähr fünfzehn Stockwerke hoch, ohne Aufzug.

Ich mache ja Yoga, bin also halbwegs in Schuss, und ich kam tatsächlich ganz gut oben an. Für Andrea, auch Yoga, und Monika, kleiner Sohn, galt Ähnliches. Klawitter hatte allerdings einiges mehr zu schleppen, Bauch, und das auch noch von einem weniger trainierten Körper. Er erreichte den Aussichtspunkt deutlich nach uns.

Wir sahen die Havel hinauf und hinab, und weil keine Wolke am Himmel war, konnte man den Berliner Fernsehturm genauso sehen wie den von Potsdam, Spandau natürlich, nicht allerdings das Wannseebad, es liegt von hier aus versteckt.

Die Havel ist breit und recht kurvig, so dass man davon ausgehen konnte, dass das Bein, falls es tatsächlich hier irgendwo entsorgt worden war, in den ungefähr zwei bis drei Monaten, die es laut Obduktion unterwegs gewesen sein dürfte, nicht allzu weit gekommen war. Es war vermutlich am Grund der Havel entlang der Strömung gefolgt, entsprechend verschrammt und erledigt hatte es ja auch ausgesehen. Erstaunlich war eigentlich nicht, dass der restliche Körper nicht auch am Wannseestrand gelandet war, erstaunlich war vielmehr, dass das Bein es — wenn man so will — bis dorthin geschafft hatte.

Gut möglich, vielleicht sogar wahrscheinlich, dass die Reste unseres beinlosen Freundes da irgendwo im Wasser vor uns lagen, aber das half uns im Moment höchstens dann was, wenn mal wieder Teile gefunden werden würden.

Gleich uns gegenüber war zum Beispiel ein Ruderclub, die waren ja wohl viel auf dem Wasser unterwegs, aber eine Hand war ihnen offensichtlich nicht aufgefallen. Wenn man mal davon ausgeht, dass sie sich dann bei uns gemeldet hätten.

Und auch bei all den teuren Wassergrundstücken schien nichts angeschwemmt worden zu sein.

Mein Blick wanderte nach rechts, gleichzeitig mit Klawitters.

„Die Stößenseebrücke …", sagte er.

Eine breite Brücke über die Havel, über die gerade sehr viele Autos fuhren.

Andrea war unserem Blick gefolgt.

Monika auch: „Ja, wenn du da einen zersägten Körper runterwirfst, würden die Teile schon die Havel runtertreiben."

Ich wies mit dem Kopf auf einen Parkplatz in der Nähe des Wassers: „Oder da."

Unter uns verlief die Havelchaussee, über längere Abschnitte in Wassernähe. „Oder irgendwo da", sagte Klawitter, wandte sich mit einem Seufzer ab und begann entnervt den Abstieg.

6

AZ 1612-BE/77 II/Dokument 1/1:
Privates Dokument (Brief), undatiert, Verfasser: nicht unterzeichnet

Mein lieber Lieber,

ich bin kein Lügner. Das ist das Wichtigste, das musst du wissen, deshalb schreibe ich dir diesen Brief.

Es gibt aber Dinge, die kann man nicht aussprechen oder jedenfalls kann ich es nicht. Oder noch nicht. Oder nicht direkt.

Deswegen sage ich dir in diesem Brief alles, was ich dir vorenthalte oder womit ich nicht vollkommen offen umgehe. Ich bin also eigentlich nicht unehrlich, sondern ich sage die Wahrheit, genauer: Ich schreibe sie dir, nämlich in diesem Brief. Nur gebe ich dir diesen Brief erst später, zum richtigen Zeitpunkt. Ich bin also ehrlich zu dir, nur ist die Kommunikation eben ein wenig zeitversetzt.

Ich weiß, das klingt ein ganz klein wenig lahm … Aber es ist besser so, glaube mir, besser für uns beide, für unsere Beziehung, ich habe Angst, wenn ich direkt offen wäre, beziehungsweise früher, also gleichzeitig, in dem Moment, in dem die Ereignisse passieren, würde unsere Beziehung das nicht aushalten. Unsere Beziehung ist aber existenziell wichtig für mich. Ich hoffe so inständig, dass du mich verstehen wirst.

Es ist alles so schwierig und kompliziert und für die allermeisten Menschen bestimmt nicht verständlich und ich habe Angst, dass auch du es nicht verstehen würdest.

Es gibt Dinge, die auch in der intimsten Beziehung nicht geteilt werden müssen, denke ich. Gilt das nicht für jeden? Fast, als würde man ein wenig „ich" im „wir" behalten wollen. Ist es denn wirklich schon eine Lüge, wenn man manches nicht erzählt? Ist es nicht eher nur eine Auslassung?

Ich weiß, dass unsere Beziehung seit jeher von äußerster Offenheit und Aufrichtigkeit geprägt war, besonders aufgrund meiner Initiative, weil mir das so wichtig war und ist. Dass ich immer der Ansicht war, man solle nichts voreinander verbergen. Warum auch, man liebt sich doch.

Ich glaube, ein weiterer Grund, warum ich diese Offenheit und Aufrichtigkeit so bedeutend fand, war, vielleicht un- oder nur halb bewusst, dass ich dich ganz genau kennenlernen wollte, weil ich wissen wollte, ob du auch bei mir bleiben würdest, wenn das Leben nicht mehr so leicht sein würde, wie es jetzt erscheint, aber nicht ist.

Beim Darüberlesen bemerke ich gerade, wie berechnend das klingt. Und wie schlimm, dass jetzt gerade ich … Aber deshalb ja dieser Brief. Vielleicht verstehst du mich an seinem Ende.

Ich erinnere mich, wie wir vor wenigen Monaten die Wand im Badezimmer gestrichen haben. Als die SMS kam.

Ich weiß, dass du sie nicht vergessen hast.

Wir strichen gerade die Wand im Bad. Ich stand auf der Leiter, mein Handy lag auf dem Waschbecken, als die SMS kam. Und weil ich voller Farbe war, hast du kurz auf das Display geschaut und vorgelesen: „Passt es dir morgen Nachmittag?"

Nicht mal eine Unterschrift, so klar war dem Absender, dass ich wissen würde, wer er ist. Es war ein Sonntag, und morgen Nachmittag wärest du arbeiten, während ich frei hatte.

„Wer will dich denn morgen treffen?", hast du gefragt, mit dieser leicht belegten Stimme.

Ich sagte: „Was?" und kam die Leiter runter. Langsam, Zeit schindend, auf der Suche nach einer Ausrede, einer Lüge, warum war ich nicht vorbereitet? Ich hätte wissen müssen, dass so etwas passieren konnte.

Ich warf einen Blick auf das Display und sagte schulterzuckend: „Muss 'ne falsche Nummer sein."

Es war so lahm, aber mir fiel einfach nichts anderes ein, und ich musste ja irgendwas sagen.

Du hast mir angesehen, dass ich wusste, wer es war. Ich hab das an deinem Blick bemerkt. Mehr traurig als wütend. Traurigkeit ist viel schlimmer als Wut.

Dabei war es wirklich nicht so, wie du dachtest.

Meine Finger waren von Farbe verschmiert, sonst hätte ich das Handy selbst ausgeschaltet, aber es wäre zu auffällig gewesen, wenn ich mir jetzt die Hände gewaschen hätte, nur, um wegen einer falsch gesendeten SMS mein Telefon auszuschalten.

Also sagte ich: „Mach das Ding doch aus, dann haben wir unsere Ruhe."

Das hast du dann getan und ich bin wieder die Leiter hochgestiegen und habe weitergestrichen.

Aber die Stimmung im Raum ... alles hatte sich gedreht.

Es war nicht, wie du dachtest.

Es war der Schatten. Der Schatten, der über mir liegt.

Hier war er real geworden, greifbar, aus der psychischen Welt, der Welt des Geistes, der Geisterwelt, in das getreten, was wir, ohne zu zögern, Realität nennen.

In unsere Zweisamkeit. Zu uns, dem einzigen Paar, dem unser Freundeskreis die Monogamie glaubt. Und das zu Recht. Keiner von uns, und ich weiß, dass du ehrlich bist, interessiert sich für Sex mit jemand anderem.

Als die Wand fertig gestrichen war, machten wir uns einen Kaffee und ich versuchte ein fröhliches Gespräch über irgendetwas anzufangen, aber es funktionierte nicht. Draußen war herrlicher Sonnenschein und das machte alles nur noch schlimmer. Wenn wir jetzt nicht glücklich sind, es jetzt nicht sein können, wann dann?

Und dann fragtest du, mitten im Gespräch, völlig unvermittelt: „Der hatte sich nur in der Nummer geirrt, ja?"

„Ja", sagte ich viel zu schnell. Und dann: „Oder die. Keine Ahnung, wer das war."

„Okay", sagtest du und lächeltest mich an und sahst mir ganz offen in die Augen.

Was mich zu einem noch viel schlimmeren Lügner machte.

Und dann küssten wir uns mit den Lippen, aber deiner Zunge wich ich aus. Ich öffnete meinen Mund nicht für sie, weil ich Angst hatte, dass es ein kalter Kuss werden würde, dass du spüren oder schmecken würdest, dass ich log.

Und dann passierte es noch mal.

Wochen später. Abends, wir saßen im Petite Europe, ich kam gerade vom Händewaschen zurück. Ich sah, wie du an mein Handy gingst, das ich auf dem Tisch liegen gelassen hatte und das offensichtlich gerade geklingelt hatte.

Während ich mich setzte, sagtest du gerade: „Nee, der ist Hände waschen."

Und als du mir das Telefon reichen wolltest, sahen wir beide auf dem Display, dass der Anrufer aufgelegt hatte.

„Wer war das?", fragtest du und zeigtest mit dem Kopf auf die Telefonnummer des Anrufers.

Ich sah auf die Nummer und musste ein Erschrecken verbergen.

Dann, nach einem kurzen Moment: „Ach, das ist Axel, dieser neue Kollege. Der wollte bestimmt nur etwas fragen."

„Und wieso legt der auf, wenn ich rangehe?"

Ich zuckte mit den Schultern. „Woher soll ich das wissen? Ich glaub, der ist ein bisschen seltsam."

Ich legte das Telefon weg und griff nach dem Wein.

„Hm", sagtest du und fragtest nicht noch mal nach.

Das ist das Schlimmste. Der Spaltpilz beginnt zu wirken, wenn man nicht mehr fragt.

Aber ich kann dir eins versprechen: Er wird nicht mehr anrufen. Nie wieder.

7

Und dann fanden wir die Leiche.

Es war 10 Uhr vormittags, als Klawitter mit wehenden Rockschößen zur Tür hereinkam, in damenhafter Aufregung und Vorfreude, eine Leiche, eine Leiche, wir haben eine Leiche!

Es war 10 Uhr vormittags. Ich war seit eineinhalb Stunden im Büro. 10 Uhr ist wirklich keine problematische Zeit für mich, nur hatte ich gestern ein bisschen zu viel *happy water* getrunken und war noch nicht völlig wiederhergestellt. Ich war im Ficken 3000 rumgehangen und hatte … Ach so, *happy water*?

Den Begriff muss ich wohl erklären – Entschuldigung, ich mach's kurz: Ich habe ihn von einem vietnamesischen Touristenführer. Beziehungsweise, genau genommen, war er gar nicht Vietnamese, sondern ein Schwarzer Hmong, das ist ein Stamm, der in den Bergen zwischen China und Vietnam wohnt. Sie leben sehr einfach und ernähren sich hauptsächlich autark, unter anderem stellen sie Reiswein her und den nennen sie eben *happy water*.

Und ich mag dieses Wort so, *happy water*. Ich kenne keinen treffenderen Ausdruck für alkoholische Getränke.

Er hieß Pe, dieser Touristenführer, zählte 19 Lenze und wusste alles über die medizinische Wirkung der Kräuter am Wegesrand, von denen er gelegentlich naschte, wobei er mich an eine Ziege erinnerte – alles über die Kräuter, aber ich bin mir sicher, dass er noch nie ein Flugzeug gesehen hatte. Einen Stromgenerator gab es im Dorf auch noch nicht lange und in dem großen Haus, das er mit seiner Familie bewohnte und das aus einem einzigen Raum bestand, hatten sie zum Heizen, zum Kochen und zur Beleuchtung in der Mitte eine offene Feuerstelle.

Es war 10 Uhr vormittags und es waren vier Wochen ins Land gegangen, seitdem wir dieses vermaledeite Bein gefunden hatten. Vier Wochen, in denen wir so gut wie nicht weitergekommen waren.

Man macht sich ja keine Vorstellung davon, wie viele Leute sich den linken Oberschenkel brechen, wie viele davon zwischen dreißig und vierzig Jahre alt sind und bei wie vielen Operationen Schrauben nach dem Patent DE19960193556A1 verwendet werden.

Sie heißen natürlich nicht Schrauben, sondern sie heißen „biokompatible Verbindungselemente".

Es war uns gelungen, die Herstellerfirma des biokompatiblen Verbindungselementes zu ermitteln, das im

Oberschenkelknochen unseres Beines — es war zu unserem gemeinsamen Bein geworden, zu unser aller Bein — eingeschraubt war: Hermann-Med. Hermann-Med war aber leider pleitegegangen, obwohl sie ihre Produkte sehr erfolgreich verkauft hatten. Blöd, wie sie waren, hatten sie leider ihre Gewinne an der Börse verspekuliert.

Ich denke mir so oft, dass diese Welt ein viel besserer Ort wäre, wenn die Menschen öfter und länger tatenlos auf Stühlen sitzen würden.

Es war gar nicht so einfach gewesen, an die Lieferlisten heranzukommen. Letztlich war das nur mit Hilfe des Steuerbüros der Firma gelungen. Die Mitarbeiter dieses Büros hatten, wie so mancher Steuerberater, kein sehr ausgeprägtes Interesse an einer Zusammenarbeit mit der Polizei, erklärten sich aber schließlich doch dazu bereit.

Und nun, vier Wochen nach dem Fund des Beines, konnten wir endlich damit anfangen, die Krankenhäuser durchzutelefonieren, die besagte biokompatible Verbindungselemente geliefert bekommen und vor circa fünf Jahren verwendet hatten. Es waren sehr viele Krankenhäuser. Die dort arbeitenden Ärzte mussten wir davon überzeugen, die Röntgenbilder der Fraktur unseres Beines zu betrachten, um sich dann daran zu erinnern, ob sie vor circa fünf Jahren mal einen Bruch, der diesem glich, gesehen hatten. Wenn ja, mussten sie ihre alten Röntgenbilder hervorkramen und sie dann mit unserem vergleichen.

Es war wirklich ganz schön viel verlangt und das, während die armen Ärzte alle so unglaublich viel anderes zu tun hatten und dabei so schrecklich unterbezahlt waren, wie sie unermüdlich betonten.

Ich weiß, im Fernsehen drücken die Bullen einmal auf „Enter", dann blinkt der Bildschirm so cool und bunt, es piept ein bisschen und sie haben ihr Bein identifiziert.

Tja. Das wäre schön.

Das Schlimmste war, dass wir überhaupt nicht wissen konnten, wo dieser verdammte Bruch behandelt worden war – in welcher Stadt, welchem Land, ja, auf welchem Kontinent! Es erschien uns naheliegend, mit den Krankenhäusern in und um Berlin zu beginnen.

Das Ganze war buchstäblich Sisyphusarbeit, die vielleicht oder sogar wahrscheinlich nie von Erfolg gekrönt sein würde.

Da kann man schon mal zu einem Gläschen *happy water* greifen. Und man versteht vielleicht auch Klawitters Freude, die sich auf mich und die Kolleginnen übertrug, als er frohlockend und – ich erwähnte es – mit wehenden Rockschößen zur Tür hereingelaufen kam und rief: „Eine Leiche, eine Leiche, wir haben eine Leiche!"

Konstanzer Straße, gleich beim Olivaer Platz und ganz nah am Ku'damm, dieses rosafarbene Haus, Rewe im Erdgeschoss.

Ich unterdrückte einen Seufzer. War es nicht fast ein bisschen langweilig, dass die Häuser, in denen ich ermittelte, ausgerechnet rosa sein mussten?

Aber es war eben so, da kann man nichts machen.

Ein Fünfziger-Jahre-Neubau, kein sehr glamouröses Haus, ganz im Gegenteil. Schlechtes Haus in guter Lage, war mein erster Eindruck.

Es war 10:34 Uhr am 15. August und die Sonne brannte vom Himmel. Ich war nicht verschwitzt, als wir aus dem Auto stiegen, da Monika auf dem Einschalten der Klimaanlage bestanden hatte. Klawitter und Andrea waren in dem anderen Auto gekommen. Es sieht einfach besser aus, wenn wir mit zwei Autos vorfahren, und Parkplatzprobleme haben wir in unserem Beruf ja nicht.

Die Wohnung befand sich im Erdgeschoss rechts. „Dr. Lars Widmer" stand an der Klingel.

Wir schritten über das Absperrband, es war kaum einen halben Meter hoch gespannt, als wollte es den barrierefreien Zugang erhalten.

Die Wohnung hatte einen relativ kleinen Eingangsbereich. An dessen Ende ging von einem schmalen Flur links die Küche ab, rechts das fensterlose Bad. Die nächste Tür auf der linken Seite führte in das Schlafgemach und geradeaus lag das Wohnzimmer.

Das war auch schon alles. Dunkel zudem, wie auch anders, im Erdgeschoss? Hinter dem Küchenfenster im Innenhof ahnte ich die Mülltonnen. Ich wusste noch nicht wirklich, ob sie da standen, ich hatte sie noch nicht gesehen, ich roch sie auch nicht, aber ich spürte sie. Ich war mir sicher, sie würden da stehen, es musste so sein.

Das einzige Gute an dieser Wohnung war die Adresse. Wer eine so schlechte Wohnung mietete, der würde auch stinkende Mülltonnen vor dem Herd in Kauf nehmen, Hauptsache, er wohnte – fast – am Ku'damm. Olivaer Platz! Das hatte so was Angeberisches, deshalb fand ich es unangenehm. Ich hatte den Eindruck, dieser Mann wollte nicht gut wohnen, sondern so, dass es auf seiner Visitenkarte gut aussah.

Die ganze Wohnung war auffällig ordentlich und sauber. Vielleicht liegt es an meinem Beruf, aber Menschen, die zu sauber sind, auffällig sauber sind, sind mir suspekt. Ich habe immer das Gefühl, sie wollen Spuren verwischen.

Er lag im Wohnzimmer.

Hier war es nicht mehr ordentlich.

Der Tote lag vor einer Couch, die der Wohnzimmertür gegenüber an der Wand stand. Die Wand bildete den über und über blutbesudelten Hintergrund eines mittelalterlich anmutenden Gemäldes – oder eher altrömisch, Nero? –, es war sicher das viele Blut, das diese Assoziationen in mir auslöste. Die Wand war bis fast unter die Decke voll davon. In den letzten Stunden war es hinuntergelaufen und mit der Zeit geronnen. Die Szene hatte, durch die Dunkelheit des Raumes und des Blutes, auch etwas von einer Kirche, einer Apsis. Irgendwas an dem Bild war schön, auf eine katholische Art, es tut mir ja leid. All das Blut, so viel Blut, das wirkte so katholisch auf mich, das katholische Massaker.

Ich schätzte ihn auf Anfang vierzig. Er hatte deutliches Übergewicht und eine ziemlich ausgeprägte Glatze, sofern man das noch erkennen konnte. Er war vollständig bekleidet. Nun bin ich kein Modefachmann, aber das sah teuer aus. Eine leichte Stoffhose und ein sommerliches Hemd, aber eben von irgendwelchen Marken, die nur Andrea kennt. Die ist ja auch immer so schick. Er trug Straßenschuhe.

Er lag auf der Seite. An seinem Kopf hatte sich jemand ziemlich ausgetobt. Die Nase schien gebrochen und auch andere Stellen des Kopfes, hinten, seitlich und im Gesicht, waren nicht mehr so richtig intakt. Andrea lief vermutlich gerade das Wasser im Munde zusammen.

Nein, nein, nur ein Scherz.

Der Hals war an mehreren Stellen durchstochen worden, sogar aufgeschlitzt. An der Wand hinter ihm besagte Spritzspuren. Auf dem Boden keine Schleifspuren, das heißt, er war vermutlich genau hier getötet worden und dann liegengelassen, nicht etwa ein paar Meter weitergekrochen oder -geschleift worden.

Nicht weit von ihm lagen die Überreste von dem, was mal eine schwere Whiskeyflasche gewesen war.

Er war, so schien deutlich, mit einer Flasche *happy water* erschlagen worden.

Fast hätte ich grinsen müssen.

Tat ich natürlich nicht, es wäre, allem berufsbegleitenden Zynismus zum Trotz, nicht angemessen gewesen.

Überreste: Der Bauch der Flasche, der Hals nicht. Der Hals war abgebrochen und nirgends zu sehen.

Monika, die neben mir stand, sah das gleichzeitig mit mir. Sie machte eine zuschlagende Geste, als hätte sie die Flasche in der Hand. „Der muss mit ganz schön Karacho …"

„Dein Wort in Gottes Ohr", sagte ich zustimmend.

„Was auch immer der damit zu tun haben mag", brummelte Klawitter.

„Der hat mit allem was zu tun", protestierte ich.

Andrea, die – wie könnte es anders sein? – vor der Leiche kniete und sie oberflächlich studierte, sagte: „Für mich sieht es so aus, als steckten da kleine Splitter im Hals."

„Er hat also zugeschlagen, die Flasche ist abgebrochen, dann hat er ihm mit der scharfen Kante den Hals aufgeschlitzt – fein, dann haben wir's ja schon", fasste Klawitter die Ermittlungen zusammen.

„Den Flaschenhals zu finden wäre noch hübsch", meinte Andrea.

Womit sie recht hatte.

Auf den ersten Blick war er nicht zu sehen. Wir würden natürlich noch gründlich suchen und das würden die Kollegen von der Spusi auch, aber eigentlich war es schon klar: Der Täter hatte den Flaschenhals mitgenommen. Denn entweder er verlässt nach der Gewaltorgie schnell und panisch den Tatort – dann liegt der Flaschenhals in der Nähe der Leiche. Oder er kommt wieder zu sich – Moment der Ruhe nach der Tat –, dann steckt er den Flaschenhals ein. In diesem Fall hinterlässt er wahrscheinlich auch ziemlich wenige andere Spuren, weil er offensichtlich vorsichtig geworden war, nach der Tat jedenfalls.

Die Reste der Flasche deuteten darauf hin, dass sie mal sehr schwer gewesen war. Wahrscheinlich war der Verblichene schon beim ersten Schlag halb über die Wupper gegangen. Wahrscheinlich noch nicht die ganz große Flatter gemacht, aber die kleine eben schon.

Was wird hier zu hören gewesen sein? Geschrien hatte das Opfer wahrscheinlich nicht, dafür dürfte es, wie ich annahm, zu schnell gegangen sein. Die Schläge mit dem schweren Glas auf den Kopf werden wohl dumpf geklungen und nicht allzu viel Lärm gemacht haben. Es hatte natürlich heftig gerumpelt, als der schwere Mann von der Couch auf den Boden gefallen war. Aber das war es dann eben auch. Das war das eine Geräusch.

Was macht man, wenn man nachts ein lautes Rumpeln hört? Springt man auf und holt die Polizei? Oder dreht man sich auf die andere Seite und denkt: Mach doch nicht so einen Krach!

Die einzigen direkten Nachbarn waren die Leute, die über ihm wohnten. Wir würden mit ihnen sprechen.

Ich ließ meinen Blick noch mal über die Szenerie schweifen: Vor der Couch stand ein kleiner Tisch, vielleicht fünfzig Zentimeter lang und breit. Neben diesem Tisch wiederum war ein freier Platz, einen knappen Meter abgerückt stand ein leichter Sessel. Auf dem Couchtisch befanden sich keine benutzten Gläser, allerdings ein paar unbenutzte und weitere Flaschen mit richtig teurem *happy water*. Einige umgefallen, manche Gläser auch. Mit ziemlicher Wahrscheinlichkeit hatte die Whiskeyflasche, die unseren toten Freund über den Jordan geschickt hatte, auch hier gestanden. Der Verblichene hatte vermutlich auf der Couch gesessen, vor der er jetzt lag. Und der Täter oder Madame la Täterin oder vielleicht waren es ja auch mehrere, jedenfalls jemand hatte wahrscheinlich auf dem leichten Sessel gesessen, der dann, als er — hypothetisch — im Zorn aufgesprungen war, zurückgestoßen wurde, vor wenigen Stunden, genau hier, und stand deshalb jetzt abgerückt. Dann hatte der Täter in Sekundenbruchteilen die Flaschen auf dem Tisch gescannt — oder das schon vorher getan — und befunden: die Whiskeyflasche ist die schwerste. Und dann hatte die Tat ihren Anfang gefunden und ein Leben sein Ende.

So könnte es gewesen sein.

Für mich ist es, obwohl ich den Beruf ja nicht erst seit gestern mache, immer wieder schwer zu begreifen, dass diese Dinge tatsächlich und genau hier und meistens vor nicht allzu langer Zeit passiert sind. Die Arbeit ist so abstrakt, es gibt das Absperrband, Akten, Formulare, Fotos, Berichte – über all das geht mir manchmal beinahe das Gefühl flöten, dass diese Dinge wirklich vorgefallen sind. Wenn mir das dann klar wird, fühle ich fast so was wie ein schlechtes Gewissen, dass ich zu dem Zeitpunkt nicht da war, dass ich wieder mal zu spät gekommen bin. Wäre ich vor ein paar Stunden hier gewesen, hätte ich meine Walther PPK gezogen und gesagt: „Mein Name ist Lenz. Steffen Lenz. Stellen Sie die Flasche *happy water* sofort wieder hin."

„Tat aus Leidenschaft", brummelte Klawitter.

Wir mussten über diese Dinge nicht viel reden, die sind einem mit den Berufsjahren auf einen Blick klar. Wer so oft zuschlägt, handelt aus starken Gefühlen, also Leidenschaft, und das setzt in den meisten Fällen voraus, dass Opfer und Täter sich kannten. Leider muss man hier eine Klammer aufmachen, denn gelegentlich werden auch „Stellvertreter" brutal ermordet, das heißt Opfer und Täter kennen sich nicht, sondern der Täter projiziert den Hass, den er auf jemand anderen hat – einen Partner, ein Familienmitglied – auf ein unschuldiges Opfer. Aber das ist seltener.

Weil das unser täglich Brot ist, sagte niemand „Beziehungstat", auch wenn wir es alle dachten.

Stattdessen war Monika noch mal an der Tür gewesen und hatte auch einen Blick auf die Fenster geworfen. „Auf den ersten Blick finden sich jedenfalls keine Einbruchsspuren."

„Er hat ihn reingelassen", sagte ich ein wenig sinnloserweise, denn das dachten natürlich sowieso alle.

Wahrscheinlich hatten sie sich gekannt. Vielleicht war es auch ein Vertreter oder ein Bettler, der an der Tür geklingelt hatte und hereingelassen worden war, oder ein Handwerker, vielleicht in einem Blaumann, unter dem er vielleicht nichts trug, das war auch denkbar, allein: Wahrscheinlich war es nicht.

Auf den ersten Blick fiel außerdem auf, dass das Opfer am Handgelenk eine sehr teuer aussehende Uhr trug. Möglicherweise war es auch eine Imitation, was mich nicht erstaunt hätte – die Mülltonnen: gute Adresse auf der Visitenkarte wichtiger als gute Wohnung, mehr Schein als Sein, unechte Uhr also naheliegend –, aber ob falsch oder nicht: Der Täter hatte das bestimmt genauso wenig erkennen können wie wir. Mitgenommen hatte er die Uhr aber nicht. Andrea hatte darüber hinaus festgestellt, dass der Tote seine Brieftasche mit über 200 Euro Bargeld noch in der Jacketttasche hatte. Sein Handy lag auf dem Couchtisch.

Ein Raubmord war das nicht.

Ich sah ihn für einen Moment vor meinem inneren Auge. Wie er immer wieder mit der Flasche auf das am Boden liegende Opfer schlug, auf den Hinterkopf, ins Gesicht, bis die schwere Whiskeyflasche zerbrach und dann stach er noch den Flaschenhals in die Kehle des Sterbenden und schlitzte ihn auf. Blutfontänen waren aus dem Hals des Angegriffenen geschossen und an der Wand hinter ihm hochgespritzt.

O mein Gott.

Moi war ein wenig beklommen.

Was hatte der Tote getan, das dazu geführt hatte?

8

Aufgrund der Hitze waren die Jalousien vor den Fenstern heruntergelassen, deren Lamellen allerdings aufgeklappt, was das Licht im Zimmer filterte, durchsiebte. Würde sich an der Decke ein Ventilator drehen, wären wir in New Orleans.

Ein Fenster war gekippt. Geräusche der Straße drangen herein.

Ihn erreichten sie bestimmt höchstens durch Watte. Wenn überhaupt. Ich fragte mich, ob er sie hörte.

Er: Erik Brandstedt, frisch geduscht.

Das war mein erster Gedanke, frisch geduscht, so kam er mir vor, ich hatte noch das Bild des Blutrausches vor meinem inneren Auge.

Der Lebenspartner des Opfers. Er hatte uns heute Morgen angerufen, er hatte die Leiche gefunden. Die beiden lebten in getrennten Wohnungen, arbeiteten aber zusammen im gleichen Krankenhaus. Erik war Krankenpfleger, Widmer – den ich intuitiv beim Nachnamen nennen will – Chirurg. Ich sage nicht, in welchem Krankenhaus, weil mir das unweigerlich eine Unterlassungsklage einbringen würde. Widmer war heute nicht zur Arbeit erschienen, aus verständlichen Gründen. Aber diese Gründe hatte Erik heute Morgen noch nicht gekannt, sagte er jedenfalls, und deshalb war er in Widmers Wohnung gefahren, nachdem er ihn telefonisch nicht erreichen konnte, und hatte vorgefunden, was wir gerade gesehen hatten.

Beziehungsweise: Er behauptete, das vorgefunden zu haben. Vielleicht hatte er es ja auch selbst angerichtet?

Eriks Augen waren gräulich-grün. Er hatte ein auffallend kantiges Gesicht, jetzt gehetzt und ängstlich wirkend, und vielleicht auch traurig, aber ich war mir nicht sicher.

Er war sexy. Was soll ich sagen? Ich kann nicht verhindern, dass ich so was wahrnehme.

Mitte dreißig, sportlich, kurze, dunkelblonde Haare und Zähne, für die manch einer viel geben würde. Ausdrucksstarkes Kinn, breite Schultern, lange, feingliedrige Hände, kraftvolle Unterarme.

Als sich unsere Augen trafen, gab es diesen Millisekunden-Blitz – ein Psychologe hat mir mal erzählt, ob zwei Menschen sich sexuell attraktiv finden, entscheide sich in den ersten Sekundenbruchteilen des Augenkontaktes. Und zwischen uns gab es diesen Blitz – obwohl der Massakrierte nur wenige Meter entfernt lag, in der Nachbarwohnung. Manche Dinge laufen einfach immer weiter, auf der DOS-Ebene.

Ich sagte: „Steffen Lenz. Es tut mir leid" und gab ihm die Hand. Warm, weich, glatt, einfach zu gut.

Er nickte, sich erhebend. „Erik Brandstedt."

Klawitter kam zur Tür rein, er hatte mich vorgeschickt. Das macht er gerne, weil er dann einen besseren Auftritt hat.

„Lutz Klawitter", stellte ich meinen Chef vor, einen Schritt beiseite tretend, ganz Untertan, und auch die beiden gaben sich die Hand.

War das die Hand, die vor wenigen Stunden die Flasche *happy water* geschwungen hatte? Ich konnte es mir vorstellen.

Klawitter nahm Platz und wir auch.

„Was ist denn passiert?", fragte Klawitter.

Erik fuhr hoch: „Wie soll denn ich das ...?"

„Nein", Klawitter machte eine beruhigende Handbewegung, „ich meine natürlich: aus Ihrer Sicht."

„Ja ...", Erik atmete durch. Er saß vorgebeugt auf der Couch, seine Ellenbogen auf den Knien aufgestützt, und nun vergrub er sein Gesicht in den Händen. Konzentration und Verzweiflung. Mit der Erinnerung setzte die Verarbeitung ein, die Geschehnisse fingen an, sich aus dem

Nebel des Schocks in die rationalen Teile des Gehirns zu verschieben. Vergangenheit begann.

„Also Lars kam heute nicht zur Arbeit. Und dann bin ich zu ihm gefahren und dann … da lag er …" Ihm stockte die Stimme. Nach einem Moment hatte er sich wieder im Griff. „Ich bin sofort raus und habe 110 gerufen. Mit dem Handy. Irgendwann kam ein Nachbar vorbei. Seitdem sitze ich hier." In der Wohnung dieses Nachbarn, in der wir jetzt mit ihm sprachen.

„Sie waren der Lebenspartner des Verstorbenen?" Das ‚waren', die Vergangenheitsform, ging Klawitter wie Butter über die Lippen. Aber Erik musste schlucken, natürlich, es war das erste Mal, dass von seinem Freund in der Vergangenheit gesprochen wurde.

Er nickte.

„Wie lange sind … Sie denn ein Paar?" Hier hätte Klawitter das ‚waren' wohl wiederum als zu brutal gefunden. Ich weiß auch nicht, wieso. Ach, es ist immer kompliziert mit diesen Zeit-Formen direkt nach einem Leichenfund.

„Sieben Jahre", antwortete Erik, „wieso …?"

„Nur um mir ein Bild zu machen." Klawitter machte vage Bewegungen mit seinen Händen vor sich im Raum, irgendetwas modellierend. Es sah ein wenig seltsam aus.

„Hat er sich mit irgendwem gestritten, in letzter Zeit?" Ich wollte auch mal was sagen. „Spannungen? Irgendwas Derartiges?"

Erik zögerte eine Millisekunde. Dann schlug er die Augen nieder und schüttelte stumm den Kopf. „Nicht, dass ich wüsste."

Klawitter und ich wechselten einen kurzen Blick.

„Sicher?", fragte Klawitter.

„Wie bitte?" Eriks Stimme war schwach. Nicht kurz vor den Tränen, aber sie wirkte wacklig, brüchig.

Klawitter ließ ihn nicht aus den Augen. „Ob Sie sicher sind, dass Sie nicht doch was von Spannungen wissen?"

Erik hielt Klawitters Blick nicht stand und sah auf die Tischplatte. Er schüttelte leicht den Kopf. „Ich sag doch, keine Spannungen."

Wir ließen es ihm erst mal durchgehen.

Es war verdammt heiß in diesem Raum. Blöder Neubau. Mein Blick wanderte sehnsüchtig zum gekippten Fenster, in der Hoffnung, es würde ein bisschen Wind, eine leichte Kühlung zu uns rüberwehen.

Denkste, Puppe.

„Wissen Sie, wo er gestern Abend gewesen ist?", fragte Klawitter.

Erik war offensichtlich froh, dass das Thema wechselte. „Er wollte ins Tom's." Und er schob erklärend hinterher: „Motzstraße."

Klawitter nickte. Er kannte das Tom's, was ein bisschen was mit mir zu tun hatte.

„Allein?", fragte er.

Erik nickte.

„Warum waren Sie nicht dabei?", hakte Klawitter nach.

„Weil ich ins Bett wollte. Nichts Besonderes. Wir gehen auch mal allein vor die Tür."

Ich fragte: „Und wann hatten Sie zum letzten Mal Kontakt mit ihm?"

„Gestern Nachmittag", antwortete Erik, „am Wannsee."

Ich hatte keinen der beiden dort je gesehen. „Sind Sie dort öfter?"

„Schaffen wir zeitlich so gut wie nie."

Ich nickte.

Er fuhr fort: „Danach habe ich ihn heimgebracht und bin selbst auch nach Hause gefahren. Ich wohne im Wedding."

„Hm", meinte Klawitter.

Ich bohrte noch mal kurz: „Kein gemeinsames Essen oder so? Gemütlich draußen, bei dem Wetter."

Erik winkte ab. „Zu müde."

„Alles gut in Ihrer Beziehung?", fragte Klawitter.

„Ja!", sagte Erik, vielleicht ein bisschen zu schnell und ein bisschen zu bestimmt.

Als das Gespräch vorbei war, standen Erik und ich gleichzeitig auf und wären dabei beinahe mit den Köpfen aneinandergestoßen. Dabei stieg mir sein Körpergeruch in die Nase – ah, und er roch so gut! Es war kein Parfum oder Aftershave, es war sein Geruch. Und er gefiel mir nicht nur – nein, ich kannte ihn auch. Wir waren uns für eine vollkommen seltsame und außerordentlich unpassende Sekunde verdammt nah, rein körperlich – er konnte mich bestimmt genauso riechen wie ich ihn und als wir uns so nah waren, ich spürte förmlich die Bartstoppeln an seinem Kinn über meine Wange gleiten, beinahe hätte ich ihn gebissen –, als wir uns so nahe waren und rochen, trafen sich unsere Augen erneut, und ich glaubte zu merken, dass wir uns kannten, das heißt, er mich auch. Dass es tatsächlich genau dieser Geruch war, den ich kannte, nicht ein ähnlicher. Dass wir uns tatsächlich begegnet waren, wenn ich auch keine Ahnung hatte, wann und wo. Wird schon irgendein Darkroom gewesen sein, denn gesehen hatte ich Erik noch nie. Es gibt verdammt dunkle Ecken, im Tom's zum Beispiel. Nicht alle Darkrooms sind gleich dunkel, aber manche sind praktisch schwarz. Wenn ich ihn jetzt berühren würde, mit meinen Händen seinen Körper erforschen – Brust, Arsch, Schwanz –, würde ich ihn vielleicht erkennen.

Eine völlig neue Form der Gegenüberstellung.

Aber gestern hatten wir uns bestimmt nicht getroffen und deshalb würde ich Erik kein Alibi geben können.

Dieser kurze Moment mit ihm kam so schnell, dass ich das ganz kleine Grinsen, das über mein Gesicht huschte, nicht mehr rechtzeitig hatte einfangen können, und ihm ging es, trotz des Wahnsinns seiner aktuellen Situation, auch nicht anders.

9

Abends war es immer noch verdammt warm. Fast heiß.

Ich lief vom Nolli entlang die Motzstraße runter zum Tom's. Spätschicht, es war 23:30 Uhr. Klawitter hatte natürlich angeboten mitzukommen, aber ich konnte die Runde genauso gut alleine machen.

Man könnte auch sagen, wenn ich im Tom's ermitteln sollte, machte ich das sogar ein ganz klein bisschen lieber ohne Klawitter.

Widmers Nachbarn hatten alle keine nennenswerten Beobachtungen gemacht.

Es war Montag und so standen vorm Tom's schon ein Haufen Männer, manche jung, manche alt, praktisch alles Touristen. Einer war vollkommen nackt. Er trug nicht mal Schuhe. Er war vielleicht so Mitte dreißig und ziemlich knackig. Er quatschte mit irgendwelchen Leuten.

Das Tom's war ganz gut gefüllt. Irgendwo in der Menge das Gesicht des Typen, der bei mir bei Kaiser's, was es 2015 noch gab, arbeitete. Wir nickten uns freundlich zu. Ursprünglich kannte ich ihn aus der Greifbar, hatte ich doch tatsächlich mal wen im Prenzlauer Berg kennengelernt. Wir hatten uns zusammen im dortigen Darkroom amüsiert. Nächsten Morgen gehe ich noch völlig im Tran zu Kaiser's und kaufe Brötchen. Und wer steht hinter der Theke? Der Typ, mit dem ich gestern Sex gehabt hatte. Und ich mit diesem Kater, halbwach, die Augen zusammenkneifend, bist du wirklich der, der ich glaube, dass du bist? Hatte ich gestern deinen Schwanz in der Hand? Wobei ich das dann doch nicht fragen wollte. Und dann grinste er leicht, sagte „Hi" und gab mir zwei Vollkornbrötchen und eine Laugenstange.

Dabei frühstücke ich normalerweise Müsli.

Verrückt, die Welt.

Also – das Tom's. Hinten lief ein langweiliger Muskelporno. Ich ging zum Barkeeper, ein ziemlich junger und ziemlich arroganter Typ. Er war neu hier, ich kannte ihn nicht.

Ich zeigte meinen Dienstausweis und knallte das Foto von Widmer auf den Tresen. Ein Foto aus Papier, wie in den guten alten Zeiten. Die lassen sich besser auf Tresen knallen. Außerdem will ich nicht ständig mein Handy aus der Hand geben, wenn ich Fotos von Verdächtigen zeige. „Den schon mal gesehen?"

Der Barkeeper: „Doch, der war gestern hier, wieso?" Sein lauernder, sensationsgeiler Blick.

Ich ganz Pokerface überging den Blick genau wie sein „wieso" und in beiden Fällen das Fragezeichen. „Haste irgendwas Besonderes beobachtet? Streitereien zum Beispiel?"

„*Nope*", sagte der Barkeeper. Er trug einen dieser Bärte, die mich so nerven.

„Hat er mit jemandem das Lokal verlassen?" Ich war ganz Bullensprache.

„Habe ich nicht bemerkt, wieso?"

Ich ließ ihn stehen und sprach mit seinem Kollegen. Gleiches Resultat. Ich zeigte das Foto ein paar Gästen.

Hinten an der Bar stand ein lasziver, schlanker junger Asiate. Es gibt so attraktive Asiaten in Berlin, aber der unangenehme antiasiatische Rassismus macht es ihnen schwer. Ich zeigte ihm das Foto. Er hatte Widmer noch nie gesehen. Ich hatte aber den Eindruck, dass er nichts dagegen hätte, mehr von mir zu sehen. Ging mir umgekehrt nicht anders. Aber ich musste jetzt meine Runde machen. Als ich mich abwandte, griff er mir an den Schwanz. Ich nickte ihm freundlich zum Abschied zu.

Arbeiten!

Ich hatte Handzettel dabei, Plakate, mit dem Foto von Widmer: Hat jemand den gesehen? Beobachtungen? Bei der Polizei melden.

Raus aus dem Tom's, die Motzstraße runter. Im Hafen war's erstaunlich leer und im Jaxx war auch nichts los. Die Mitarbeiter hatten Widmer gestern nicht gesehen. Ich hängte meine Zettel auf.

Im Tom's hatten sie *Another One Bites the Dust* gespielt und die unsterbliche Bassline lief die ganze Zeit in meinem Kopf weiter, während ich die Motzstraße runterlief.

Ich ging in die Scheune. Ernsthafteres Leder hier. An der Bar saß ein dicker alter Mann, der eine Jeans und eine offene Lederweste trug. Er hatte einen weißen Rauschebart, der ihm bis auf die Brust reichte.

Überhaupt überall halbnackte Männer, die meisten über 60.

Eine Partyankündigung auf einem Flyer: *„In Dog We Trust."*

Ein Poster für eine *„Pig"*-Party.

Naja, der Laden heißt Scheune. Da kann man schon ein paar Tiere erwarten.

Senkrechte Holzverstrebungen. An ihnen metallene Ösen, wo man seine Kuh oder sein Pferd festmachen konnte, wie ich schätzte. Seinen Hund.

Der Barkeeper hatte Widmer nie gesehen.

Ich hängte einen Zettel zu den Partyankündigungen.

Was für eine Zeitverschwendung.

Naja, so ist mein Job eben manchmal.

Ich ging die Motzstraße wieder hoch und rüber in Richtung der Stricherkneipen. Man weiß ja nicht, wo unser Herr Doktor sich so rumgetrieben hatte.

Am Tramps vorbei. Gähnend leer. Wie zahlen die eigentlich ihre Miete? Widmer hatten sie nie gesehen.

Ich ging auf die Ecke Fuggerstraße zu. Wo dieser Spielplatz ist, Sportplatz oder was das sein soll, wo die ganzen arabischen Stricher rumhängen. Dunkel war's. Wenig Laternen. Einige Gestalten. Einer hielt mich auf.

„Na, hast du Lust?"

Ich sagte: „Nee, tut mir leid."

Er zog einen Schmollmund: „Ach komm …"

Er war tatsächlich hübsch, große braune Augen und sehr schlank. „Mir macht das auch escht voll viel Spaß, isch bin selber schwul, weißte?"

Ja, naja, ich war mir nicht so sicher.

Ich schickte mich an weiterzugehen.

Da nahm er meine rechte Hand – er stand rechts neben mir – und führte sie an seinen Schwanz. „Ich will nur, dass du mich hier berührst, okay?" Und grinste mich an.

Naja, gut, der arme Kerl, wenn es ihm so wichtig war, dachte ich. Nicht weit von uns stand ein Kollege – von ihm, nicht von mir – und sah ebenfalls grinsend zu uns rüber.

Und zwar grinste er, wie ich dann merkte, weil der junge Mann neben mir seine linke Hand tief in der Tasche meiner leichten Sommerjacke vergraben hatte, die ich um die Hüften geknotet bei mir trug, man weiß ja nie, ob die Nacht noch kühl wird.

Ich musste auch grinsen. Ich mag einfach Frechheit, Dreistigkeit und so was.

Da waren sowieso nur Kaugummis drin.

Trotzdem war es ein bisschen peinlich für einen Polizisten, sich so reinlegen zu lassen. Ich meine, ich bin zwar bei Mord und nicht bei Kleinkriminalität, aber naja.

Ich kniff ihn leicht und freundschaftlich in die Eier und sagte: „Mein Portemonnaie ist vorne in der Hosentasche."

„Ach", sagte er, „Mensch, so was Blödes."

„Ja, tut mir ja leid." Ich konnte seinen Ärger verstehen.

Dann zeigte ich ihm das Foto von Widmer. „Den schon mal gesehen?"

„Bist du Bulle?"

Ich guckte ernst und bullenmäßig. „Ja, bin ich."

„Willst misch anpissen, weil ich meine Hand in deiner Tasche hatte oder was?"

„Nein ..." Das wäre wirklich zu albern gewesen. „Ich will nur wissen, ob du den schon mal gesehen hast." Hatte ich das nicht schon gesagt?

Er griff nach dem Bild.

„Nee, nee, nur gucken, Finger weg, nur gucken", sagte ich. Der hätte mir bestimmt auch dieses Foto geklaut, nur um mich zu ärgern und mir zwanzig Euro rauszuleiern. Und ich brauchte das Foto heute noch.

Er guckte drauf, blieb erst ausdruckslos, dann schien ihm eine Idee zu kommen und plötzlich grinste er breit und sagte: „Ach, der!"

Ja klar, dachte ich.

„Klar kenn isch den." Er sah mich ernst an, allerdings war ein kleines Grinsen in seinen Augenwinkeln, er grinste, weil er sich über seine eigene List und Geschicklichkeit freute. Ich mochte seinen Charme. Er mochte seinen Charme auch, deshalb grinste er. Nicht eitel, sondern er mochte einfach die Idee, die er gerade hatte, und er mochte Charme an sich. Wie sehr ich das verstehen kann. Charme ist alles.

„Voll krass, der Typ." Er zeigte mit seinem Kinn auf das Foto.

„Erzähl doch mal."

Er wiegte seinen Kopf hin und her. Nachdenkend. Dann: „Was krieg isch, wenn isch's dir sag?"

„Dann nehme ich dich nicht fest", sagte ich.

„Escht?", sagte er. „Is ja voll nett."

Ich sah ihn voll nett an.

„Fuffz'sch Euro."

Ich dachte einen Moment nach, steckte dann das Foto wieder ein und holte mein Handy raus.

Es sehr fest haltend, durchsuchte ich meine Fotos und zeigte ihm eins von einem Freund aus den USA, der noch nie deutschen Boden betreten hatte. „Was ist mit dem?"

Er sah auf das Bild und dann forschend in meine Augen. *Moi*: knallhartes Pokerface. Er leicht grinsend, flirtend, versuchend, dahinter zu kommen.

Transactie wordt verwerkt.

Ach so – Entschuldigung, kurzer Einschub: Ich habe die seltsame Angewohnheit, wenn ich mir Geld aus Automaten hole, die Spracheinstellung „holländisch" zu wählen. Es klingt einfach so lustig. Und während man auf sein Geld wartet, während die Eingabe bearbeitet wird, erscheint auf dem Bildschirm immer der schöne Satz: *Transactie wordt verwerkt*. Und dieser Satz kommt mir immer in den Kopf, wenn Leute mit irgendwas einfach nicht fertig werden: *Transactie wordt verwerkt*.

Endlich schürzte er leicht die Lippen – es blieb ihm nichts anderes übrig, als es zu versuchen, ein Schuss ins Dunkle, aber im Brustton vollster Überzeugung: „Das is' doch der Kumpel von dem anderen, die hab'sch doch zusammen gesehen!"

Fatal error.

Das war's mit deinen zwanzig Euro. Fuffz'sch.

„Mein Lieber. Tut mir leid." Ich klopfte ihm, mich abwendend, freundschaftlich auf die Schulter.

„Ah, nee", rief er mir nach, „isch hab mich getäuscht, der sieht nur so ähnlisch aus, isch hab den noch nie gesehen!"

Ich legte noch mal grüßend zwei Finger an die Schläfe und zog von dannen.

Andere fragten mich im Vorbeigehen: „Sex? Sex? *Wanna fuck?*" Ich fühlte mich ein wenig, als wäre ich in Bangkok.

Vorm Tabasco saßen die zu erwartenden älteren dicken Männer. Aber mit ihnen – und das hatte ich nicht erwartet – ihre älteren dicken Frauen.

Ich war ein wenig erstaunt.

Niemand hatte meinen bescheuerten Widmer gesehen.

Ich ging noch mal rüber in die Toy Boy Bar. Rotes Licht. Ein künstlicher Flieder. Ein deutscher Schlager lief: „In einem anderen Leben" war der Refrain. Was für ein Klischee. Am Tresen saß schon wieder eine Frau, Anfang fünfzig, mit einem Oberteil, das schon in den Achtzigern Trash gewesen sein muss. Es standen Spielautomaten rum und sogar eine Musikbox. Irgendwas hier gefiel mir. Irgendwas war so ehrlich.

Widmer: nie gesehen.

Ich ging wieder raus aus dem Laden.

Drei junge arabische – na, sagen wir: Männer kamen gerade auf die Tür zu. Als sie mich sahen, zogen zwei davon ihre Hosen runter, ohne sie aufzuknöpfen, nur so weit, dass sie ihre fetten Schwänze rausholen konnten. Sie wedelten damit rum und fragten mich, ob ich nicht ficken wollte.

Ich wurde beinahe rot. Beziehungsweise wahrscheinlich wurde ich sogar rot.

Aber natürlich ging ich weiter.

Dann fiel mir der laszive Asiate aus dem Tom's wieder ein.

Ich ging noch mal auf ein Feierabendbier rüber.

Der Asiate war noch da. Was konnte er küssen.

10

AZ 1612-BE/77 II/Dokument 2/2:
Internetforum, Verfasst: Di, 4. Feb 2014, 13:37, Autor: Bigdaddy

Hey Pretender,

erst mal danke für deinen Beitrag und herzlich willkommen in unserem Forum!

Ich nehme sehr ernst, was du schreibst, und freue mich, dass du uns gefunden hast.

Kurz vorweg: Natürlich gibt es Hilfe in deiner Situation. Du hast hier mit Leuten zu tun, die deine Erfahrung auch gemacht haben oder im Begriff sind, sie zu machen. Du musst dich also nicht schämen, du musst auch keine Angst haben, dass du nicht ernstgenommen oder dass du für verrückt gehalten wirst.

Natürlich kann man dir helfen. Jedem kann in jeder Situation geholfen werden. Aber die Hilfe ist leider (noch?) nicht legal. Nirgendwo, in keinem Land. Und natürlich ist sie auch sehr gefährlich. Das macht es so schwierig. Wir müssen vorsichtig sein.

Es sind auch viele Faker unterwegs. Das Problem ist: Auch du könntest einer sein. Journalisten sind hinter uns her, die sensationsgeile Berichte verfassen wollen. Polizei. Geschäftemacher. Versicherungsagenten. Rechtsanwälte. Detektive. Deshalb musst du einen Verifizierungsprozess durchlaufen, bevor wir dich als vollwertiges Mitglied aufnehmen können.

Ich hoffe, du verstehst das. Natürlich wirkt das misstrauisch, und das ist es ja auch, aber vor allem ist es Vorsicht, die letztlich ja auch dich schützen kann und wird.

Erst mal herzlich willkommen!

Bigdaddy

AZ 1612-BE/77 II/Dokument 2/3:
Internetforum, Verfasst: Di, 4. Feb 2014, 14:48, Autor:
The Great Pretender

Hallo Bigdaddy. Danke für deine Antwort.

Ja, ich verstehe das. Aber irgendwie habe ich auch Angst, mich Leuten zu öffnen, die ich gar nicht kenne. Denn wie anonym ist das Internet? Ich kenne mich da nicht so aus, aber kann nicht jeder irgendwie meine IP nachvollziehen?

Außerdem irritiert mich dieses „wir", von dem du schreibst. Wie muss ich mir das vorstellen? Sitzt da irgendwie ein Gremium, das entscheidet? In schwarzen Roben? Da kommen gerade etwas gruselige Bilder in mir hoch.

Die Gefühle haben sowieso ein bisschen nachgelassen. Als ich diesen ersten Eintrag geschrieben habe, konnte ich an nichts anderes denken, an nichts, verstehst du? Ich war völlig besessen!

Aber jetzt ist es viel besser und vielleicht war das alles nur Quatsch. Ich meine, vielleicht spinne ich einfach nur. Sogar ziemlich sicher.

Im Moment weiß ich nicht genau, wie und ob ich das überhaupt weiter verfolgen soll.

Aber noch mal danke für deine Antwort!

Grüße :)

TGP

AZ 1612-BE/77 II/Dokument 2/4:
Internetforum, Verfasst: Di, 9. Feb 2014, 11:27, Autor: The Great Pretender

Hey Pretender,

haha, schwarze Roben sind gut.

Aber keine Sorge. Mit „wir" meinte ich einfach diese Forumsgemeinschaft. Nicht viele von uns kennen sich persönlich. Manche schon. Man kann völlig frei wählen, inwieweit man seine Identität preisgibt und gegenüber wem.

Das steht überhaupt nicht im Widerspruch zum Verifizierungsprozess. Wir wollen alles über deine spezifische Geschichte wissen, die dich zu uns geführt hat, aber du musst uns nichts über deinen Wohnort sagen, deinen Beruf, Name natürlich sowieso nicht, nicht dein Alter, deine sexuelle Orientierung, Religion oder was weiß ich, nicht mal dein Geschlecht.

Mit deiner IP brauchst du dir übrigens keine Sorgen machen — ich könnte nie herausfinden, wer und wo du bist, selbst wenn ich es wollte. Ich will es aber gar nicht. Letztlich musst du mir das glauben, denn das ist es, um was hier geht: Vertrauen, gegenseitig.

Ohne es zu merken, hast du übrigens schon drei Verifizierungspunkte gesammelt — auch wenn die noch nicht viel wert sind, weil jeder, der ein bisschen recherchiert, sie auch bewusst faken könnte. Aber es ist ein Anfang. Die drei Punkte sind:

- du sprichst von Angst und hast dementsprechend Rückzugstendenzen. Ein Journalist hätte keine Angst. Die Polizei auch nicht.

- du sagst, dein Bedürfnis hätte nachgelassen, in anderen Worten: du beschreibst Schübe. Das ist die typische Symptomatik.

- Dringlichkeit. Ich war ein paar Tage nicht eingeloggt. Ich spioniere dir nicht nach, aber als Administrator kann ich sehen, wie oft du hier online bist. Du hast dich jeden Tag mehrmals eingeloggt. Du wartest auf eine Antwort.

Viele Grüße einstweilen,

Bigdaddy

11

Klawitter hatte mir für den nächsten Morgen erlaubt, etwas später zur Arbeit zu kommen, schließlich hatte ich ja gestern die Nachtschicht gemacht. Spätschicht.

Andrea und Klawitter wollten heute Morgen ins Krankenhaus fahren, um sich dort umzuhören, während Monika Kranze auf die Füße treten sollte.

Kranze, der Gerichtsmediziner. Wir wollten heute Mittag den Obduktionsbericht. Klawitter wollte ihn. Ich fand, ja, klar, wieso nicht? Ich meine, so richtig eilig war mir irgendwie nicht zumute, aber ich bin ja auch nicht der Boss.

Und so fand es Klawitter also okay, wenn ich heute ausschlafen würde.

Tat ich aber nicht.

Ja, es klingt komisch, ich weiß, aber ich wollte noch mal in die Wohnung des Toten. Ich mach das einfach so gern. Den Tatort schnuppern.

Manchen mag das seltsam vorkommen.

Also fuhr ich hin. Da ich erst noch ins Büro musste, um den Schlüssel abzuholen, hieß das übrigens, dass ich früher aus dem Haus ging als sonst. Ich kann manchmal ein richtiger Streber sein.

Abgesehen davon, dass die Leiche abtransportiert worden war, war alles weitestgehend wie nach der Tat. Die Spurensicherung war fertig und hatte natürlich wiederum Spuren ihrer Arbeit hinterlassen, dieses Pulver wegen Fingerabdrücken und so was, aber es war nichts grundlegend verändert worden.

Mir war gestern schon aufgefallen, dass keine benutzten Gläser auf dem Tisch standen. Einige Flaschen *happy water* waren da, darunter die fatale Whiskeyflasche, aber keine benutzten Gläser.

Es war nicht geplant gewesen.

Die Tat war nicht geplant.

Er hatte keine Waffe dabei gehabt, jedenfalls hatte er sie nicht eingesetzt. Es war spontan passiert.

Ein spontaner, unglaublich brutaler Gewaltausbruch.

Mann, Mann, Widmer, wie haste deinen Gast nur dermaßen provoziert?

Nicht, dass ich dir die Schuld geben will. Ihnen.

Jetzt war mir doch das „du" rausgerutscht gegenüber Widmer, aber es fühlte sich falsch an. Ich wollte diesen Toten beim Nachnamen nennen, ihn siezen, selbst so im alltäglichen inneren Monolog.

Oder Dialog? Ja, ein Stück weit sind es Dialoge, die ich ständig innerlich führe. Das Schöne ist, dass man dabei den sich wandelnden Gegenübern die Worte in den Mund legen kann, und so hat man immer recht. Das gefällt mir. Wem ich alles schon die Welt erklärt habe! „Mensch, Steffen, da hast du natürlich recht, warum hast du mir das nicht schon früher erklärt?", sagt zum Beispiel Barack Obama gelegentlich in meinen Gedanken.

Die Stricher-Nummer würde irgendwie schon passen, so ein Stricher als Täter. Obwohl sich gestern keine Anzeichen gefunden hatten, wollte ich es doch noch nicht so ganz fallenlassen.

Keine Gläser: Dieser Widmer hatte seinem Besucher kein Getränk angeboten. Das ist verdammt unhöflich und ich traute ihm zu, dass er sich einem Stricher gegenüber unhöflich verhalten würde. Tun bestimmt viele Leute.

Unsympathisch.

Aber ich mochte diesen Widmer ja auch nicht. Unhöflichkeit, Respektlosigkeit gefallen mir so gar nicht. Auch und gerade Prostituierten gegenüber. Arroganz geht mir schrecklich auf die Nerven. Ich finde Arroganz so dumm

– einerseits in ihren Folgen: Man verpasst so viele Sicht-
weisen auf die Welt, wenn man andere pauschal ablehnt.
Und andererseits entsteht sie aus Dummheit, weil sie ja
implizit behauptet, zwischen besser und schlechter unter-
scheiden zu können, was man nun wirklich nur von sich
sagen kann, wenn man eine sehr beschränkte Weltsicht
hat. Und natürlich sind die meisten arroganten Menschen
unsicher, sie brauchen Hierarchien, die sie bestätigen, die
sie irgendwo verankern.

Also der Stricher wird höllisch wütend und bringt den
Arzt um.

Das passt zwar nicht zu der These, dass Widmer seinen
Täter gekannt hatte, aber es würde zu der Stellvertreter-
Geschichte passen. Also Widmer war ein Stellvertreter
für ein anderes Opfer. Stricher haben bestimmt einiges an
Frustration einzustecken, in ihrem Beruf, und vielleicht,
wahrscheinlich, auch auf dem Lebensweg, der sie zu diesem Beruf geführt hat.

Wobei das auch wieder ein Klischee sein kann.

Und dann entlädt sich sein Frust an diesem Typen.

Und er lässt dessen Handy auf dem Tisch liegen, die
teure Uhr, lässt ihm sein Portemonnaie – alles?

Ach, nee.

Ich meine, ja, okay, vielleicht ist er nach der Tat in Panik
weggelaufen und hat deshalb die wertvollen Dinge liegen
lassen, ich meine, eine gewisse Katerstimmung kann man
nach so einem Gewaltexzess ja erwarten.

Aber er ist ja nicht in Panik weggelaufen: Er hat den
Flaschenhals eingesteckt. Das ist nicht panisch.

Weder im Pinocchio noch im Tabasco noch in der Blue
Boy Bar hatten sie Widmer gekannt.

Das Erlebnis gestern, der Herr aus dem horizontalen
Gewerbe mit seiner Hand in meiner Tasche, war mal wieder so ein Beispiel gewesen, dass die Leute dieser Profes-
sion ganz gerne nach Geld greifen, wenn es sich anbietet.

Das soll kein Generalverdacht sein.

Ich weiß, dass es einer ist, tut mir leid.

Das verdammte Handy lag auf dem Tisch! Ein Griff.

Es war keine Musik gelaufen, die Stereoanlage war nicht eingeschaltet. Erik hatte noch mal bestätigt, dass er sie nicht ausgeschaltet hatte.

Was auch ganz schön kaltschnäuzig gewesen wäre. Findet seinen Freund nach einem Deluxe-Gemetzel, nach einem Gemetzel von katholischen Ausmaßen, und spart mal eben Strom.

Nicht so richtig wahrscheinlich.

Also: keine Musik.

Die waren zur Tür reingekommen, die waren gerade eben gemeinsam zur Tür reingekommen. Er hatte ja noch Straßenschuhe an. Widmer. Dann hatten sie sich an diesen blöden Couchtisch gesetzt. Gesprochen.

Also ich nehme an, gesprochen. Streitigkeiten entstehen ja im Allgemeinen verbal.

Widmer saß auf der Couch, vor der er dann später zu liegen kam.

Der andere dürfte auf dem leichten Sessel gesessen haben, der – wahrscheinlich – an der Ecke des Tisches gestanden hatte, jetzt war er deutlich nach hinten abgerückt, wie bereits erwähnt. Es erschien naheliegend, dass er ursprünglich am Tisch gestanden hatte und dann, vermutlich zu Beginn der Gewalttat, als der Täter aufgesprungen war, wie ich vermutete, nach hinten geschoben worden war. Oder später, im Verlaufe der Tat.

Könnte auch ein Internet-Sexdate gewesen sein.

Allerdings auch hier: kein Getränk für den Gast? Es musste ja irgendwas der Tat vorausgegangen sein, ein Streit. Es musste Zeit vergangen sein. Da bietet man dem Gast doch etwas zu trinken an.

Stricher? Warum setzen sie sich eigentlich überhaupt hin? Um sexuelle Praktiken zu verhandeln? Warum? Sie waren doch wahrscheinlich vom Nolli aus hier rübergelaufen und hatten also Zeit dazu gehabt. Oder meinetwegen Taxi gefahren.

Taxizentralen anrufen.

Ich sag doch, es macht Sinn, noch mal allein an den Tatort zu gehen.

Sie hätten Zeit gehabt zu besprechen, was geschehen sollte, bevor sie in die Wohnung kamen.

Sie hätten es natürlich schon besprochen, bevor sie überhaupt losgegangen wären.

Ich glaubte nicht an den Stricher.

Als ich am späteren Vormittag ins LKA kam, ging ich schnurstracks in Manitus und Andreas Büro, um zu erfahren, was sie im Krankenhaus herausgefunden hatten. Die beiden haben ein gemeinsames Zimmer, so wie auch Monika und ich eines zusammen haben. Das von Andrea und Klawitter ist natürlich viel größer als unseres, schließlich sind wir ja nur wertloses Gesocks.

Ich öffnete die Tür und zwar ohne anzuklopfen, weil Klawitter sich über Anklopfen immer beschwert, da er das als zu autoritätsgläubig empfindet, er ist da dem 68er-Geist verfallen, flache Hierarchien. Wie alle 68er – was er nicht ist, dafür ist er zu jung – befiehlt er, seinen Befehlen nicht zu gehorchen. Ich hatte mal einen Englischlehrer, der befahl uns, aufzustehen und aus voller Brust mit Pink Floyd zu singen oder ja eher zu schreien: *„Hey, teacher, leave us kids alone.“* Kein Witz. So war das. So haben die 68er ihre Kinder erzogen, mit der unausgesprochenen Aufforderung: „Sei brav: Sei frech!“ Frechsein ist Bravsein, Auflehnung ist Untertanenpflicht. Gehorsam ist Revolution, weil die Revolution vom Chef vorgeschrieben wird.

Sie waren nicht schlecht, die 68er, aber ein wenig kurios waren sie schon.

„Hallo", sagte ich, „also ich bin wieder da und wollte fragen, wie es im Krankenhaus war?"

Ihr ziemlich großes Chefzimmer hat auch noch einen schönen Blick auf den ehemaligen Tempelhofer Flughafen, worum ich sie beneide. An den Wänden hängen Kunstposter. Ich mag vor allem zwei: eines ist aus der *art*, dieser Zeitschrift für zeitgenössische Kunst. Es zeigt einen Pferdekopf im Profil, der in Neon-Farben ausgemalt ist, vor blauem Hintergrund. Einzelne Flächen des Kopfes und des Hintergrundes sind mit Zahlen versehen, wie in einem Malen-nach-Zahlen-Buch. Das andere zeigt ein Bild von Picasso. Es hat den Titel „Dora Maar mit grünen Fingernägeln". Dora Maar ist auf dem Bild, so scheint mir, über fünfzig, sie trägt ein schwarzes Oberteil und stützt ihren Kopf nachdenklich in ihre rechte Hand. Sie hat – Überraschung – grüne Fingernägel. Außerdem violette Lippen und Lidschatten und riesige Augen. Picasso hat Menschen, von denen er dachte, dass sie viel sehen, mit großen Augen gemalt. Das sagt Klawitter immer, wenn er jemandem das Büro zeigt, damit der auch was lernt. Dabei war es Andrea, die die Poster aufgehängt und die ihm auch Picassos Augentick erklärt hatte.

Draußen war es affenheiß, aber hier drinnen ging es irgendwie.

Ich würde so gerne an den Wannsee fahren, aber die mit ihren bescheuerten Öffnungszeiten, das hatte heute nach der Arbeit keinen Sinn mehr.

Andrea drückte mir ein paar Blätter Papier in die Hand. „Also erst mal ist der Obduktionsbericht gekommen. Im Prinzip steht da drin, dass Widmer am 15.8. zwischen zwei und vier Uhr morgens an Blutverlust verstorben ist. Der erste Schlag war vermutlich der links auf den Hinterkopf." Andrea zeigte mir eine Skizze, auf der die diversen Stiche und Schläge eingezeichnet waren. Ich fand das ziemlich gut mit der Skizze, jedenfalls besser, als wenn es Fotos von Monsieur gegeben hätte.

„Was ist mit DNS-Spuren?", fragte ich. „Also Täter-DNS?"

„Unbekannte DNS", präzisierte Andrea.

Klawitter grinste.

Wenn man DNS-Spuren in der Wunde eines Toten findet, weiß man natürlich nicht automatisch, dass sie zum Täter gehören. Andererseits hinterlassen nicht viele Menschen Spuren unter der Haut eines anderen, wenn man das nicht metaphorisch, sondern tatsächlich meint.

Ich sagte brav: „Unbekannte DNS."

„Bis jetzt nichts, sie suchen noch", antwortete Andrea. „Die frischen Fingerabdrücke, die die Spusi gefunden hat, gehören zu Brandstedt und Widmer. Sonst keine an den relevanten Orten, also der Klinke der Wohnungstür zum Beispiel."

„Also er hat den Täter tatsächlich reingelassen?", fragte ich.

„Hm", machte Klawitter. Es klang skeptisch.

„Nein? Ach so!" Mein Fehler fiel mir Gott sei Dank schnell auf. „Erik war's. Brandstedt." Ich weiß, ich sollte ihn Brandstedt nennen, wie die anderen. Aber er schien mir so nah. Vom Alter und auch sonst. Wenn ich den privat treffen würde, würde ich ihn immer duzen. ‚Aber es ist ja eben nicht privat, Steffen', sagte eine besserwisserische innere Stimme, der ich jetzt am liebsten eine gescheuert hätte.

„Stimmt", sagte Klawitter, „Brandstedt war's."

„Na, dann is' ja easy", fand ich.

„Ja", freute sich Klawitter und strahlte.

Andrea erläuterte: „Wir haben im Krankenhaus erfahren, dass Widmer zwar nicht sehr beliebt war – er galt als karrieregeil, geldgeil, rücksichtslos, skrupellos, geizig …

Aber wir haben doch keine Hinweise auf Konflikte dort gefunden, die zu einem Mord führen würden."

„Allerdings …", fiel ihr Klawitter ins Wort, holte Luft, hob den Zeigefinger – als Andrea dazwischenging: „… haben Brandstedts Kollegen heute übereinstimmend ausgesagt …"

Und dann grinste Andrea und sah Klawitter mit einer einladenden Geste auffordernd an, um ausnahmsweise mal ihn den Trumpf ausspielen zu lassen. Hatten die eine Paartherapie gemacht?

Klawitter nahm die Chance dankbar wahr: „Sie haben ausgesagt, dass Brandstedt gestern Morgen außerordentlich aufgewühlt gewesen war." Und zur Verdeutlichung: „Also bevor er überhaupt mitbekommen haben konnte, dass sein Freund nicht pünktlich zur Arbeit kommen würde und niedergemetzelt worden war und solche Scherze."

„Hat er ja gestern gar nix von gesagt", sagte ich enttäuscht. Immer wird man hinters Licht geführt. Schlimm.

12

Bevor wir den Vernehmungsraum betraten, im Gang, als ich die Tür zum Raum öffnete, Klawitter würde – Chef – später kommen, legte ich Erik die Hand auf den Oberarm. Das war keine Anmache, sondern es war ein kurzer, vertrauter Moment unter irgendwie Gleichen, wir waren ungefähr gleich groß, gleich schwul, hatten wahrscheinlich ähnliche Erfahrungen gemacht und eine ähnlich lange Zeit auf diesem Planeten verbracht.

Pasolini hat mal geschrieben, es gäbe nichts, was an das Verständnis unter Gleichaltrigen herankäme.

Das Verständnis unter Gleichaltrigen. Ich finde, da ist was dran. Man hat vergleichbar viele Dinge in den Graben gefahren und einen in vergleichbarem Maße schwindenden Grad an Hoffnung, dass vielleicht eines Tages doch noch mal etwas klappt.

Es war also diese Art von Moment und die musste es auch sein, denn in circa dreißig Minuten würde Erik wahrscheinlich jede Gelegenheit nützen, den Verdacht von sich zu weisen, und man würde ihm nichts mehr glauben können.

Aber vielleicht konnte er dann ja auch erklären, warum er schon vor dem Auffinden des Toten so offenkundig neben sich stand und auch, warum er uns davon gestern nichts erzählt hatte, aber ich hatte meine Zweifel.

Auf jeden Fall war er jetzt argloser, als er es nachher sein würde.

„Kurze Frage: Hat Ihr Freund eigentlich Internet-Sexdates gemacht, wissen Sie davon was?" Das „Sie" tat mir beinahe körperlich weh, aber es ging nicht anders.

Erik schüttelte den Kopf. „Nie. Nicht sein Ding. Da bin ich sicher. Ich meine, wir waren alles andere als monogam und er hatte auch jede Menge ... ähm ... Herrenbesuch – aber er war mehr der Typ, der beim Ausgehen Leute kennenlernte. Auf Internet-Profilen fehlt ihm der Augenkontakt, hat er immer gesagt."

Ich nickte. „Und Stricher? Hatte er was mit Strichern am Hut?"

Die Überraschung in Eriks Gesicht war echt. „Stricher? Lars? Kann ich mir nicht vorstellen, so geizig, wie der war." Nach einem Moment: „Sex für Geld, glaube ich nicht. Das würde ich auch wissen", fügte er hinzu, wurde aber für einen Moment nachdenklich.

Ich nickte.

Er fragte: „Gibt's denn irgendwelche Spuren in die Richtung?"

Ich zuckte mit den Schultern. „Nee, man könnte nur sagen, es ist irgendwie ein typischer Strichermord …" Forschte in seinen Augen.

Erik sah mich einen Moment nachdenklich an.

Dann schüttelte er den Kopf. „Ich kann's mir beim besten Willen nicht vorstellen."

Was ein interessanter Moment war. Erst mal wegen der Stricher-Nummer, die direkte Antwort dazu: wurde immer unwahrscheinlicher. Darüber hinaus aber auch: Er nahm den Strohhalm nicht, genauso wenig wie den mit den Internet-Sexdates. Würde ein Täter nicht nach allem greifen, was den Verdacht in eine andere Richtung lenken würde, von ihm weg? Ich hatte zwei Fragen gestellt. Dass er das erste Mal, aus Überraschung, noch wahrheitsgemäß und für ihn erst mal nicht nützlich antworten würde, fand ich vorstellbar. Aber beim zweiten Mal? Würde man da nicht ein Türchen offenhalten, nach dem Motto, ja, gelegentlich hat er auch für Sex bezahlt?

Und dann wiederum, nächste Wendung, war Erik vielleicht ein so ausgekochter Satansbraten, dass er mir genau so seine Unschuld vorspielte? Vielleicht auch, weil er wusste, dass sich da nichts finden würde, keine Spuren, nicht im Handy, nicht im Internet, nicht in den einschlägigen Bars.

Jedenfalls liefen alle Überlegungen darauf hinaus, dass Widmer nichts mit Strichern am Hut gehabt hatte. Und auch zu einem Internet-Sexdate führte keine Spur.

Was letztlich auch wieder nicht viel half, denn natürlich konnte es immer ein Zufallstäter gewesen sein, auch wenn es – die Leidenschaft der Tat – unwahrscheinlich schien. Aber natürlich konnte er wen aus dem Tom's oder sonstwo mit nach Hause gebracht haben. Dafür hatten wir ja die Zettel ausgehängt. Vielleicht würden die helfen.

Taxizentralen hatte ich durchtelefoniert, während wir auf Erik gewartet hatten: Es war im fraglichen Zeitraum keine Fahrt zu Widmers Adresse bekannt.

„Warum waren Sie denn so aufgewühlt", fragte Klawitter, „gestern Morgen?"

„Warum ich aufgewühlt war?" Eriks Augen funkelten, er war richtig wütend über die Frage. „Weil ich meinen Freund tot aufgefunden hatte?" Er starrte Klawitter direkt in die Augen, beugte sich vor, voll auf Angriff, als würde er gleich mit dem Kopf zustoßen, ah, so sexy und diese Schultern.

„Davor." Mein Chef, vollkommen unbeeindruckt.

In einem Orchester wäre dieses Wort von einem Becken untermalt worden, so lange hing es im Raum und hallte nach.

Der Vernommene lehnte sich zurück und sank sichtlich in sich zusammen. Nach einiger Zeit sah er hoch: „Davor?"

Klawitter sah ihn lange an und sagte nichts. Steht im Lehrbuch: Schweigen erhöht die Aussagebereitschaft. Es wird als unangenehm empfunden und führt dementsprechend dazu, dass man etwas sagen will. Einfach nur, um das Gesprächsloch zu füllen.

Wenn auch vielleicht nur so was: „Ich weiß nicht, worauf Sie hinauswollen."

Klawitter: „Ihre Kollegen sagen übereinstimmend, Sie wären schon gestern Morgen, bevor Sie erfahren hatten, dass Ihr Partner überhaupt zu spät kommen würde, auffallend aufgewühlt gewesen. Fahrig, zittrig, Kaffee verschüttet, reizbar."

Erik sagte nichts.

Ich übrigens auch nicht. Diese Vernehmung war in erster Linie Klawitters Sache, wir hatten das vorher besprochen. Simples *good cop, bad cop,* ich gebe diese gewisse emotionale Stabilität, die natürlich völlig trügerisch ist – ach, man kann so schön lügen und täuschen in diesem Beruf und ist moralisch dabei völlig im Recht, das mag ich so.

Jedenfalls sagte ich also nichts.

Klawitter aber. „Um Ihnen eine zu einfache Lüge zu ersparen: Seine Schicht beginnt zwei Stunden später als Ihre, wir wissen das. In diesen zwei Stunden waren Sie bereits anders als sonst."

„Ich wollte das gar nicht sagen."

„Ich weiß." Klawitter lächelte. „Haben Sie ja auch nicht."

Stille.

Dann Stille.

Wurde durch Schweigen abgelöst.

Anschließend wieder Stille.

Transactie wordt verwerkt.

Erik: „Ich hatte zu viel gesoffen, vorgestern."

„Ach so! Ja, das macht Sinn, dann ist man zittrig und reizbar."

Erik nickte.

„Wo denn?"

„Zu Hause."

„Oh, mit wem?"

„Allein."

„Oh?"

„Naja."

„Was haben Sie denn getrunken?"

„Rotwein."

„Hm", meinte Klawitter, „mag ich ja auch. Und wie viel?"

„So eineinhalb Flaschen."

„Oh, Mann, allein? Das ist zu viel."

Erik legte den Kopf schief und guckte etwas zerknirscht. „Ich weiß."

„Der Rest noch da?"

„Was?" Das war zu schnell gekommen. Dieses Erschrecken in der Frage.

„Die übrig gebliebene halbe Flasche. Steht die jetzt, in diesem Moment, bei Ihnen in der Küche?"

„Nein", sagte Erik.

„Ach, schade." Klawitter war enttäuscht. „Das hätte Ihnen echt geholfen. Warum denn nicht?"

„Ich …" Er seufzte. „Ich trinke eben manchmal zu viel und dann … also am nächsten Tag schütte ich den Rest, wenn es einen gibt, mit großer Geste weg und werfe dann die Flasche oder sogar die Flaschen, in den Altglascontainer, mit einer gewissen Dramatik."

„Ach so", sagte Klawitter, „da liegen die jetzt also drin?"

„Da würde ich mal von ausgehen", sagte er.

Ich auch. Da lagen bestimmt irgendwelche Rotweinflaschen drin.

„Was war es denn für eine Sorte?"

„Sorte?" Er fuhr hoch. Die wollen es aber genau wissen, dachte er offensichtlich, jetzt ist es aber auch mal gut. Also würgte er ab. „Die hatte ich noch da. Irgendwer hatte die mir mal mitgebracht, ich weiß nicht mehr, was es war."

„Ach so", sagte Klawitter, „ach, Mann, das ist so schade alles."

Fand Erik auch, wie sein trauriger Gesichtsausdruck zu sagen schien.

Jetzt hätte man natürlich noch fragen können, wer hatte die mitgebracht – Erik hätte sich nicht erinnert, wer denn so zu Besuch gewesen war, in den letzten, sagen wir, zwölf Monaten – oh, so viele, er hätte es nicht mehr genau gewusst, auch Besucher aus dem Ausland, bestimmt.

Klawitter schlug eine andere Linie ein. „Sie machen das also öfter? Alleine zu Hause trinken?"

„Naja, leider … ja."

„Aber die Kollegen sagen, Ihr Verhalten gestern Morgen war anders als sonst. Denen ist das also noch nicht aufgefallen."

Nachdem Klawitter das Fragezeichen am Ende des Satzes weggelassen hatte, sagte Erik nichts. Er würde kein Wort mehr sagen als notwendig, das schien auffällig.

Warum eigentlich? Etwas war faul im Staate Dänemark. Aber was?

„Finden Sie das nicht auffällig", Klawitter arbeitete sich nun doch auf das Fragezeichen zu, „dass Ihre Kollegen das nie zuvor bemerkt haben?"

„Ich mache das sonst nur vor freien Tagen."

Natürlich. Mir wurde langsam langweilig.

„Aber gestern nicht."

Erik machte eine Handbewegung, die, wie mir schien, „offensichtlich" sagen sollte.

„Warum?"

Erik sah Klawitter fragend an.

„Warum haben Sie sich gestern Abend betrunken?", fragte Klawitter und sagte nicht: Wenn Sie sich überhaupt betrunken haben.

Erik seufzte. „Es ist eben so passiert."

„Nein", sagte Klawitter, „nichts passiert einfach so. Es gibt für alles einen Grund."

Erik wurde nachdenklich und sah Klawitter länger an. „Das mag sein. Aber ich kenne ihn nicht."

13

AZ 1612-BE / 77 II / Dokument 1 / 2:
Privates Dokument (Brief), undatiert, Verfasser: nicht unterzeichnet

Ich bin Hunderte Kilometer gefahren, mein lieber Lieber – Hunderte Kilometer, in all den Jahren, Tausende, Abertausende, um zu sein, wer ich bin.

Nur damit du dich ein bisschen orientieren kannst, damit du verstehst, was so passiert ist, in all der Zeit, bevor.

Die Zeit bevor: Du würdest, genau wie ich und jeder andere, mein Leben in die Zeit vor dem entscheidenden Tag einordnen und in die Zeit danach. Aber die Bewertungen würden so unterschiedlich ausfallen, die Bewertungen darüber, was dieser Tag bedeutet. Und auch die Vermutungen, wie er abgelaufen ist.

Du kennst ja die Depressionen, die ich hatte, in der Zeit bevor, du standest ja an meiner Seite und bist mit mir durch alles durch, ohne dass ich dir wirklich sagen konnte, was tatsächlich los war. Aber zum Glück muss man Depressionen ja nicht erklären.

Ich bin Hunderte Kilometer gefahren, in kleinere Städte, nicht Hamburg, nicht Leipzig. Da besteht immer die Gefahr, jemanden zu treffen, den man kennt. Braunschweig, Bielefeld, Münster.

Zu dir habe ich gesagt, ich sei beruflich unterwegs.

Ich habe das jahrelang gemacht, jahrelang.

Auch wenn es mir unendlich schwer fiel, dich anzulügen. Und natürlich wurde es immer schwerer, je länger es dauerte, als die Lügen sich aufzutürmen begannen, es immer mehr zu gestehen gab. Ich traue mich ja immer noch nicht.

Ich bin also nach Bielefeld gefahren. In der Innenstadt, im Parkhaus einer Shopping Mall habe ich mich verwandelt. Und dann bin ich, als mein wirkliches Ich, durch die Shopping Mall gezogen, einfach durch die Geschäfte und durch die Fußgängerzone dieser und anderer Städte.

Diese Befreiung, die ich gespürt habe …

Es war natürlich noch nicht das Echte, das Tatsächliche, aber immerhin ziemlich nahe daran.

Ich brauchte diese Erleichterung so sehr.

Wenn es sich angestaut hatte, in den langen Phasen des Eingesperrtseins, des nicht Ich-Seins, brauchte ich diese Ausbrüche. Zu leben oder jedenfalls kurz zu sein oder jedenfalls fast zu sein, was ich in mir gespürt habe.

Natürlich war da auch immer eine gewisse Aufregung und Anspannung, ob mich nicht doch ein Bekannter sieht. Das gab dem Ganzen noch so einen zusätzlichen Adrenalin-Kick.

Ich war der, der ich hätte sein können. Eigentlich der, der ich war. Der, der ich eigentlich war. Das war das Gefühl.

Es war dann immer furchtbar, es zu beenden. Mich wieder einzuschließen in diese falsche Existenz.

Dann kam ich heim, wir telefonierten und ich spürte die Monumentalität meiner Lüge. Ich belog dich ja nicht nur über den konkreten Tag, sondern viel, viel tiefer und größer und tatsächlicher belog ich dich über das, was ich war.

14

„Ist er ein Monster?", fragte ich. „Dieses Monster, das den Mord begangen hat?"

Diese Formulierung war ein wenig blumig, ich gebe es ja zu. Ich hatte an *Schweigen der Lämmer* denken müssen, ich wollte etwas Dramatisches sagen.

Und dann aber, darüber hinaus, war es ja tatsächlich monströs, was dem zu früh Verblichenen zugestoßen war.

Wir saßen wieder in unserem Besprechungsraum. Andrea hatte noch weitere Berichte angeschleppt. Die Spusi.

Klawitter wandte sich nach meinem Monster-Satz mit einem Seufzer und gleichzeitigem Schließen der Lider und Heben der Augenbrauen von mir ab und Andrea zu, die aus dem Bericht zitierte: „Also vorangeschickt: Sein Laptop und sein Handy werden noch untersucht. Die müssen die Passwörter knacken, dann melden sie sich."

Wir nickten.

Andrea fuhr fort: „Brandstedts Fingerabdrücke finden sich auf den Resten der Mordwaffe, also auf Teilen des zerschlagenen Flaschenbauches. Und natürlich auch in der ganzen restlichen Wohnung, was ja nicht sehr erstaunlich ist." So als Lebenspartner. „Und darüber hinaus gibt es, auf den Flaschenresten und in der Wohnung, noch diverse andere Abdrücke. Mit den Karteien wurden sie schon verglichen, kein Ergebnis. Für DNS-Spuren gilt dasselbe."

„Hm", meinte Klawitter.

„Sie führten eine offene Beziehung", informierte ich die anderen, „Erik hat mir das erzählt. Die Fingerabdrücke könnten also von seinen Sex-Bekanntschaften stammen."

„Naja", sagte Andrea, „dann könnten wir die ja vergleichen und ausschließen?"

Monika und ich und sogar Klawitter mussten über so viel Naivität grinsen.

„Was denn?", fragte Andrea und warf einen Blick in die Runde.

Nach einem Moment sah ich mich genötigt, Andrea aufzuklären: „Das sind mit großer Wahrscheinlichkeit viel zu viele, sie kommen aus viel zu vielen unterschiedlichen Ländern und sind nie im Leben wieder aufzufinden. In Berlin sind ständig so viele sexhungrige schwule Touristen … und im Sommer gerade … auch wenn Widmer nicht dem klassischen schwulen Schönheitsideal entsprach. Jeder Topf findet da einen ganzen Haufen an Deckeln …"

„Ah", sagte Andrea.

Ich verbringe offensichtlich zu wenig private Zeit mit ihr. Monika würde nie auf die Idee kommen, man könnte alle Liebhaber der letzten Monate noch irgendwo finden.

Ich meine, Andrea ist wirklich völlig in Ordnung und ich mag sie auch und all das. Aber dann, ich weiß nicht, es gibt einfach zu viele Menschen, die ich spannender finde.

Wir sind auch einfach zu unterschiedlich. Sie ist halt so schick, während ich eher ... ich nenne es *grunge*. So Kurt Cobain und so.

Klawitter sagte: „Also. Die ganze Fingerabdruck- und DNS-Nummer bringt uns nix, weil jede Menge Leute diese Flasche in der Hand gehabt haben. Natürlich auch sein Lebensgefährte."

Andrea nickte. „Leider."

Klawitter fuhr fort: „Dieser Lebensgefährte wiederum lügt." Er warf mir einen Blick zu.

„Allerdings", bestätigte ich.

Klawitter monologisierte chefmäßig weiter vor sich hin: „Er stand gestern Morgen, bevor das Opfer überhaupt vermisst wurde, bereits vollkommen neben sich. Warum?"

Monika schlug vor: „Weil er in der Nacht einen Mord begangen hatte und dann vor der Arbeit nicht mehr viel Schlaf bekommen hat?"

„Sehr gut", sagte Klawitter, „genau das nehme ich auch an. Warum hat er ihn abgemurkst?"

Andrea brachte es auf folgenden Punkt: „Die Frage ist: Was hat Erik aus der Bahn geworfen? Ob er der Mörder ist oder nicht."

Ich wollte auch klug sein: „Was hat ihn aus der Bahn geworfen, weswegen war er Montagmorgen so auffallend nervös, wenn es nicht der Mord war, und warum verschweigt er es uns?"

„Richtig", sagte Klawitter.

„Und wann ist – was auch immer es ist – passiert?", fragte Monika.

„Zwischen Sonntagnachmittag und Montag früh", sagte Andrea mit Bestimmtheit. „Erik hatte Sonntag Frühschicht. Da war er noch ganz normal. Was hat er danach gemacht?"

„Er war am Wannsee, das hat er uns erzählt." Klawitter sah mich an. „Was ist da passiert?"

„Oh", sagte ich erneut, „möchte Monsieur, dass ich mich dort mal umhöre?"

15

Ich tat es nackt.

Ich meine, ich hatte keine Lust auf die Auseinandersetzung mit der dortigen ... ähm ... Polizei, die mich dann zum Ausziehen auffordern würde. Und außerdem will ich – als Hüter von Recht und Ordnung – ja auch Vorbild sein.

Es war Mittwochmorgen. Gestern wäre es schon zu spät gewesen.

Ich hatte Fotos von den beiden dabei. Der scharfe Erik war hier ganz sicher Leuten aufgefallen. Stand zu hoffen, dass ich Gäste treffen würde, die auch am Sonntag hier gewesen waren.

Ich sprach erst mal mit den beiden, die am Kiosk arbeiteten. Beide sagten, nach einem Blick auf die Fotos, dass die zwei am Sonntag da gewesen wären, ihnen aber nichts Ungewöhnliches aufgefallen wäre. Der eine meinte noch, er hätte – und dabei tippte er auf das Bild von Erik – den einen öfter Richtung Dusche gehen sehen.

Ich ging in die Dusche. Sie ist in dem langgezogenen Gebäude im, man könnte sagen, Souterrain. Man geht eben ein paar Stufen runter.

Weil es unter der Woche war, war nicht allzu viel los, aber ein paar Männer waren doch da. Unter der ersten

Dusche stand ein schlanker Mann, vielleicht Anfang zwanzig, sehr hübsch und, wie es schien, ziemlich schüchtern.

Ich zeigte ihm die Fotos: „Haste einen der beiden schon mal gesehen?"

Er sah mich ziemlich verblüfft an. Mann, was war der hübsch.

„Ich bin von der Polizei", erklärte ich.

Er nickte ein wenig ungläubig, warf dann einen Blick auf die Fotos und schüttelte den Kopf.

In der nächsten Kabine – sie sind alle offen, ohne Vorhang oder so – war ein großer Mann, der bestimmt schon die fünfzig überschritten hatte. Er wichste und linste in die hinterste Duschkabine, wo ein weiterer Mann, vielleicht so Anfang vierzig, einen vielleicht Anfang Dreißigjährigen fickte. Der Passive hatte einen riesigen Schwanz, o mein Gott.

Immer werden die mit den Riesenschwänzen gefickt. Es macht ja auch Sinn, das Fassungsvermögen ist dann ja doch begrenzt – also, es sei denn. man steht auf Fisten oder ist doch schon allzu ... ähm ... erfahren –, im Allgemeinen macht es Sinn, aber eigentlich denkt man doch, alle wollen von den großen Schwänzen gefickt werden. Denkt man das nicht?

Aber in der Praxis ist es meiner Erfahrung nach anders. Ich kann mich natürlich täuschen. Aber nach dem, was ich so mitbekomme, gibt es doch ein Art Konsens, der sagt, Riesenschwänze sehen richtig gut aus, im Gehen, wenn sie von Oberschenkel zu Oberschenkel klatschen, sie liegen verdammt gut in der Hand – aber schon im Mund denkt man sich, es könnte auch ein bisschen weniger sein. Ich krieg ja gleich 'ne Maulsperre und was mache ich bloß mit meinen Zähnen? Eigentlich nervt es doch, oder?

Naja und das steigert sich in anderen Situationen.

Ich fragte den Wichsenden, ob er die auf den Fotos kennen würde, und er sagte nein.

Dann ging ich zu den zwei Fickenden. Der Passive schüttelte den Kopf, als ich ihm die Fotos zeigte. Der andere bat mich, das Bild genauer ansehen zu dürfen. Da die Dusche nicht lief, das Foto also nicht nass werden konnte, gab ich es ihm.

Während er es betrachtete und dabei beim Ficken ein wenig langsamer wurde, streckte der Passive seine Hand nach meinen Eiern aus.

Ein wenig unerwarteterweise kam er näher – woraufhin natürlich der Schwanz des anderen rausrutschte, was mir ein wenig leidtat, ich hatte ja nicht stören wollen, aber ich muss doch meine Arbeit machen – und küsste mich auf den Mund. Bestimmt ein Tourist. Er küsste gut. Ich nahm seinen Penis in die Hand. Ich mag diese großen, fetten Dinger schon sehr.

Er ging auf die Knie und begann, meinen Schwanz zu lutschen. Sehr kompetent.

Ich war dadurch ein wenig von der Arbeit abgelenkt.

Andererseits war es entspannend und es würde mir bei der weiteren Ermittlung nützlich sein, da es mittelfristig meine Konzentrationsfähigkeit steigern würde. Ich würde nach diesem Zwischenspiel zumindest eine gewisse Zeit lang weniger leicht abzulenken sein.

Ich gab ihm zunehmend tiefe Stöße in seinen aufnahmebereiten Hals.

Der Fünfzigjährige von nebenan hatte mittlerweile seine Kabine verlassen und stand wichsend neben uns.

Nur der junge Mann vorne kam einfach nicht näher.

Er drehte sich aber auch nicht weg, er versteckte seine Dreiviertellatte nicht vor uns. Obwohl er immer schüchtern wegsah, wenn einer von uns ihn anblickte, so wandte er seinen Schwanz doch kein bisschen ab. Und er verließ auch die Dusche nicht.

Dabei war er mittlerweile bestimmt sauber.

Was ich etwas ungünstig fand, war, dass die Tür, die die Dusche von dem Aufgang und der direkt gegenüberliegenden Damendusche trennte, sperrangelweit offenstand.

Am allerblödesten aber ist immer, wenn plötzlich fünf türkische Teenager reinkommen, die sich verlaufen haben und überhaupt nicht kapieren, dass sie eigentlich in einem Darkroom sind, und sich – ohne jemals ihre Badehosen auszuziehen – stundenlang duschen, jedenfalls fühlt es sich wie Stunden an, während all die Schwuppis schwer genervt abwarten, bis die Party wieder startet, wenn unsere jungen anatolischen Freunde endlich gegangen sind.

Wie auch immer – nach einer gewissen Zeit schoss ich meinem neuen Freund ins Gesicht, was ihn erfreute und mich auch.

Danach duschten wir uns beide kurz ab und dann küsste ich ihn noch mal. Ich mochte es sehr, wie er küsste, er war wirklich gut mit den Lippen und der Zunge.

Schließlich riss ich mich schweren Herzens los.

Der andere gab mir die Fotos zurück. Ich lächelte ihm dankbar zu. Er sagte: „Also den hier", er zeigte auf Erik, „habe ich Sonntag gesehen."

„Ja?", sagte ich. „Irgendwelche besonderen Beobachtungen?"

Der grinste. „Nee, ich hab mehr seinen Hinterkopf gesehen."

„Haha", sagte ich, „also hast du auch nicht" – ich konnte ihn in dieser Situation einfach nicht mehr siezen – „beide zusammen gesehen, ob sie sich gestritten haben oder so?"

„Nee." Er schüttelte bedauernd den Kopf.

Ich hätte ihn doch siezen sollen. Es wäre so schön absurd gewesen.

Ich verließ die Dusche.

Ich meine, ich hatte nicht mal ein Handtuch dabei.

Um meine Hände abzutrocknen, hatten mir meine neuen Freunde netterweise eins geliehen. Ich brauchte trockene Hände, um die Fotos anfassen zu können. Aber ich wollte mich nicht am ganzen Körper mit einem fremden Handtuch abtrocknen, das mag ich irgendwie nicht.

Ist einfach zu intim.

Also stellte ich mich in die Sonne, um ein bisschen zu trocknen, während ein paar Männer an mir vorbeigingen und mit ihren Augen meinen Körper von Kopf bis Fuß bestrichen.

Beziehungsweise genauer geht es so: Der erste Blick geht ins Gesicht, der zweite auf den Schwanz und der dritte dann rauf und runter.

Einige blieben ein bisschen weiter entfernt stehen.

Und dann sah ich Federico ganz hinten unter der Trauerweide. Federico ist ein Kumpel von mir. Ich habe ihn über Freunde hier am Wannsee kennengelernt.

Ich war ja schon fast getrocknet und warum sollte ich meine Ermittlungen nicht mit einem Bekannten weiterführen?

Federico war so freundlich, mir einen Platz auf seinem Handtuch anzubieten. Er ist Italiener, sehr freundlich, sehr groß und sehr eckig. Alles irgendwie eckig. Zu eckig für mich.

Nach ein paar einleitenden Worten fragte ich ihn: „Du, ich bin dienstlich hier, kennst du diese Typen?"

Und legte ihm die Fotos hin.

Federico sah sich die Bilder an und sagte erstaunt: „Ach!" Dann zeigte er auf Erik: „Das ist doch Schleckermäulchen?"

„Ja?", fragte ich.

Das war Eriks Spitzname? Ich seufzte schwer. Den Kelch würde ich an mir vorüberziehen lassen müssen. Also den Kelch, den der Spitzname, wie mir schien, implizierte.

Erik war ein Verdächtiger und ein Zeuge, das ging nun wirklich nicht.

„Ihr kennt euch?"

„Nicht allzu gut", sagte Federico. Sein Deutsch ist perfekt. Er lebt schon ewig in Berlin. „Ein bisschen Quatschen, gelegentlich." Und dann grinste er. Mein Blick fiel, unwillkürlich und völlig unbeabsichtigt, zwischen seine Beine auf seinen schönen langen Schwanz.

„Haha", sagt er daraufhin, „genau, das gelegentlich auch."

„Hast du die beiden am Sonntag gesehen, hier?"

„Ja", sagte Federico, „wieso?"

„Ich kann wirklich nicht ...", sagte ich bedauernd. Es tat mir leid, weil ich ja auch so gerne klatsche und tratsche, aber ich meine, das war jetzt beruflich und ich bin ja ein gewissenhafter Polizist. „Wie haben die beiden sich so verhalten? Wie war die Stimmung zwischen ihnen, haste was mitbekommen?"

„Ach, schien ganz normal zu sein, wieso?" Und dann bekam er diesen lauernd-lustvollen Blick, ein wenig sensationsgeil, ich weiß, das finden immer alle so eine schreckliche Eigenschaft, aber so sind wir Menschen eben, ich finde es nicht so schlimm. Jedenfalls bekam er diesen Blick und zeigte auf die Fotos: „Haha, du willst doch nicht etwa andeuten, dass einer den anderen ...?" Und dann fuhr er mit seinem Finger einmal kurz von links nach rechts über seine Kehle.

„Nein!", sagte ich empört. „Um Gottes willen!" Ich wartete einen Moment, bis sich mein Entsetzen wieder gelegt hatte. „Also die beiden verstanden sich gut?"

Er forschte noch mal in meinem Blick nach Tratsch-Material, aber *moi* war hart und undurchdringlich wie die Berliner Mauer, als es sie noch gab. „Die standen hinter mir am Bierstand an und ich habe mit ihnen gequatscht. Nichts Besonderes, völlig normal, nichts Auffälliges. Ich hätte es gemerkt, wenn da was gewesen wäre."

16

AZ 1612-BE/77 II/Dokument 1/3:
Privates Dokument (Brief), undatiert, Verfasser: nicht unterzeichnet

Mein lieber Lieber,

ja, ich bin so viele Kilometer gefahren, von denen ich dir nie etwas gesagt habe, so viele heimliche Reisen, aber von einer Reise habe ich dir dann doch erzählt, besonders von den langen Planungen, dabei wusste ich, dass sie nie stattfinden würde.

Es ist die Reise, zu der ich gerade aufgebrochen bin. Es ist die Reise, auf der ich gerade bin. Jedenfalls glaubst du das.

Vielleicht sollte ich dir diesen Brief doch nicht geben …

Ich weiß nur wirklich nicht, was ich mit meinem Gewissen machen soll … Aber das ist natürlich auch wieder so ein unglaublich egoistisches Argument.

Vielleicht sollte ich dich nicht so schrecklich erschüttern.

Vielleicht ist auch das eine gute Aufgabe, eine gute Wirkung dieses Briefes: dass mir während des Schreibens klar wird, ob ich ihn dir geben sollte – oder eben doch nicht.

Die allmähliche Verfertigung des Gedankens beim Schreiben.

Hinter dem steckt natürlich die alte Frage: Was ist besser: dumm und glücklich oder wissend und unglücklich? Meine Erfahrung ist, wenn man richtig jung ist, will man wissend sein, egal um welchen Preis. Wenn man älter wird, wird man mit der Dummheit immer zufriedener …

Vielleicht hängt das – wenn es denn überhaupt stimmt – damit zusammen, dass man, wenn man jung ist, noch glaubt, man könne die Welt (oder das Leben, das Land, die Menschen, wie auch immer man es nennen will) ändern, man nimmt also das Unglück, das zwangsläufig entsteht, wenn man die (sogenannte) Wahrheit kennt, in Kauf, weil man davon ausgeht, dass es nicht lange anhält, da man die Realität verbessern wird.

Fehler.

Nein, das stimmt auch nicht. Die Welt ist veränderbar und verbesserbar. Ich war zwar nicht dabei, aber ich glaube schon, dass Woodstock besser war als der Zweite Weltkrieg.

Vielleicht ist es doch richtig, dass man als junger Mensch so denkt.

Vielleicht wird man nur müder, wenn man älter wird, und ist dann zufrieden, sich in Unwissenheit einzurichten. Es geht ja nicht darum, wie irgendwas ist, es geht ja immer nur darum, wie es sich anfühlt, was es in einem auslöst, wie es einem geht – und natürlich den Nächsten, mit denen man ja eine Schnittmenge bildet.

Und wahrscheinlich will man sich nicht dem ganzen Schrott stellen, den man in den letzten Jahren oder Jahrzehnten angerichtet hat.

Das ist natürlich der Hauptunterschied: Wenn man richtig jung ist, will man die Wahrheit wissen, weil dafür die Alten, also jemand anders, verantwortlich sind. Wenn man älter ist, hat man es selbst verbockt und zieht einen rosa Schleier der Wahrheit vor.

Ich sag doch: Die langsame Verfertigung des Gedankens beim Schreiben.

Die Pfefferfabrik.

Die verlassene Pfefferfabrik im Süden Kambodschas, über hundert Kilometer südlich von Phnom Penh, circa 20 Kilometer westlich von Kampot, nah am Dschungel über der Steilküste am Meer. Der letzte Tiger wurde hier vor 17 Jahren gesichtet.

Ein Tiger kann mit einem einzigen Tatzenhieb einer Antilope das Rückgrat brechen. Und er setzt seine Tatzen meist nicht mal ein, weil seine Zähne und Kiefer noch viel todbringender sind.

Hier hatten in den späten fünfziger Jahren, nach der Unabhängigkeit Kambodschas, ein paar französische Idealisten eine Pfefferfabrik gebaut, für die ehemals stolzen Khmer. Malerisch oben an der Steilküste gelegen.

Sie hatten Gerüste gebaut, an denen die Pfefferpflanzen entlangranken konnten, ein Bewässerungssystem für die Stauden und für die Becken, in denen der weiße Pfeffer eingeweicht werden sollte, große Trockenschalen, Salzwasserbecken, Rinnen mit fließendem Wasser, Transportwege — alles, was für die Herstellung der unterschiedlichsten Arten von hochwertigem Pfeffer notwendig ist. Es war ein kluger Gedanke, er war gut umgesetzt und Kampot war der richtige Ort für die Pfefferherstellung — jetzt tun sie es, Kampot-Pfeffer ist berühmt.

Aber damals taten sie es nicht.

In der Fabrik wurde kein einziges Pfefferkorn produziert. Sie steht dort oben an der Küste, majestätisch und verfallen, wie ein alter Tempel, und irgendwie ist sie das auch. Der Tempel des Nicht-Angenommenen.

Sie gehörte da nicht hin. Sie war sinnvoll, sie war klug, es war richtig, sie zu bauen, sie war vollkommen funktionstüchtig, sie war für damalige Verhältnisse modern, es war an alles gedacht worden, der Tiger war übrigens gar kein Problem — wilde Tiere gab es damals noch viel mehr und natürlich hatte die Fabrik auch Wachtürme und Mauern, durch die man sich, so gut es ging, schützen konnte.

Es war alles richtig an der Fabrik, es gab keinen Fehler. Bis heute ist sie eine Touristenattraktion. Einerseits, weil sie so malerisch ist und so malerisch liegt, andererseits, weil sie eine gewisse Ratlosigkeit darüber auslöst, warum die Menschen sie nicht benutzt haben.

Aber sie gehörte da eben einfach nicht hin. Sie war nicht beseelt. Sie war schlicht und ergreifend einfach fehl am Platze. Obwohl sie sogar ästhetisch war, obwohl sie in die Landschaft passte, ja richtiggehend nachhaltig war, selbst nach heutigen Gesichtspunkten.

Aber sie war falsch. Sie durfte da nicht sein. Niemand wollte da arbeiten. Sie störte. Sie gehörte weg.

Es war auch nicht so, dass die Kambodschaner zu dumm gewesen wären, in der Fabrik zu arbeiten, natürlich nicht, vollkommen abwegiger Gedanke, sie waren dazu absolut fähig! Und es stimmt zwar, dass die Fabrik von Angehörigen des abziehenden Kolonialvolks gebaut worden war, was natürlich erst mal keine Sympathie auslöste. Aber auch viele, viele andere Gebäude, Maschinen, Krankenhäuser, waren von den Franzosen gebaut und hinterlassen worden und sie wurden durchaus angenommen.

Dieses nicht.

Der Volkskörper, ich hoffe, das Wort löst keine falschen Assoziationen aus, der Volkskörper lehnte sie ab. Stieß sie ab. Sie war nicht beseelbar.

So was gibt es. So was gibt es eben. Verstehst du? Warum versteht das keiner?

Das, diese Abstoßung, diese Unbeseeltheit, Unbeseelbarkeit, wie du weißt, wollte ich in der Dokumentation genauer untersuchen, die so lange in der Planung war, mit den Kollegen, die du nie gesehen, nach denen du aber oft gefragt hast, aber sie waren ja aus Bonn, arbeiteten im Stammhaus, so dass ich zu ihnen fuhr oder flog, zu Besprechungen, sie kamen nicht zu uns.

Und nach langen, langen Vorbereitungen, jetzt, als schließlich auch die Gelder bewilligt sind, bin ich auf dem Weg nach Kambodscha. Ich bin auf dem Weg in den Dschungel.

Du hättest mich gerne zum Flughafen gebracht und das wäre ja auch romantisch gewesen. Aber unser Flug geht von Köln-Bonn, mit der Ausrüstung und den Kollegen. Ich sitze jetzt im Zug dahin. Das denkst du jedenfalls. Du hast mich zum Lehrter Bahnhof gebracht, oder Hauptbahnhof, wie er heute heißt, wie haben uns geküsst und umarmt und wie immer unsere Bäuche aneinander gerieben, „Wamping", vor der großen Reise, die vielleicht nicht ganz ungefährlich wird, wer weiß, was passieren wird, hoffentlich geht nichts schief, die gesundheitliche Versorgung in Kambodscha ist jenseits von Gut und Böse, natürlich haben wir Sorgen, beide, wir haben Angst vor der Reise, wenn auch aus unterschiedlichen Gründen. Dann küssten und umarmten wir uns und der Zug verließ den Bahnhof. In Spandau stieg ich wieder aus.

17

Als ich nach den Ermittlungen am Wannsee im Büro eintrudelte, meldete ich mich wieder bei Klawitter.

Ich gebe zu, es hatte alles ein wenig gedauert. Die Avus war wieder verdammt voll gewesen, da ist diese Dauerbaustelle. „Dauerbaustelle" ist eines meiner Lieblingsworte. All diese Sinnlosigkeit darin. Man denkt doch irgendwie, jedenfalls ich, aber ich bin ja auch naiv, dass es der Sinn einer Baustelle ist, etwas zu beenden, dass sie also gerade nicht auf Dauer angelegt ist. Aber das ist eben naiv. Eine Dauerbaustelle hat durchaus Sinn.

Sie erinnert mich an ein Kunstwerk – eigentlich ist sie selbst ein Kunstwerk, aber sie erinnert mich auch an ein anderes –, das ich mal vor Jahren gesehen hatte, ein Aktionskunstwerk: Das bestand aus einem Raum, in dem zwei Männer die Wände strichen. Sie befanden sich auf den gegenüberliegenden Seiten des Raumes und arbeiteten sich in gleichem Rhythmus von Wand zu Wand. Der eine strich die Wände schwarz, und der andere strich sie weiß. Es musste ein ziemlich gutes Weiß sein, denn es deckte das Schwarz vollkommen ab. Umgekehrt natürlich sowieso. Und so strichen und strichen und strichen sie, man wusste schon lange nicht mehr, wer wessen Farbe übermalte, und eigentlich arbeiteten sie ganz normal, wie Tausende andere Maler auch, sie taten ja gar nichts anderes, als zu streichen, nur wurde eben die Sinnlosigkeit so offenbar.

Und dann war es offensichtlich doch nicht so sinnlos: Ich erinnere mich ja heute noch daran. Wer weiß, wie viele andere Menschen auch?

Ich habe mal von der buddhistischen Übung des „Waldfegens" gehört. Das geht so: Man nimmt sich einen Besen, geht in den Wald, am besten im Herbst, und fegt die abgefallenen Blätter zusammen. Dann kommt ein Windstoß und wirbelt alles wieder durcheinander. Dann fegt man wieder. Wieder ein Windstoß. Alles durcheinander, man fegt erneut. Und so geht das stundenlang. Waldfegen ist eine Übung in Sinnlosigkeit. Denn so, sagt die Lehre, ist das ganze Leben: Du kannst es tun. Du kannst es lassen. Es spielt keine Rolle.

Tjaja, das ist schon harter Tobak, so auf der Avus. Ich fuhr weiter, am ICC vorbei, das ich auch so mag. Viele sagen, es erinnere sie an ein Raumschiff. Mich erinnert es an einen Käfer, nicht das Auto, sondern das Insekt. Ein riesiger, überdimensionaler Käfer, der am Autobahnende sitzt. Schönes Haus.

Und irgendwann den Tempelhofer Damm hoch und gegenüber des alten Flughafens in unser schwer gesichertes Dienstgebäude und dann *direttamente* zu Klawitter ins Büro. Monika und Andrea waren auch da.

Klawitter sagte: „Gut siehst du aus. Hast ja richtig Farbe bekommen."

„Ich? Äh, was." Ich warf einen Blick in Dora Maars große Augen, auf der Suche nach etwas Ruhe, Stabilität und
Unterstützung und um mich ein wenig zu sammeln. Sie
ist so klug und verzeihend. Manchmal ist sie meine beste
Freundin in Klawitters Büro. Oft. *„Moi* hat im Auftrag von
Recht und Gerechtigkeit ermittelt und sich dabei notge-
drungen der Sonne ausgesetzt." Also wirklich. Für was
wurde man denn noch alles so rüde beschimpft?

„Und welches Ergebnis haben deine Ermittlungen ge-
zeitigt?" Klawitter musterte mich streng.

Bevor ich antworten konnte, kam aus Monikas Handy
ein Ton, ihr Blick fiel drauf und ihr entfuhr ein leichtes
Kreischen.

Oder vielleicht war es auch eher ein Jauchzen.

Klawitters strenge Musterung, nun durch ein Stirnrun-
zeln fast zu einem Donnergrollen verschärft, verschob
sich direkt von mir zu meiner liebreizenden und von mir
heißgeliebten Kollegin.

Sie sagte: „Ah ... ähm ... das ist dienstlich!"

Klawitter seufzte: „So dienstlich wie Steffens Sonnen-
bad?"

„Ich habe nicht in der Sonne gelegen!", sagte ich empört. Ich habe mir einen blasen lassen, in der Dusche, im
Schatten!

Andrea spielte mit ihrem Kugelschreiber.

„Nein!", sagte Monika und tippte auf das Display ihres
Handys. „Das ist – war ..." und ihre Stimme klang plötzlich enttäuscht „... dienstlich. Ein Krankenhaus. Wegen
des Beines."

„Was denn für ein Bein?", fragte Klawitter.

Andrea stöhnte.

„Na, das verdammte Bein", antwortete Monika und ver-
besserte sich sofort, „also, ich meine das ... das Bein. Das
wunderbare Bein. Also das Bein halt. Das wir gefunden
haben."

„Ach so", sagte Klawitter, „das Bein."

„Das war eine Mail von einem Krankenhaus. Es sah verdammt danach aus, als hätten wir einen Treffer. Aber", sie zeigte auf ihr Handy, „haben wir nicht."

„Schade", sagte Klawitter, „aber es ist sehr lobenswert, dass du dich so artig darum kümmerst." Er nickte anerkennend und huldvoll und sein Blick wanderte direkt wieder zu mir. „Nimm dir mal ein Beispiel an deiner Kollegin! Die tut was fürs Vaterland! Während du wahrscheinlich schon gar nicht mehr weißt, um was für ein Bein es überhaupt geht!", schloss er polternd.

„Ha – ha – ha", sagte ich. „War es nicht gerade die Chefin selbst, die überhaupt keinen Schimmer mehr von dem blöden Bein hatte?"

„Die Chefin", donnerte Klawitter zurück, „hat so viel im Kopf, einen solchen Arbeitshorizont, dass sie natürlich nicht jedes Detail immer parat haben kann! Während so ein kleines Arbeiterbienchen wie du …" Und dann ging ihm das Ende des Satzes flöten. Er wusste offensichtlich nicht mehr, was er hatte sagen wollen, und entschloss sich schließlich zu einem empörten: „Also wirklich."

Andrea seufzte. „Vielleicht ist diese hochkonzentrierte Arbeitsatmosphäre der richtige Zeitpunkt für mich, darauf hinzuweisen, dass die Spusi, die ja das Laptop des Opfers untersucht, das Passwort geknackt hat. Und auch das seines Handys. Es war natürlich das gleiche …" Andrea seufzte über diese weit verbreitete Dummheit.

„Sehr gut", sagte Klawitter. Ich sah ihm an, dass er gerne eine launige Bemerkung gemacht hätte, aber bei Andrea traute er sich nicht.

Was sie wusste. Um ein wenig die Arbeit voranzubringen, nahm sie die Zügel in die Hand und fragte mich: „Also was hast du am Wannsee herausbekommen?"

„Dass am Sonntagabend noch alles picobello war, zwischen Widmer und Erik. Ein Freund von mir, den ich das

Glück hatte, am See zu treffen, kennt die beiden ein wenig und hat sie am Sonntag gesehen und meinte, alles war gut. Also normal. Unauffällig."

Woraufhin eine kleine Pause entstand.

Alles ist Rhythmus.

Ich warf einen Blick aus dem Fenster. Was war es wieder heiß da draußen. Es war der Sommer überhaupt. Wir hatten zwanzig Jahre nicht so einen Sommer gehabt und ich zweifelte, ob ich jemals wieder einen vergleichbaren erleben würde.

Und ich war in diesem verdammten Büro!

Es war zum Verrücktwerden!

Ach, wäre ich doch am Wannsee geblieben. Vielleicht wäre der Geschäftsführer gekommen, um seinen Prachtarsch allen erdenklichen Männern entgegenzustrecken.

Er ist ein Exhibitionist reinsten Wassers.

Aber ich will ihn nicht darauf reduzieren. Er ist ein sehr intelligenter junger Mann mit Universitätsabschluss und Pipapo, er ist bei Amnesty International – ehrenamtlich – engagiert, schon seit Jahren, er ist liebevoll und kann auffallend gut kochen. Nur um das mal klarzumachen. Ich fand ihn insgesamt ziemlich reizvoll, muss ich sagen, ich war nicht sicher, ob er vielleicht was für mich wäre.

Ich war mir natürlich auch nicht sicher, ob ich was für ihn wäre.

Damals war er ja noch nicht Geschäftsführer, wie gesagt. Er war arbeitslos, hatte frisch seinen Job verloren und seine ohnehin großen Augen waren durch die Traurigkeit, die auf die Niederlage gefolgt war, noch ein wenig größer. Das gab diesem Sommer die leichte Melancholie des Abgrundes, die nach meiner Erfahrung zum Glück gehört. So wie der letzte Sommer der Jugend der schönste ist, weil etwas vergeht. Vielleicht muss irgendwas enden, sterben, sich eine Schlucht auftun, damit man den Wert des Augenblicks erkennt. Natürlich ist so ein verlorener Job noch kein Totalabsturz, aber man weiß ja in der Gegenwart immer nicht, wie – ob? – es weitergeht.

Naja, wie gesagt, in seinem Falle ging es weiter. Jetzt hat er Termine mit Ministern und so. Kein Scherz. Bundesministern. Im Moment der Niederschrift, während ich diese Ereignisse aufschreibe, pendelt er wahrscheinlich wieder mal zwischen Soho House und China Club, naja, so ungefähr jedenfalls, also wirklich, irgendwas hat er richtig gemacht.

Das Laptop und das Handy kamen und wir schnüffelten erst mal im Laptop herum.

Das gehört zu den Dingen, die mir sehr viel Spaß machen, weil man dabei so viel über Menschen erfährt. Ich liebe es, diese Arbeit gemütlich auszuwalzen, am liebsten mit Monika. Wir spiegeln uns den Laptop auf unsere Bildschirme und basteln uns dann Stück für Stück ein Bild der Persönlichkeit des Besitzers zusammen.

Ja, es macht jede Menge Spaß, aber, naja, diesmal war Andrea dabei und die Arbeit wurde verdammt pragmatisch, schnell. Lösungsorientiert.

Ich meine, Monika und ich fangen auch gerne Verbrecher, aber darf man dabei vielleicht noch ein bisschen Spaß haben?

Im Posteingang seines E-Mail-Accounts fanden sich auffallend wenige Mails. Nur vier, alle von Sonntag und alle hatten den gleichen Betreff:

„Betreff: Re: Ihre Ebay-Anzeige ‚Wohnungsauflösung'"

Schon der Betreff machte uns stutzig.

Ich fand auch erstaunlich, dass es insgesamt so wenig Mails waren. Ich habe hunderte E-Mails im Posteingang. Ich lösche die einfach nie. Ist doch gut, wenn man mal was nachschauen will. Widmer löschte sie offensichtlich alle und sofort. Der Posteingang war so geputzt wie seine Wohnung.

Die Mails waren von Sonntag. Er hatte wohl nach dem Wannsee nicht mehr geguckt.

Und eine war von Erik:

„Montag, 15.8.2015, 01:14 Uhr
Absender: Erik Brandstedt
Betreff: Re: Ihre Ebay-Anzeige ‚Wohnungsauflösung‘
Text:
WAAAASSSSSSSSS???????????“

Die Anzeige war noch online: „Da ich in den nächsten Wochen meinen Wohnsitz ins Ausland verlegen werde, gebe ich meine komplette Wohnungseinrichtung – einzeln oder gesamt – gegen Höchstgebot ab. Bei Interesse kontaktieren Sie mich bitte per E-Mail.“ Und dann folgte eine Reihe an Fotos von Widmers Möbeln.

„Oh là là“, sagte Andrea und ich teilte ihre Einschätzung. Monika auch. Klawitter war nicht dabei. Er machte irgendwas Chefmäßiges.

Wahrscheinlich die neueste Schach-Aufgabe auf ZEIT-online lösen.

Die Mail war nicht beantwortet worden.

Ich hatte einen brillanten Gedanken.

Andrea leider auch, und – leider – vor mir. Aber wirklich nur ein Millisekündchen.

Ich machte gerade eine Bewegung in Richtung Widmers Handy, da hatte sie es schon in der Hand und zeigte uns das Display:

„Erik. 15.08., 01:14 Uhr. Eingehender Anruf. 3 Minuten 26 Sekunden.“

„Oops", sagte ich, „in drei Minuten 26 Sekunden haben
die das durchverhandelt? Macht den Eindruck eines herz-
erwärmenden Gesprächs."

Monika meinte: „Vielleicht hat Erik daraufhin noch auf
einen Sprung bei seinem ... na, dann ja wohl Ex vorbei-
geschaut?"

Andrea hatte schon die Nebenstelle von Klawitter ge-
wählt: „Wir haben da vielleicht was."

18

Und dann saß wieder Erik im Vernehmungsraum. Schleckermäulchen. Ich hatte diesen Spitznamen für mich behalten. Ich weiß gar nicht, warum. Er tat zwar nichts zur
Sache, es machte aber eigentlich auch keinen Sinn, ihn
zurückzuhalten.

Diesmal vernahmen ihn Klawitter und Andrea. Es war
zu ernst für so einen billigen Typen aus der zweiten Gar-
de, wie ich es bin.

Monika und ich saßen nebenan. Der geile, halbdurch-
lässige Spiegel und zusätzlich, weil wir ja so verdammt
high tech sind, eine Videoaufzeichnung. Erik hatte sich ein-
verstanden erklärt. Schwarz-weiß, aber immerhin.

Dieses Kinn und diese Zähne. Alles so kantig an dem
Kerl, auch die Schultern.

Komisch, während mir Federico zu eckig ist, mag ich
bei Erik die Kantigkeit.

Schwarz-weiß ist natürlich viel geiler als Farbe. Zeugin
der Anklage. Ich habe den Film komplett vergessen, aber
mir fiel auf, irgendwie hat er auch was von Marlene Dietrich, der Erik.

Das ist mal echt ein Kompliment.

Sag mir, wo die Männer sind.

Erik hatte natürlich nicht im Ansatz die Tiefe von Marlene Dietrich. Er war einfach nur auch schwarz-weiß.

Und jetzt sollte er erlegt werden, getötet, wie der Stier vom Torero.

Aber nicht von mir, sondern von Klawitter und Andrea.

Das tat schon ein bisschen weh. Ich wollte ihn selbst töten. Ich wollte ihn töten, ja, ich hatte dieses Gefühl. Er war so schön, sexy und schuldig, dass ich ihn sterben sehen wollte und zwar durch meine Hand. Mit einem Dolch. Blitzender Stahl. Ich steche ihn in seinen Hals. Knallrote Blutfontäne, der Rest bleibt schwarz-weiß. Entfernte Pierre-et-Gilles-Ästhetik. Er ist natürlich nackt bis auf einen ledernen Lendenschurz und eingeölt. Ich bin auch eingeölt, aber vollständig nackt, ohne Lendenschurz. Um uns herum steht eine Menge, die schreit: „Töte ihn." Alle wollen es. Alle sind sie so geil drauf. Wie gesagt: Stier und Torero, wir sind in einer Arena.

Langsam bricht sein Auge. Er sinkt zurück. Fontäne wird schwächer. Ich beuge mich zu seinem Hals und lecke etwas von seinem Blut.

Er stirbt den kleinen Tod. Sex ist Kampf. „Morgen in der Schlacht denk an mich und es falle dein Schwert ohne Schneide. Es falle rostig deine Lanze. Möge ich Blei sein in deiner Brust. Verzage und stirb."

Oh – keine Sorge. Da ist es wohl gerade etwas mit mir durchgegangen …

Ich will ihn erlegen, das heißt: Ich will ihn erfolgreich jagen. Aber ich kann das, da er hochverdächtig ist, nicht auf dem Sex-Schlachtfeld tun. Also will ich ihn eben auf einem anderen Weg niederstrecken. Es geht dabei nicht um einen Mord, keine Sorge.

Ach, und um noch weitere Bedenken zu zerstreuen: Ich bin auch gegen Stierkampf, obwohl ich noch nie bei einem war. Ich hab nur im *Felix Krull* gelesen, wie der einen Stierkampf besucht. Ich erinnere mich nicht, was Thomas Mann über das Geschehen in der Arena erzählt. Ich erinnere mich, dass er Felix Krulls Blick auf das Dekolleté seiner Begleiterin beschreibt, die den Kampf beobachtet, und wie das Dekolleté sich hebt und senkt, und zwar sehr hoch hebt und sehr tief senkt, auf den Kampf unten reagierend, der mit dem Geschehen in der Arena übereinstimmende „wogende Busen". Ich erinnere mich an die Erregung.

Die Vernehmung.

„Er wollte auswandern und Sie verlassen", sagte Klawitter, „aber Sie erzählen uns, es hätte keinen Streit zwischen Ihnen gegeben."

Eriks schwarz-weißes Gesicht war ganz ruhig und klar. Er sah vor sich auf die Tischplatte. Nachdenkend, auf die richtigen Worte wartend.

„Sie wissen ja, dass Sie das Recht zur Aussageverweigerung haben und jederzeit einen Anwalt anrufen dürfen", sagte Andrea in die Stille.

Erik nickte langsam und ruhig.

Der Monitor war zu klein. Ich hätte das lieber auf einer großen Leinwand gesehen.

„Ich wollte mich nicht verdächtig machen, deshalb habe ich eben gelogen, das ist doch verständlich, oder nicht?", sagte er erwartbarerweise.

„Wie ist das denn vor sich gegangen in dieser Nacht?"

„Ein blöder Zufall. Ich wollte bei Ebay ein neues Regal kaufen und bin auf die Anzeige gestoßen." Ausdrucke der Mails und des Anrufprotokolls des Handys lagen vor Erik. Klawitter hatte ihm den Stand der Dinge eingangs ganz offen erklärt.

„Und was ging dann in Ihnen vor?"

„Unglaube. Und nach einer Minute so was wie Zorn. Dann habe ich die Mail geschrieben. Und direkt darauf angerufen."

„Und was hat er gesagt?"

„Dass er auswandern würde. Kambodscha. Er liebte das Land, das wusste ich. Er hatte sogar schon Arbeit in einem internationalen Krankenhaus in Kep organisiert, das ist im Süden."

„Aber Sie sollten nicht mitkommen?"

Kleines Lächeln tiefster Enttäuschung. „Ich war ihm vollkommen egal." Erik sah auf. „Das war, ganz abgesehen von dem unglaublichen Schmerz, auch einfach erstaunlich. Diese totale Kälte und dieses Desinteresse an mir. Da war einfach keine Regung mehr, kein Gefühl für mich in ihm. Das hat er gesagt."

„Und was haben Sie nach dem Telefonat gemacht?"

„Der Rotwein. Wir haben schon darüber gesprochen."

„Wir haben schon viel gesprochen."

„Sie müssen mir ja nicht glauben."

Klawitter nickte. Ich konnte seinen Hinterkopf durch die halbverspiegelte Scheibe sehen. Jedenfalls, wenn ich meine Augen vom Monitor losreißen konnte.

Andrea, die bis jetzt nur einen Satz gesagt hatte, schaltete sich ein: „Sie müssen doch damit gerechnet haben, dass wir diese Mail finden. Wieso haben Sie trotzdem gelogen?"

„Ich habe nicht damit gerechnet", antwortete Erik, „Lars hat immer alle Mails gelöscht, direkt, nachdem er sie beantwortet hatte. Oder nicht beantworten würde." Und nach einem Moment: „Ich konnte wirklich nicht auf die Idee kommen, dass er ausgerechnet diese nicht löscht." Dann wieder dieses unglaublich bittere Lächeln. „Als ob er mir schaden wollen würde, noch über seinen Tod hinaus."

Andrea überging die letzten zwei Sätze. „Ja, das ist uns aufgefallen, dass er offensichtlich Mails schnell gelöscht hat. Sein Posteingang war fast leer. Gibt es dafür einen Grund?"

Ganz kleines Zucken in Eriks Augenwinkeln. Auch hier wäre wieder die Leinwand besser gewesen. Zur Verdeutlichung, Vergrößerung, wann genau zuckte er und warum? Was schlummerte da?

„Er war einfach ordentlich. Er räumte gerne auf."

Jetzt ließen wir ihn alle nicht aus den Augen. Die beiden drüben direkt und Monika und ich auf dem Bildschirm.

Nach einem Moment sagte er in leicht fragendem Tonfall: „Ist das irgendwie ungewöhnlich?"

„Finde ich schon", sagte Klawitter, „ein bisschen. Für mich wirkt es so, als hätte er etwas zu verbergen."

Erik zuckte mit den Schultern. „Ich weiß es nicht." Und dann: „Naja. Beziehungsweise vor mir hat er offensichtlich seine Auswanderungspläne verborgen. Und wenn man seinen Tod betrachtet, waren da vielleicht noch ganz andere Abgründe. Lebensräume. Ich habe ja ganz offensichtlich keine Ahnung."

Und dann wurde seine Ruhe noch tiefer und er wurde noch klarer, Wasser aus ganz tiefen Erdschichten. „Ich weiß, ich habe ein vollkommen überzeugendes Motiv, er hat mich belogen, verletzt und gedemütigt, es sind bestimmt meine Spuren am Tatort, ich habe gelogen und kein Alibi – aber ich war's trotzdem nicht."

Während er sprach, war er vom sanften Rehlein zum entschlossenen Märtyrer geworden. Große, ehrliche, offene Augen.

Er hatte ernstzunehmende darstellerische Fähigkeiten.

Aber vielleicht log er ja auch einfach nicht?

Es war entweder ehrlich oder es war Autosuggestion. Er glaubte jedenfalls, was er sagte. Lügen funktionieren immer am besten über Autosuggestion.

Ich glotzte auf den Bildschirm. An dem würden wir uns noch die Zähne ausbeißen.

Also an dem Typen, nicht an dem Bildschirm.

19

AZ 1612-BE/77 II/Dokument 2/5:
Internetforum, Verfasst: Di, 26. Februar 2014, 04:07, Autor: The Great Pretender

Hi Bigdaddy ...
Wieder starker Schub. Ich hab solche Angst, dass ich etwas Unüberlegtes tue.
Vielleicht würde ich das nicht überleben.
Vielleicht würde ich das nicht überleben wollen.
Ich hab solche Angst.
TGP

AZ 1612-BE/77 II/Dokument 2/6:
Internetforum, Verfasst: Di, 26. Februar 2014, 09:13, Autor: Bigdaddy

Pretender! Nein! Vorsicht!

Du musst keine Angst haben! Du bist doch hier umgeben von Leuten mit dem gleichen Problem. Aber nicht nur hier im Forum, sondern auch sonst. Wir sind überall. Ärzte, Rechtsanwälte, Politiker, aber natürlich auch alle möglichen anderen Berufe.
Du bist nicht allein!
Du kannst deinen Weg finden! Deine Probleme sind lösbar!
Tu bloß nichts Unüberlegtes! Und versuche bloß nicht, die Sache selbst anzugehen!!
Du kannst, wenn du persönliche Ansprache suchst, zu einem Therapeuten gehen. Die haben ja Schweigepflicht. Die weisen dich auch nicht in eine Klinik ein, das können und dürfen sie gar nicht.

Oder schreib hier weiter. Aber mach keinen Quatsch! Wir mussten da alle durch! Man kann das schaffen! WIR haben das geschafft!

Melde dich sehr schnell!!

BD

AZ 1612-BE/77 II/Dokument 2/7:
Internetforum, Verfasst: Di, 26. Februar 2014, 09:34, Autor: The Great Pretender

Hi Dad.
Danke.
Ein bisschen besser.
Ich weiß nicht, ob ich an Therapeuten glaube. Ob die mir helfen können.
Weißt du: Ich habe solche Angst.
Es ist lebensgefährlich, es zu tun. Aber wenn ich es nicht tue, glaube ich manchmal, bringe ich mich um.
Weil ich es nicht aushalte.
Das scheinen mir die Alternativen zu sein, denke ich manchmal.
Grüße ...

20

Am Abend ging ich mit dem Geschäftsführer in die Oper. Ja! Er war nicht gut drauf, wie gesagt, er hatte gerade eine Absage auf eine Bewerbung bekommen. Das hatte er mir per SMS mitgeteilt und daraufhin dachte ich, ich ziehe mir mit ihm so einen Verdi-Schmachtfetzen rein.

In der Deutschen Oper lief *La Traviata*. Es gab noch Karten. Ich mag diesen brutalen Betonbau in seiner Schlichtheit und den holzverkleideten Saal.

Im zweiten Akt bei *Di Provenza il mar* liefen dem Geschäftsführer die Tränen übers Gesicht und mir auch. Es war ein reichlich ungewöhnliches Gefühl, verheult nebeneinander zu sitzen, aber kein schlechtes.

„Haha", sagte der Geschäftsführer danach und sah verletzlich aus. Wir saßen im Auto. „Das war ja mal was anderes." Er grinste. Er meinte, dass wir zusammen geweint hatten.

Ich sagte auch: „Haha, ja." Und dann mit einem halben Schulterzucken, das natürlich feige war, ich weiß: „Diese Verdi-Knaller haben es in sich."

„Ach so", sagte er, „hehe, ja, allerdings." Heute glaube ich, dass er ein kleines bisschen enttäuscht war, in diesem Moment.

Und dann kam es zu etwas, was wahrscheinlich ein Missverständnis war. Er sagte: „Hey … danke für die Karte. War cool." Und dann: „Fährste mich auch noch heim?"

Woraufhin ich verstand, dass er noch einen weiteren Service von mir wollte. Nicht nur die Opernkarte. Weil ich vielleicht dann doch ein zu schwaches Selbstvertrauen habe. Möglicherweise sollte das aber auch die Vorlage sein, mit ihm zu kommen, eventuell über Nacht. Was etwas Besonderes gewesen wäre, bei ihm zu übernachten, gerade in dieser immer noch emotional aufgeheizten Situation. Oder aber er wollte bei sich vor der Tür aus dem Auto aussteigen, „Hey, danke, war super" sagen und gehen.

Ich weiß es bis heute nicht.

Nichts habe ich in meinem Leben je so bereut wie Dinge, die ich nicht getan habe. Wenn ich es – was auch immer – nicht herausgefordert habe.

Und das war ein solcher Moment. Aus Angst, enttäuscht zu werden, enttäuschte ich lieber ihn.

Ich weiß. So doof kann man eigentlich gar nicht sein.

Und zwar sagte ich: „Nee. Heute ist *Naked* im Lab. Wenn wir uns beeilen, schaffen wir es noch." Um 23 Uhr schließen die Türen.

„Ah", sagte der Geschäftsführer mit einem kleinen Grinsen, zwischen frech und traurig, „auch cool. Lass uns dahinfahren."

Was wir taten.

Aber eine verpasste Chance ist eine verpasste Chance. Bald standen wir dort an der Bar, um uns herum der Industrie-Charme des Gebäudes, es ist ein altes Heizwerk, und Männer aller Altersklassen, alle nackt, das Übliche halt. Dunkle Beats aus den Boxen. Neben uns an der Bar fickten zwei ältere Herren, vielleicht so Mitte sechzig, während der Geschäftsführer und ich ein wenig quatschten. Über die Oper. Über die Arbeitssuche. Aber wir hatten den Moment verpasst. Ich hatte ihn verpasst.

Irgendwann ging er eine Runde, um zu gucken, ob er jemanden zum Vögeln finden würde.

Irgendwann machte dann auch ich eine Runde und es geschah etwas vollkommen Unerwartetes. Und zwar lernte ich einen jungen Mann kennen, Anfang dreißig wahrscheinlich, der sich als Hund herausstellte. Auf den ersten Blick war eigentlich nichts Hündisches an ihm zu erkennen. Aber er erzählte mir, doch, also er habe diesen Hunde-Fetisch und ja, so sei das eben. Nun ja, warum nicht, dachte ich, und ob er mir denn einen blasen wollen würde. Ja, er wolle.

Und dann ging er vor mir auf alle viere und begann zu lutschen. Alles so weit in Ordnung. Das Einzige, was mich hochgradig erstaunte, obwohl ich hätte vorbereitet sein müssen, war, dass er immer wieder seine Aufgabe unterbrach, um zu bellen.

Ja. Was soll ich sagen? So war's.

„Wuff! Wuff!"

Und dann lutschte er weiter.

Pause, Mund vom Schwanz, und: „Wuff!" Längere Pause. Suchender Blick in die Runde: „Wuff! Wuff!" Weiterlutschen.

Ich muss sagen, ich war erstaunt. Ich habe natürlich überhaupt nichts dagegen. Wie käme ich dazu? Das ist bestimmt eine wunderbare sexuelle Spielart, aber ich persönlich hatte dazu keinen Kontakt. Bis jetzt.

„Wuff! Wuff!"

Ich sagte: „Entschuldige, willste 'n Bier?"

Er sah mich ein wenig überrascht an.

„Hm?", meinte ich.

Er: „Ich dachte, ich blase dir jetzt einen?"

„Ja, ich weiß nicht, wollen wir nicht doch lieber ein Bierchen trinken?"

Mit einem Seufzer stand er auf und ging mit mir zur Bar. Ich bestellte zwei Biere und gab ihm eins.

Erst sprachen wir über dieses und jenes. Er hieß Hans. Nachdem wir ein wenig warm geworden waren, fragte ich ihn: „Ich weiß, nichts ist blöder, als in so einer Situation interviewt zu werden, aber ich muss einfach fragen, was ... wie kommst du zu dieser Hundenummer?"

Er seufzte. „Mann, ich komm extra aus Heidelberg nach Berlin, um hier 'n bisschen Party zu machen und nicht, um blöde Fragen zu beantworten."

„Ja, kann ich ja verstehen ... Aber ... Erklär einem Dummerchen die Welt ..."

Er schüttelte in gespielter Verzweiflung den Kopf. Dann, nach einem Moment: „Na gut ... Es geht darum, mal was anderes auszuleben, nicht immer nur respektabel sein ...

Verstehst du, ich bin Rechtsanwalt ... Ich hab manchmal Bock, mich komplett fallen zu lassen, eine kleine Selbstaufgabe, aber ohne Risiko und ohne ernste Folgen. Sich einfach treiben lassen. Nur Instinkt sein. Gefühle leben, die man sonst nicht zeigen darf. Im Gerichtssaal jedenfalls nicht." Er grinste. „Beziehungsweise manche Mandanten schätzen so was schon."

Ich musste lachen.

„Verstehst du?", fragte er.

„Ein bisschen", sagte ich.

„Im Berufsleben, weißt du, und nicht nur in meinem. Dauernd fordern Menschen von anderen Unterwerfung, auch wenn sie es anders formulieren. Oder sie wollen sich unterwerfen. Oder mal so, mal so. Aber immer ist es so verschwurbelt, unehrlich, nicht wirklich gelebt. Verstehst du? Das ist doch langweilig. Oder? Feige. Warum soll man es nicht einfach mal wirklich sein?"

Ich musste lächeln. Ich fand, er hatte einen Punkt. „Aber warum Hund? Das kann man doch auch ganz anders ausleben."

„Warum nicht Hund?"

„Haha", machte ich, „ja, klar. Warum nicht Hund?"

Wir quatschten noch ein bisschen und dann fingen wir an, uns zu küssen. Er hatte schöne dicke Lippen. Aber bald ging ich nach Hause. Ich musste ja am nächsten Tag noch Verbrecher fangen gehen. Der Geschäftsführer war irgendwo im Tumult verschwunden.

Also sagte ich „Wuff, Wuff" zu meinem neuen Freund, küsste ihn noch einmal und ging.

21

AZ 1612-BE/77 II/Dokument 3:
Facebook-Post, Verfasst: Di, 12. Juli 2014, 11:03, Autor:
Silke Orth

Hat jemand meinen Bruder Michael Orth gesehen? Er ist
25, wohnt in Berlin, hat längere blonde Haare und wurde zum letzten Mal Anfang Juni 2014 in der Motzstraße
gesehen. Er ist 1,75 groß, schlank und hat braune Augen.
Ich habe seit vier Wochen nichts mehr von ihm gehört.
Er geht gerne aus und nimmt wahrscheinlich leider auch
Drogen. Manche kennen ihn unter dem geschmacklosen
Spitznamen „Inselhengst", den ich leider erwähnen muss,
weil das hier vielleicht jemand liest, der seinen wirklichen
Namen nicht kennt. Er wird auch oft Micha genannt. Ich
mache mir schreckliche Sorgen. Bitte teilt dieses Posting
und meldet euch bei mir, wenn ihr irgendwas hört.

22

Ich habe ja schon gelegentlich angedeutet, dass unser verbli-
chener Freund Dr. Lars Widmer ein zwanghaft ordentlicher
Mensch war. Wie sauber alles war, auch der Posteingang
seines E-Mail-Accounts. Ähnlich war auch sein Browser-
Verlauf, er hatte alles deaktiviert, Cookies, automatische
Passwort-Ergänzungen und auch den Verlauf selbst.

Aus Polizistensicht finde ich so ein Verhalten immer irgendwie süß. Dass Menschen wirklich denken, das würde
ihnen irgendetwas bringen.

Es war Freitagmorgen, sonderlich spät war es gestern, wie gesagt, ja nicht geworden. Ich war um halb zwei im Bett und hatte wenig Alkohol getrunken – es war also ein erträglicher Freitagmorgen.

Wir saßen gerade gemütlich beim Frühstück ... ähm ... der Morgenlage, und versuchten Erik festzunageln.

Dieser blöde glitschige Typ. Alles so glitschig.

Sein Freund wollte ihn verlassen. Und zwar mit Wumms! Anderes Land, nichts davon erzählt. Knallhart. Eiskalt. Klinisch kalt.

Selbst diese Kälte hat etwas Sauberes.

Der Mord wurde begangen in rasendem Zorn. Hass, Wut und Wahnsinn. Ja: Das waren absolut die Gefühle, die Erik gehabt haben muss. Er leugnete es – mittlerweile – ja nicht mal mehr.

Leugnen: Er hatte uns belogen. Was er später eingeräumt hatte.

Vielleicht log er immer noch.

Er hatte es ja selbst gesagt: Er war unglaublich verdächtig.

Kein Alibi.

Aber es war nicht genug. Das alles war nicht genug für Untersuchungshaft. Oder um den Fall an die Staatsanwaltschaft weiterzugeben, Erik als Täter präsentierend.

In unserer Verzweiflung erwogen wir, mögliche Überwachungskameras auf dem Weg von Erik zu Widmer zu finden, einfach private Kameras, die Hauseingänge überwachten und in deren Hintergrund auf der Straße möglicherweise Eriks Auto vorbeigefahren sein könnte. Aber wir verwarfen die Idee schnell wieder: Solche Kameras speicherten in aller Regel nicht mehr als 48 Stunden und dann: Mit welcher Wahrscheinlichkeit würden wir Eriks Autokennzeichen, denn das würden wir brauchen, auf einer solchen Kamera entdecken?

Es war zum Auswachsen.

Unsere Laune war entsprechend.

Irgendwo in mir kroch, ja: wurmte mich aber ein anderer Gedanke, den ich weder mir noch den anderen gegenüber zugab, weil er so unbequem war.

Ich finde „wurmen" ist da wirklich ein gutes Wort. Wie so ein blöder kleiner Wurm in meinem Gehirn, graue, breiige Masse, bewegte sich da etwas, das ich nicht haben wollte. Wer will schon einen Wurm? Igitt.

Der Gedanke war: Vielleicht können wir ihn deshalb nicht festnageln, vielleicht kriegen wir ihn deshalb nicht gepackt, vielleicht genügt es deshalb alles nicht, weil er es einfach nicht war? Vielleicht machen sie alle Sinn, diese Gesetze und Regeln, die von uns verlangen, dass wir wirklich nachweisen müssen, dass der/die Verdächtige schuldig ist. Weil er/sie es vielleicht nicht war, wenn man das nicht kann.

Und dann, Erik war intelligent, ja, aber er war auch nicht Einstein. Er war kein Superhirn, das uns an der Nase herumführen würde, mit allen Wassern gewaschen. Deshalb: Es gab die Möglichkeit, dass er schlicht unschuldig war.

Wie auch immer. Es begab sich an jenem Morgen, dass die Mädels und Jungs, welche seinen Computer ausgewertet hatten, denn das war mit den entsprechenden Programmen natürlich überhaupt kein Problem, uns mehrere ausgedruckte Seiten seines Google-Verlaufs brachten. Den Google-Verlauf der letzten drei Monate, um genau zu sein. Ein recht willkürlich gewählter Zeitraum. Es sollte nicht zu kurz sein. Also mal drei Monate.

Es waren sehr viele Seiten, ich habe die genaue Zahl vergessen. In vierfacher Ausfertigung.

Wir brüteten jeder für sich darüber.

Klawitter aß ein Leberwurst-Brot, was mich vor Neid fast platzen ließ. Aber es macht einfach zu dick, verdammte Hacke, ich muss ein bisschen auf meine Linie achten.

Wir brüteten über dem Google-Verlauf.

Ich habe mal von einem Fall aus den USA gehört, da hat der Verdächtige, dessen Ehefrau getötet worden war, „kill spouse" gegoogelt: „Ehepartner töten". Kein Witz. Das war wirklich so.

Bei Widmer fanden wir dieses und jenes. Übrigens keinerlei Hinweise auf Dating-Portale, Erik hatte wohl recht, dass Widmer damit nichts am Hut hatte. Und dann:

2.4., 23:32: „BAR-NA 9810"
2.4., 23:34: „BAR-NA 9810 Autokennzeichen"
2.4., 23:35: „BAR-NA 9810 Autokennzeichen Halter"
2.4., 23:38: „BAR-NA 9810 Autokennzeichen Besitzer"
2.4., 23:39: „BAR-NA 9810 Halter"
2.4., 23:41: „BAR-NA 9810 Besitzer"
2.4., 23:42: „BAR-NA 9810 Auto"
2.4., 23:45: „BAR-NA 9810 PKW"
3.4., 08:27: „BAR-NA 9810 Straßenverkehrsamt"
3.4., 08:28: „BAR-NA 9810 Kfz"
3.4., 08:30: „BAR-NA 9810 Kfz Register"
3.4., 08:32: „BAR-NA 9810 Zulassungsstelle"
3.4., 08:33: „BAR-NA 9810 Zulassungsbehörde"

Es machte nicht den Eindruck, als wäre er dahinter gekommen.

Er hatte sogar in den nächsten Tagen noch ein paar andere Kombinationen ausprobiert – ohne jeden Erfolg. Und das Gemeine ist: Für uns war es nur ein Anruf. Bei der Kfz-Zulassungsbehörde, er hatte schon richtig gegoogelt.

Herbert Ammann. Am Hasenpfad 7 in Klosterfelde.

23

Manchmal fahre ich gerne raus.

Ich fuhr mit Klawitter.

Nein.

Klawitter fuhr mit mir.

Nein: Ich fuhr Klawitter.

So war es: Ich fuhr Manitu, den Hochwohlgeborenen – den Nie-Geborenen, da immer schon da, ich fuhr ihn, Ihn, zu Herrn Herbert Ammann. Unangekündigt. Mal sehen, was passiert.

Ich hatte Plapperwasser getrunken.

Klawitter nicht. Blöder Miesepeter.

Es war in einer Kurve. Am Hasenpfad 7. Es war nicht wirklich in Klosterfelde, sondern hinter Klosterfelde, in einem dieser schönen Buchenwälder, so hell und licht in der Sonne, da sind so viele Spechte. In einer Kurve, fast hätten wir es verpasst, die Leitplanke war kurz durchbrochen, dann ein Kiesweg, der im Wald ein paar weitere Biegungen machte, von der Straße aus war nichts zu sehen, aber dann: eine alte LPG, nicht gerade frisch renoviert, davor ein Volvo, einer dieser alten, geilen, kantigen, die so ein bisschen schräg zulaufen, ich liebe sie sehr, ein Kombi, mit dem Kennzeichen: BAR-NA 9810. Schwarz. Schwarz sehen sie verdammt gut aus, diese kantigen Volvos.

Mensch, Widmer, hier wärste auch gerne gewesen, wa? Aber warum?

Wir klingelten.

Ein großgewachsener, muskulöser Mann öffnete die Tür. Grau bis weiß. Auf die schlanke Art muskulös. Ich fand ihn auffallend schlank für sein Alter. Er war wohl, vorsichtige Schätzung, so Ende fünfzig. Vielleicht aber auch jünger, ich bin da nicht so gut drin. Vielleicht, übrigens, auch älter. Er war schwul, in dieser Einschätzung war ich sicher. Sein Kopf war ziemlich kahl, nur außenrum so ein weißer Haarkranz. Sehr gepflegt der Mann, sehr. Kontrolliert. Menschen, die zu kontrolliert sind, sind mir suspekt, wir sprachen davon. Vor was haben sie Angst? Was könnte durchbrechen?

Er roch sofort, dass wir Bullen waren.

Musste an Klawitter liegen.

Der Mann bekam ein freundliches Lächeln. Er hatte stechende, blaue Augen und sonnengebräunte Haut, die stark mit dem weißen Haar kontrastierte. Seine Haut hatte diesen Pergament-Touch. Papier. Halbtot. ‚Der hat doch schon 'nen Zettel am Zeh‘, wie ich mal wen habe formulieren hören.

Dabei war unser Gegenüber wahrscheinlich vollkommen gesund.

„Guten Tag", sagte er freundlich.

„Guten Tag, Klawitter, Kriminalpolizei", sagte mein Chef, „Herr Ammann?"

„Lenz", sagte ich. Klawitter stellte mich ja mal wieder nicht vor. Ich war ja nicht wichtig.

„Kriminalpolizei?" Ammann zog erstaunt die Augenbrauen hoch. Für mich sah es gespielt aus. Dann sagte er: „Ammann, ja. Was führt Sie zu mir?"

„Ob wir wohl eintreten dürften, wir wollen Ihnen ein paar Fragen stellen."

„Aber natürlich, gerne." Er öffnete weit die Tür.

Wir kamen durch einen kleinen Eingangsbereich in einen großen Raum, eine Art Speisesaal, wo bestimmt dreißig Menschen essen konnten.

„Na, Sie haben aber Platz! Wohnen Sie hier?", fragte Klawitter erstaunt.

„Auch. Aber zusätzlich vermiete ich gelegentlich für Veranstaltungen."

Der Raum war dunkel. Die Fenster waren klein. Die Decke aus dunklem Holz. Holzsäulen trugen sie oder deuteten das vielleicht nur an. Billiges Holz und unsauber gearbeitet. Die Tische und Stühle waren aus Plastik.

„Was für Veranstaltungen sind das denn?", fragte ich.

„Ach, ganz unterschiedlich", sagte er. Er hatte natürlich längst gemerkt, dass ich schwul bin. Wahrscheinlich sagte er deshalb völlig unverblümt: „Letzte Woche hatten wir die Pet-Days, für Freunde des Pet-Plays, Sie wissen, was das ist?"

Pet-Play! Ob mein Hund hier gewesen war?

„Was?", fragte Klawitter.

„Ihr Kollege kann Ihnen bestimmt erklären, was das ist", sagte Ammann freundlich. Er hatte in meinen Augen gesehen, dass ich es wusste. Und er hatte das zu plötzlich gesagt, als dass ich noch ein überzeugendes Pokerface hätte aufsetzen können. Aber es war ja auch egal.

„Oh", sagte ich, „das ist, wenn Menschen sich Tierkostüme anziehen und dann Sex haben – oder auch keinen Sex. Es geht so in die SM-Richtung, würde ich sagen."

„Äh. Was?", fragte Klawitter.

„Naja", sagte ich.

„SM ist Sado-Maso?", fragte mein Chef nach.

Ammann und ich nickten.

Klawitter stand bass erstaunt im Raum. Ermittlungen wurden zur Nebensache.

„Also echte Tiere nicht …?"

„Nein!", sagten Ammann und ich gleichzeitig erschrocken.

Ich weiß nicht genau, was hier psychologisch vorging, aber irgendwie spürte ich das Bedürfnis, diesen Ammann und seine Tierkostüme in Schutz zu nehmen. Dabei hatte ich doch mit all dem überhaupt nichts zu tun! Ich riss mich am Riemen, schluckte meine verständnisvollen Verteidigungsreden, die sich schon in meinem Kopf formulierten, herunter und ließ Ammann erklären.

„Das sind Menschen, die sich gerne als Tiere verkleiden, ganz harmlos."

Klawitter sah zweifelnd von ihm zu mir.

Plötzlich schwante mir, was er dachte. „Nein, nein, nein, nein, nein. Ich habe nichts, also gar nichts, damit zu tun, okay?"

„Jaja, klar", sagte er mit einem wissenden Grinsen.

What?! „Nichts, okay! Wirklich, geht's noch? Ich bin ja wohl nicht für jede Perversion verantwortlich!"

‚Naja', schien mir Klawitters Blick zu sagen, ‚irgendwie bist du das schon', und er wandte sich wortlos wieder Ammann zu.

„Was denn für Tiere?"

„Unterschiedlich. Hunde sind beliebt. Auch Pferde. Da kann man sich dann so vor einen Wagen spannen lassen …"

„Äh", machte Klawitter. „Vor einen …" Er wandte sich an mich: „Hat er das wirklich gerade gesagt? Hat er gesagt: sich vor einen Wagen spannen lassen?"

„Des Menschen Bedürfnisse sind unergründlich", sagte ich weise.

„Woher weißt du eigentlich, was das ist, und wieso nimmst du das so locker?", fragte mich mein Chef.

„Wollen wir jetzt hier vor dem Zeugen ein Beziehungsgespräch führen? Bist du sicher, dass das der richtige Moment ist?", fragte ich. Ich glaube, mein Tonfall war ein wenig hysterisch geworden.

Fast dachte ich, er hätte etwas von meinem Zusammentreffen mit dem Hund gestern mitbekommen.

O Gott, hoffentlich kommt der nicht gleich hier um die Ecke und kläfft mich an! Wie würde ich Klawitter denn das erklären?

Ich atmete durch. Klawitter auch.

Wir wandten uns wieder unserem Gastgeber zu. Unserem entwaffnend offenen Gastgeber. Der, nicht ganz zu Unrecht, gerade sagte: „Aber das hat Sie wohl nicht zu mir geführt?"

Er war der Einzige, der die Contenance bewahrt hatte. Was mich ärgerte.

„Korrekt", sagte ich. „Wir kommen, weil wir in einem Mordfall ermitteln." Donner und Blitz in meinem Gesicht.

Er blieb ruhig und freundlich. „Um Gottes willen", sagte er mit einem Lächeln. Aber da war kein ‚Um Gottes willen' in seinem Gesichtsausdruck. Es verunsicherte ihn nicht.

Das ist höchst selten. Die meisten Menschen irritiert es, wenn sie in Mordermittlungen verwickelt werden. Ich meine, das würde selbst mich verwundern.

Aber nicht Herrn Ammann.

„Sagt Ihnen der Name Lars Widmer etwas?", fragte Klawitter. „Dr. Lars Widmer?"

„Nie gehört", sagte Ammann, buchstäblich, ohne mit der Wimper zu zucken.

Aber sagte er es zu schnell?

„Völlig sicher?", fragte ich nach.

Er machte eine Geste, die zum Ausdruck brachte, dass er es nicht für nötig hielt, seine Worte zu wiederholen.

„Aber ... Sie haben doch hier diverse Veranstaltungen. Wissen Sie denn da von jedem Hengst den Namen?"

„Nur von den besten", sagte er mit einem kleinen Lächeln.

Und mir entfuhr leider auch ein Grinsen.

O Mann, ich wollte nicht, dass er mich um den Finger wickelte.

Und bevor ich auf das Thema des Gesprächs – Widmer – zurückkommen konnte, tat er es, womit er mir die Initiative nahm, weil das ja meine Aufgabe gewesen wäre. Verdammt. Er war schnell. Ob er wohl Schach spielte? Tempo ist da ja auch wichtig. Überraschung.

„Aber Sie haben ja gefragt, ob ich den Namen kenne. Nein, ich kenne ihn nicht. Nichtsdestoweniger kann jemand dieses Namens hier gewesen sein."

Klawitter zeigte das Bild von Widmer.

Klawitter sagte: „Widmer hat Ihr Autokennzeichen ge-googelt. Mehrfach. An verschiedenen Tagen. Warum?"

„Vielleicht habe ich ihm mal die Vorfahrt genommen?"

Wir fuhren wieder zurück ins Büro.

„Das ist total harmlos und ich habe nichts damit zu tun, okay?"

„Ach. Wieso verteidigst du es dann so?"

„Hä? Was verteidige ich?"

„Na, wenn du nichts damit zu tun hättest, müsstest du doch nicht so betonen, dass es harmlos ist."

Ich stöhnte schmerzhaft auf. „Aah ... ich habe" – dieses Wort stark betonend – „nichts damit zu tun. Also wirk-lich."

„Jajaja."

„Ja!"

„Ich hab genau gesehen, wie du gegrinst hast."

„Ja, ich habe gegrinst, na und, es ist ja auch irgendwie witzig."

„Wau! Wau!", kläffte Klawitter.

Ich fuhr zusammen.

Er seufzte.

Ich, nach einer Pause: „Jedenfalls ist mir der Typ irgend-wie suspekt. Nicht deshalb. Aber irgendwie. Der war zu offen. Zu routiniert. Zu simpel. Da stimmt was nicht."

„Ja, mein kleines Hündchen, ist mir auch aufgefallen."

„Ich habe nichts damit zu tun, okay?"

Aber er grinste nur.

Dabei hatte ich ja wirklich nichts damit zu tun. Ich war ja gestern auf erotischer Ebene mit dem Hund nicht rich-tig in Fahrt gekommen, eben genau, weil er ein Hund war.

Aber ich dachte, diese Episode erzähle ich Klawitter jetzt mal nicht.

24

AZ 1612-BE/77 II/Dokument 1/4:
Privates Dokument (Brief), undatiert, Verfasser: nicht unterzeichnet

In Spandau, mein lieber Lieber,

nachdem ich den Zug verlassen hatte, stieg ich in einen grauen Audi A4, der hier auf mich wartete, ein unauffälliges Auto. Alles war unauffällig.

Ich wollte mit dir sprechen. Glaub mir, bitte. Ich wollte vorher mit dir sprechen. Ich hatte es versucht.

Ich gebe dir mal eine Szene wieder, du wirst dich vielleicht daran erinnern, weil es dir seltsam vorkam. Auch wenn du den Hintergrund des Gespräches nicht verstehen konntest. Die Folie, das Trägermaterial.

Wir waren beim Griechen. So lecker, aber so fett und all dieser Alkohol, der nichts extra kostet. Aperitif, Schnaps zum Essen, Schnaps nach dem Essen, ein Fest.

Und ich sage: „Wieso macht man das eigentlich? Wo man doch weiß, es schadet einem, der Alkohol, das Fett. Ist das nicht irgendwie komisch?"

„Na, weil's lecker ist und der Rausch, hihi", sagst du.

Ich lächele, aber mein Blick hält das Thema fest. Du merkst, ich will darüber reden, warum auch immer.

Es war eine verrückte Situation. Es wirkte so harmlos, aber es ging um alles.

Jedenfalls, du registrierst meinen ernsten Blick und sagst: „Dopamin. Ich hab das mal gelesen. Du kennst doch diesen Spruch: ‚Alles, was Spaß macht, ist entweder unmoralisch, illegal oder es macht dick'?"

Ich nicke. Ja, den kenne ich.

Du sagst: „Und der Spruch stimmt. Dopamin ist dieser Botenstoff im Gehirn, der für viele Süchte verantwortlich ist und der so geil ist, dass wir ihn immer haben wollen."

„Ach. Aha."

„Ja. Und schon seit der Steinzeit bekommen unsere Gehirne diesen Stoff, wenn wir etwas tun, was für den Erhalt der Art gut ist. Sex zum Beispiel, beziehungsweise vor allem die Jagd nach einem Sexualpartner. Deshalb laufen die hier alle so schwanzgesteuert durch die Gegend. Die Jagd ist das Wichtige. Nicht das Erlegen der Beute. Sex ist, was der Spruch mit ‚unmoralisch' meint."

„Okay."

„Und dann: Gefahr. Illegalität wird von unseren Gehirnen mit Gefahr gleichgesetzt. Deshalb ist es so geil, etwas Verbotenes zu tun. Gefahr hieß in der Steinzeit: Du wirst das Mammut jagen. Und das war gut für den Erhalt der Art."

Ich nicke. Das war interessant, ich wollte nur auf was anderes hinaus.

Du schließt: „Und fettes Essen natürlich sowieso. Das war in der Steinzeit gut. Man brauchte Fett."

„Ach, interessant." Ich winke dem Kellner und bestelle – nach einem Blickwechsel mit dir – noch zwei Bier. „Also du meinst, wir glauben eigentlich, uns was Gutes zu tun?"

„Ja." Du denkst einen Moment nach. „Also: Wir fühlen es."

Hm. Jetzt muss ich ein wenig nachdenken. Ich will das Gespräch wieder mehr in meine Richtung ziehen. In die von mir gewünschte Richtung.

„Hmm ... aber meinst du, es wäre besser, wir hätten das im Griff? Wären klüger als die Chemie in uns?"

„Haha." Du grinst. „Naja ... mit einer gewissen Großzügigkeit ..." Und nimmst mit breitem Grinsen einen Schluck.

Ich lache auch ein wenig. Dein Grinsen gibt mir Mut.

Wie ich dich liebe. Deine dunkelbraunen, beinahe schwarzen Augen. All die Jahre, die wir schon miteinander haben. All die schönen Erfahrungen. All das Gute auf unserem übervollen Glückskonto. Wir sind so reich an Glück und Liebe. Ich will, dass es immer so bleibt. Dass wir immer zusammenbleiben. Du bist mein Mann. Du bist mein Leben.

Meine Augen sind ein bisschen feucht geworden. Was du spürst. Du spürst alles. Wir sind ein Körper. Du schaust irritiert: Wieso heult der denn jetzt? Wegen Dopamin? Ich lache es weg und streichele über deine Hand.

Der Kellner bringt die zwei neuen Biere.

Wir stoßen an.

Ich: „Was würdest du eigentlich sagen, wenn ich mir deinen Namen auf den Oberkörper tätowieren lassen würde?"

„Was? Och. Findeste das romantisch?"

„Naja!"

„Ich meine, ja schon, irgendwie klar, wow ..."

„Aber es haut dich auch nicht so richtig um."

„Haha." Du wirfst einen Blick in die Karte. „Noch so 'nen griechischen Joghurt?"

„Na, aber immer!"

„So kommen wir nie zu einer Eigentumswohnung."

Ich: „Also findeste nicht romantisch?"

„Was willst du denn mit dieser albernen Tätowierung. Ja, bitte, mach. Du weißt doch, dass ich nicht so ein großer Fan von Tätowierungen bin und du warst das doch auch nie."

„Ich denke ja auch nur nach." Und nach einem Moment. „Was hast du denn gegen Tätowierungen?"

„Uohhh ..." Du stöhnst. „Also was klebste denn da jetzt gar so dran?" Und dann grinst du. „Weißt du doch. Ich würde meinen Körper nicht dauerhaft verändern wollen."

Autsch. Das tut weh. Ich, schnell: „Fettes Essen verändert deinen Körper auch!"

„Ja-ha ... Komm ... du weißt schon."

„Nein. Ich weiß es eben nicht. Ich will das präzise besprechen."

„Mann, Mann, was biste denn so völlig gaga mit deiner Tätowierung?" Und dann, nach einem Moment, ein wenig besorgt: „Bin ich irgendwie unromantisch? Entschuldigung. Du weißt doch, ich bin ein alter Öko. Liebe ist für mich nicht materiell. Eine Tätowierung ist materiell. Diese Dinge bedeuten nicht viel."

„Ich weiß." Wir sind da ja völlig einer Meinung. „Also du würdest eine Tätowierung akzeptieren?"

Du schüttelst, in ironisierter Überforderung den Kopf. „Hä? Natürlich ... Maaann. Siehst du den Kellner? Ich will mein Joghurt."

„Wenn ich mir die Zunge spalten lassen würde?" Ich liebe dieses Beispiel. Ich hatte es mir vorher zurechtgelegt. Die gespaltene Zunge.

Du schreist auf: „Aaaaah!! Nein!!!"

Die Leute drehen ihre Köpfe zu uns.

Du machst eine entschuldigende Geste zu den Nachbartischen.

„Das find ich so eklig", flüsterst du fast. „Du machst doch nur blöde Witze? Du würdest doch so was nicht machen?" Plötzlich schüttelt es dich. „Uuäähh, wenn ich mir vorstelle, wir küssen uns, und dann sind da so zwei ... haben nicht Salamander so was ... Schlangen ...?"

Ich muss ein wenig lachen. Aber mein Lachen ist bitter. Es ist vorbei. Ich kann's dir nicht sagen. Ich weiß es jetzt schon. Aber ich werde noch ein wenig kämpfen. So ist es oft bei mir: Ich weiß es. Mein Bauch weiß es. Aber mein Kopf will es nicht glauben.

Ich sage: „Haha, aber wenn ich es täte, würdest du mich akzeptieren? Mich lieben? Trotzdem?"

„Ja, Häuptling Gespaltene Zunge, natürlich würde ich, das weißt du doch."

Und plötzlich atme ich ganz tief. Kämpfe gegen die Tränen. Ich weiß, dass du meinst, was du sagst.

Ich liebe dich.

25

Als wir nach unserem Ausflug nach Klosterfelde zurück ins Büro gekommen waren, hatten wir uns mit Andrea und Monika zusammengesetzt und Bericht erstattet.

Was dieser Typ und das tierische Rumgehopse mit unserem Fall zu tun hatten, war nicht ersichtlich.

Vielleicht nichts.

Andererseits: Widmer hatte zwanzig Minuten lang versucht herauszubekommen, zu wem dessen Autokennzeichen gehörte. Und auch an den nächsten Tagen wieder.

Meine Erfahrung ist, wenn man sich im Straßenverkehr über jemanden aufregt, lässt der Ärger mit der Zeit nach. So ist es jedenfalls bei mir – bei anderen kann es natürlich anders sein. Zweitens aber: Wenn man sich tatsächlich so sehr ärgert, dass es nicht nachlässt, dann zeigt man den anderen eben an. So einfach ist das. Es sei denn, man möchte nichts mit der Polizei zu tun haben. Weil etwas nicht ganz koscher ist.

Wir hatten Ammann damit nicht konfrontiert, weil er es sowieso hätte abperlen lassen, aalglatt, wie er war. Und wenn das sowieso klar war – und es war klar –, dann wäre es auf jeden Fall besser, ihn in Sicherheit zu wiegen.

Denn da war was. Da schlummerte was.

Nichts passiert ohne Grund.

Das ist das Mantra unseres Jobs. Aber eigentlich auch ein Leitsatz für das Leben insgesamt, finde ich. Weil es so spannend ist. Man kann es bis in die kleinsten Kleinigkeiten hinein deklinieren, aber auch in die größten Lebensfragen. Es gibt immer einen Grund. Man stößt auf so viel Interessantes, wenn man das untersucht.

Wir hatten einen Anlass, Ammann zu misstrauen. Also jagten wir seinen Namen durch unseren Computer. Oh, und dann: Sein Name tauchte im Zusammenhang mit einem verschwundenen jungen Mann auf. Michael Orth, ah, so ein Süßer, im Computer war auch ein Foto. Hübsch, auf die unsichere Art, die schüchterne, ängstliche.

Der Fall war ein gutes Jahr her.

Ammann war Zeuge gewesen und mehrfach verhört worden. Hatte von nichts gewusst. Andere Zeugen hatten behauptet, Orth sei sein Liebhaber gewesen. Ammann hatte das von sich gewiesen. Er habe Orth nur flüchtig gekannt. Ich konnte mir gut vorstellen, wie der gelackte Marquis die Kollegen damals hatte abblitzen lassen.

Natürlich stellten wir uns die Frage, ob das eigentlich was mit unserem Fall zu tun hatte. Wir kamen damit ja schon ein Stück vom Weg ab. Aber wir mussten uns das anschauen.

Und ich wollte auch. Vielleicht würde ich ja irgendwo diesen süßen Michael Orth finden?

Ach so, ja. Jedenfalls, wenn er nicht auf der Farm begraben lag und die ... äh ... Hunde und Pferde über ihm seine Runden drehten, er nur noch Knochen ... Oh, das wäre schade.

Ich wollte es also wissen.

Und es war natürlich auch für unseren Fall interessant, dass der Marquis schon mal im Zusammenhang mit einem verschwundenen Menschen aufgetaucht war.

Klawitter fragte in die Runde: „Also wer fährt morgen raus?"

Ich sagte: „Wuff!"

Klawitter zuckte zusammen. „Also manchmal machst du mir Angst, Steffen."

Ich war dann Freitagabend zu Hause geblieben, brav, wie ich bin, um Samstag früh mit Monika nach Klosterfelde zu fahren. Ich musste an den Spruch denken, der angeblich vor vielen Jahren bei Disney kursierte: „Wer am Samstag nicht zur Arbeit kommt, braucht am Sonntag gar nicht mehr aufzutauchen."

Nein, es war natürlich anders bei uns: Klawitter hatte gefragt, ob es nicht sinnvoll wäre, wenn wir das Wochenende durcharbeiten würden, um dann als Freizeitausgleich später ein paar Tage am Stück freizuhaben – Letzteres natürlich nicht alle gleichzeitig. Es macht bei frischen Fällen mit einem gewissen Druck oft Sinn, den Verdächtigen nicht so viel Zeit zum Nachdenken zu geben oder vielleicht sogar zur Flucht. Im Allgemeinen finden wir den Vorschlag, der oft kommt, alle gut und wir sind auch schon daran gewöhnt, so dass Monika, wie sie mir erzählte, bereits am Dienstag vorgefühlt hatte, ob ihr Ex ihren Sohn am Wochenende nehmen könnte, was möglich war.

Monika kommt gut klar mit ihrem Ex, Dietmar. Monika kommt mit allen gut klar, vielleicht zu gut. Ich finde, sie lässt sich manchmal zu viel gefallen.

Wir saßen im Auto.

Monika hatte die Akte dabei und blätterte darin. Sie hatte sie gestern aus dem Archiv kommen lassen. Sie war ein Jahr alt und schon ein bisschen staubig, wie das sein soll bei alten Fällen.

In den Akten steht immer noch mehr als im Computer.

Außerdem ist der Staub so geil. Oh, wir graben tief in der Vergangenheit.

Es war früh, die Sonne schien, ich hatte gestern Abend keinen Alkohol getrunken und war früh ins Bett gegangen und fühlte mich froh, fröhlich und frei.

Ob ich ein wenig singen sollte? Froh zu sein bedarf es wenig?

Ich bin vielleicht nicht der beste Sänger, aber der lauteste.

Ich sang: „Froh zu sein bedarf es wenig ..."

Monika, die etwas gedankenverloren aus dem Fenster geguckt hatte, schrak zusammen, aber fiel dann gleich ein: „Froh zu sein, bedarf es wenig ..."

Ich war natürlich schon bei „Und wer froh ist, ist ein König ..."

Das Wichtige an diesem Lied ist das „froh". Man trompetet so laut man nur kann das „froh" in die Welt, unterbewusst, nehme ich an, weil man erleichtert ist, dass man mal wieder eine Runde geschafft hat.

Nur, wie hört man auf, wie kommt man aus diesem Lied wieder raus?

Wir fuhren eine dieser Alleen lang, ich mag diese Alleen im Osten, auch wenn sich kurz nach dem Mauerfall die Ossis reihenweise an den Bäumen zu Tode gefahren haben.

Wahrscheinlich hängt an jedem Baum ein Skalp.

Das hier war übrigens der Weg, den Honecker immer gefahren sein muss, wenn er aus der Waldsiedlung zum Regieren in die Stadt gefahren ist. Obwohl ja wohl auch viel in der Waldsiedlung regiert wurde. Was macht man eigentlich, wenn man regiert?

Klosterfelde liegt hinter Wandlitz. Wir kamen an den Kreisverkehr, an dem es rechts Richtung Liebnitzsee geht und auch zur Waldsiedlung. Die Straße ist schnurgerade und am Rand sind die Bäume gefällt, damit sie notfalls als Start- und Landebahn hätte benutzt werden können. Falls man, hoppla, mal ganz schnell weggemusst hätte. Pack die Tasche, Margot, es wird brenzlig!

Ich habe mal die Waldsiedlung besichtigt und ich dachte, ja, hey, immerhin. Bisschen spießig und ich hab auch schon deutlich protzigere Häuser gesehen, deutlich, aber nach Sozialismus sah es auch nicht gerade aus. Und dann – wir hatten so eine Dikaturen-Tour gemacht – besichtigten wir nicht weit entfernt ein Landhaus, das mal Goebbels gehört hatte, und zwar war es nur eines seiner Häuser, *oh là là, my God!* In das Haus hätte die halbe Waldsiedlung reingepasst. Am Bogensee war das. Dabei war sein Hauptanwesen am Wannsee, Schwanenwerder, wo unser Bein entlanggeschippert sein musste, passte ja ganz gut zu Goebbels. Er wohnte gleich neben dem Schwulenstrand. Vielleicht saß er gelegentlich mit dem Fernrohr am Fenster und geierte auf die Nackten am Wannsee?

Ach nee, das war ja Thomas Mann. Junge argentinische Männerbeine auf Tennisplätzen vor dem Balkon seines Hotels. Naja, man kann's verstehen.

„Mausi?", fragte Monika.

„Äh, ja?"

Sie hatte die Akte geöffnet. „Also, dieser Ammann kommt aus Niedersachsen. Er hat in Berlin Medizin studiert, aber wohl nie als Arzt gearbeitet. Bisschen im Gesundheitsamt. Hat viel in Westberliner WGs gelebt und ist vor vier Jahren nach Klosterfelde gezogen. Nachdem er von einer Erbschaft das Haus da draußen gekauft hat."

Ich nickte.

Monika blätterte weiter in der Akte und zeigte mir ein Foto von Orth. „Ah, schon süß, oder?"

Ich sagte: „Ja!" Unabhängig davon, dass ich weiter auf die Straße guckte. Ich hatte das Foto ja schon gestern gesehen.

„Er ist Juni 2014 verschwunden. Ammann wurde damals von anderen als sein Freund oder Liebhaber bezeichnet." Sie seufzte. „Sind eigentlich alle Männer schwul?"

„Ja", sagte ich, „Gott sei Dank."

„Aber", Monika ignorierte meinen Einwurf, „Ammann hat es von sich gewiesen, sein Liebhaber gewesen zu sein. Sie hätten sich eher oberflächlich gekannt. Die Untersuchungen der Kollegen haben nicht viel ergeben."

„Weil sie halt ein bisschen doof sind. Deshalb sind sie ja auch bei ‚Vermisste Personen' und nicht bei ‚Delikte am Menschen'", sagte ich.

Monika ignorierte mich weiter. „Es gibt eine Schwester, Silke. Sie hatte die Vermisstenanzeige aufgegeben. Beide sind von Spiekeroog nach Berlin gekommen. Sie etwas später als er, obwohl sie vier Jahre älter ist."

Plötzlich musste Monika kichern.

Ich sah sie fragend an.

„Das wird dir gefallen", sagte sie, „weißt du, was sein Spitzname war?"

Ich wartete.

„Sie nannten ihn den ‚Inselhengst'."

„Oh ..."

„‚Insel', weil er von Spiekeroog kam, ‚Hengst' weiß ich nicht ..."

Ich sagte nachdrücklich: „Wir sollten ihn wirklich finden!"

Monika grinste. Und machte mit der Akte weiter: „Seine Schwester und er lebten nicht zusammen. Seine Kindheit scheint schwierig gewesen zu sein." Monika überflog eine Stelle, ohne laut zu lesen. Dann atmete sie einmal tief durch. „Ach, Scheiße, Mann ..." Sie schüttelte leicht den Kopf.

Ich sah kurz zu ihr rüber. Schien kein Moment für blöde Sprüche. „Was denn?"

„Naja, Gewalt, was soll es sonst sein?"

„Hm."

„Hinweise auf sexuellen Missbrauch, aber man weiß es nicht." Sie wies auf die Akten. „Sagt die Schwester."

„Er hatte es ihr erzählt?"

„Sie hatte ...", Monika las weiter, „sie hatte ihn einmal dabei erwischt, wie er sich ritzte, in den Unterarm schnitt, mit einer Rasierklinge."

„Ach, Mann, Scheiße ..."

„Tief, sagt sie, er schnitt sich tief. Viel Blut. Er war ungefähr 15. Jungs machen das manchmal auch, wenn auch viel seltener als Mädchen. Und sie fragt ihn, warum, er sagt nichts."

Ich seufzte. Diese Geschichten sind immer gleich. Die Erwachsenen bedrohen die Kinder – und das funktioniert auch bei Jugendlichen –, wenn du erzählst, dann ... bringe ich deine Mutter um, dich, die ganze Familie, was auch immer.

„Aber sie ist clever, ganz schön clever", sagte Monika mit der Nase im Bericht. Mit den Augen. „Sie recherchiert und bekommt raus, dass Ritzen oft eine Folge von sexuellem Missbrauch ist. Sie spricht ihn darauf an, er sagt nichts. Antwortet nicht. Er sagt nur, sie darf auf keinen Fall irgendwas zu ihrem Vater sagen. Zu niemandem, aber niemals, niemals zum Vater."

Ich atmete durch.

„Mit 16 ist er dann abgehauen."

„Und dann hat er sich hier einen besseren Vater gesucht?" Was einem eben so in den Kopf kommt. Ich bezweifelte, dass der Marquis das wäre oder sein könnte.

„Erst mal Drogen und so. Er hatte natürlich starke psychische Probleme. Vielleicht auch psychisch krank, aber nie in irgendeiner Behandlung, deshalb keine Diagnose. Sehr ängstlich muss er wohl gewesen sein. Sie", Monika meinte die Schwester, „hat ihn offensichtlich sehr geliebt. Es gibt noch einen anderen Bruder, aber der hat sich aus allem wohl ziemlich rausgehalten."

Sie blätterte weiter durch die Akte: „Naja, Freunde waren nicht viele, noch ein paar Aussagen von Arbeitgebern, er hatte Putzjobs gehabt, mal hier, mal da", Monika las quer, „vielleicht auch was geklaut, man weiß es nicht, hing gelegentlich in Tom's Bar rum, hast du davon nicht auch mal erzählt?"

„Nein!", sagte ich entsetzt und dann: „Haha, war'n Witz, doch, habe ich bestimmt."

„Und ‚Scheune'?"

„Ja."

„Und noch ein paar andere Läden, die wussten aber auch alle nix, außer, dass er irgendwann weg war und eben öfter mit diesem Dings, Ammann, gesehen worden war." Sie blätterte weiter. „Naja, und dann verliefen sich die Ermittlungen im Sand, sie kamen nicht weiter, danke fürs Gespräch, Mensch erloschen, gute Nacht."

Wir erreichten das Haus von Ammann.

Er öffnete auf unser Klingeln hin ziemlich schnell die Tür und als er mich sah, freute er sich offensichtlich.

„Oh, hallo", sagte er mit einem Lächeln, „der stramme Polizist?"

„Was?!", sagte ich. Andererseits bemerkte immerhin mal jemand mein Yoga. Aber ich wurde schnell streng: „Sparen Sie sich solche Anzüglichkeiten!" Jawohl!

Ammann lächelte, zwischen freundlich und amüsiert – aber eigentlich total unverschämt und in einem unbeobachteten Moment zwinkerte Monika mir grinsend zu und kniff mich in den Hintern.

Sag mal, geht's noch?

Ich untersuche hier einen Mordfall!

Ach so: vielleicht sogar zwei. Wegen dieses Beines, dieses blöde Bein, verdammt.

„Herr Ammann", sagte Monika, als wir in diesem komischen Speisesaal waren, und zeigte ihm ein Foto von Orth, „kennen Sie diesen jungen Mann?"

Wir hatten uns nicht gesetzt. Er hatte uns nicht aufgefordert und ich wollte es auch nicht.

Er warf einen längeren Blick auf das Foto. „Micha, ja." Dann sah er wieder mich an: „Ich hatte schon gedacht, dass Sie wiederkommen würden. Nachdem Sie einen Blick in Ihren Computer geworfen haben würden."

Ah, er war ja so clever, aber ich blieb völlig ungerührt.

„Was ist denn damals passiert?", fragte ich.

„Ich kannte Micha seit ungefähr einem halben Jahr, wir hatten gelegentlich Spaß, er war manchmal hier, als er plötzlich verschwand und nie wieder auftauchte."

„Sie hatten eine Beziehung?", fragte ich.

„Nein", wehrte Ammann ab, „so würde ich das nicht nennen, so habe ich das auch damals nicht genannt, steht alles in Ihren Akten."

„Da steht auch", sagte Monika, „dass einige Bekannte ausgesagt haben, Sie hätten durchaus eine Beziehung gehabt, manche sprachen sogar von einem Hörigkeitsverhältnis."

Ammann ließ das stehen und lächelte freundlich und unberührt. Ihm war ja keine Frage gestellt worden.

Also tat Monika das, leicht angenervt: „Würden Sie dem zustimmen?"

„Ich habe dem doch schon widersprochen", antwortete Ammann ein wenig mitleidig, „keine Beziehung heißt auch kein Hörigkeitsverhältnis."

„Er wurde als ein sehr ängstlicher und unsicherer Mann geschildert", stellte ich mal so in den Raum.

Nach einem Moment sagte er nüchtern: „Ja, das war er wohl."

Ich: „Auf der Suche nach Anlehnung? Einem Zuhause? Orientierung?"

„Ja", er nickte, „ich denke."

Immer noch ich: „Und was wollten Sie von ihm?"

Er dachte kurz nach und sagte: „Junge Haut. Festes Fleisch."

Ja, es war entwaffnend ehrlich, aber trotzdem: zu hart, und ich fand's überhaupt nicht witzig. Natürlich ist nichts geiler als weiche Haut und hartes Fleisch, aber dieser Typ, Orth, der war wohl wirklich sehr verloren, und da geht das nicht, so wie Ammann zu sein oder zu denken, ihn zu Material zu machen. Dazu muss das Gegenüber stark sein, gefestigt, dann ja, dann ist das Verfleischlichen eines Menschen eine Erweiterung: die Erweiterung über die geistig-intellektuell-seelische Person hinaus in das Fleisch, den Körper und den Mittler zwischen all dem, die Sinnlichkeit, denn sind die Sinne nicht der Übergang zwischen Fleisch und Geist? Aber wenn es nicht so ist, wenn das Gegenüber schwach ist oder sogar starke negative Emotionen hat, dann geht die Verfleischlichung nicht, denn dann ist es tatsächlich Reduktion, weil das Gefühl, in diesem Fall die Verzweiflung, die nach einer Antwort sucht, ignoriert wird. Und das ist dann eine Entmenschlichung, eine Entseelung und das geht nicht. Ich meine das genauso moralisch, wie es klingt.

Der angedeutete Flirt war vorbei. Dieser Typ war das Letzte.

Er sah den Hass in meinen Augen und er merkte, dass ein spielerisches Lächeln nichts mehr bringen würde.

Ich fragte: „Und irgendwann war er einfach weg?"

„So ist es. Wie letztes Jahr schon zu Protokoll gegeben."

Monika: „Haben Sie seitdem noch mal was von ihm gehört?"

Er schüttelte den Kopf: „Nichts. Niemals."

Als wir ihn verlassen hatten, fuhren wir um die Kurve, bis er unser Auto nicht mehr sehen konnte. Dann hielt ich kurz an.

„Was für ein Arschloch", sagte Monika.

„Ja", antwortete ich, „was für ein Arschloch."

„Übrigens glaube ich ihm kein Wort", meinte Monika.

„*Moi neither*."

„Was machen wir? Mal mit der Schwester quatschen?"

„Das haben doch die ‚Vermissten' bestimmt schon tausendmal gemacht."

„Die ‚Vermissten' …", schnaubte Monika verächtlich.

Womit sie natürlich recht hatte.

26

AZ 1612-BE/77 II/Dokument 1/5:
Privates Dokument (Brief), undatiert, Verfasser: nicht unterzeichnet

Lieber Lieber,

ich habe mich genau informiert. Es gibt ab Frankfurt einen Flug nach Bangkok und von Bangkok einen weiteren nach Phnom Penh.

Phnom Penh am Mekong. Der Fluss ist – nicht hier, aber in seinem Verlauf – mehrere Kilometer breit.

Der Flug startet in Frankfurt um 22:15 Uhr. Das heißt, dass ich dir gegen 22:00 Uhr noch mal eine SMS schicken werde. Vorher wird es schwierig sein, da ich die Kollegen treffen werde, Besprechungen, in Bonn noch mal die ganzen Geräte checken, ich will dabei sein, dann gemeinsam mit den Kollegen nach Frankfurt fahren, essen, ein vollgepackter Tag. Dann um 22:00 Uhr die SMS. Wenn du ein Selfie willst, ist die Kamera kaputt. Kein Selfie.

Davor habe ich ein wenig Angst, aber ich muss ja nur die ersten zwei Tage überstehen, viel Zeit davon in Flugzeugen und dann in Landstrichen weitab von jedem Handy-Netz.

Dann wird der Unfall passieren und ich muss mir keine Sorgen mehr wegen Selfies machen, weil das Handy bei dem Unfall kaputtgehen wird.

Beziehungsweise, ich überlege gerade, wahrscheinlich ist es klüger, das Handy geht schon viel früher kaputt. Die Kamera im Handy. Es ist einfach sicherer.

Ich saß in dem grauen Audi A4 auf dem Beifahrersitz.

Der schwarze Volvo folgte uns. Das war gut. Ich konnte mich natürlich nicht zu oft umdrehen, aber schon der eine Blick hatte mir ein wenig Sicherheit gegeben.

Der Mann, der sich Andreas nannte, saß am Steuer. Kantiger Typ. Der würde dir gefallen. Breite Schultern. Auffallend gute Zähne.

Ich hatte ihn erst einmal gesehen, beim Vorbereitungsgespräch. Er machte gar keinen Hehl daraus, dass Andreas nur ein Deckname war. Seinen richtigen Namen würde ich nie erfahren und den des anderen auch nicht.

Den anderen würde ich nicht einmal sehen. Er mich schon.

Der Audi war blitzblank, innen wie außen. Ein Plastikschild von Hertz am Zündschlüssel.

„Du musst dir keine Sorgen machen", sagte Andreas.

Ich nickte.

Du machst dir keine Vorstellung davon, was in mir los war. Mein Herz raste, voller Vorfreude, voller Erleichterung, voller Hoffnung. Gleichzeitig schreckliche Angst, was, wenn es schiefgehen würde? Die Möglichkeit, dass ich dich nie wiedersehen würde, war vollkommen real.

„Wir haben ja noch viel Zeit", sagte Andreas.

Um 22:00 Uhr wird es losgehen, etwas früher als der Flug nach Bangkok. Ich hätte natürlich die SMS an dich vorbereiten können und Andreas hätte sie später geschickt, aber es wäre untypisch für mich, nicht auf eine Antwort von dir zu warten. Die ich dann möglicherweise wieder beantworten muss. Deshalb wollen wir erst um 22:00 Uhr beginnen. Bloß keine Auffälligkeiten. Die Antwort muss von mir selbst kommen, alles andere würdest du bemerken. Keine Risiken.

Er fuhr stadtauswärts Richtung Olympisches Dorf. An einem Parkplatz hielt er an.

Der schwarze Volvo fuhr an uns vorbei. Was gut war. Wir hatten extra die „Find my friends"-App installiert. Und da ich ja mein Handy eingeschaltet lassen muss, bis wir ins Flugzeug steigen beziehungsweise bis das Flugzeug startet, werde ich immer zu finden sein.

Wie einfach es geworden ist, James Bond zu sein.

Natürlich hat niemand sonst meine „*Find my friends*"-Identität.

Der schwarze Volvo würde mit Sicherheit am nächsten Parkplatz warten und dann wieder hinter uns herfahren. Außerhalb der Sichtweite, aber nicht zu weit entfernt. Eine Sicherheitsmaßnahme. Falls irgendwas schiefgehen sollte – sie nehmen mir mein Handy ab, wir haben kein Netz mehr, etwas geht kaputt –, wäre der Volvo in unserer Nähe und hätte möglicherweise die Chance, uns konventionell zu folgen.

Wir stiegen aus dem Auto aus. Andreas öffnete den Kofferraum. Es befand sich noch ein weiteres Auto auf dem Parkplatz. Wir blieben am Gepäckraum stehen und quatschten.

Das andere Auto fuhr los.

Als es außer Sichtweite war, holte Andreas das kleine Fläschchen heraus. Nur drei oder vier Tropfen auf einen Löffel. Es ist kräftiges Zeug. Ich leckte den Löffel ab. Keine Worte, keine Aufforderung. Es war alles besprochen.

Dann kletterte ich in den Kofferraum. Meine Knie waren weich. War das schon die Wirkung der Tropfen? Gleich würden Dunkelheit und leichtes Schaukeln mich in den Schlaf wiegen.

Ich legte mich auf die Seite, zog die Beine heran und sah, wie er näherkam. Andreas. Dann schloss er den Kofferraumdeckel und es wurde schwarz.

27

Wir hielten kurz am Wandlitzsee. Es ist nicht leicht, einen Parkplatz zu finden, gerade am Samstag, aber wir
ließen zufällig meinen Polizei-Ausweis hinter der Windschutzscheibe liegen. Vielleicht half es was. Andererseits
– vielleicht machte es das Brandenburger Ordnungsamt
auch erst richtig aggressiv. Aber bis der Strafzettel bei uns
wäre, also erst generell bei der Polizei und viel später in
unserem Dezernat, würde es dauern.

Und wir würden hier ja auch nur kurz halten.

Wir hätten Badesachen mitnehmen können, wenn wir
klug gewesen wären – und dreist, denn zur Arbeit eine
Badehose mitzunehmen, ist dann doch ein wenig heftig.
Naja, ich hatte Boxershorts an, die mit einer gewissen
Großzügigkeit als Badehose durchgingen, und Monika
ging einfach auch nur in ihrem Slip, oder wie man das bei
Frauen nennt. Ich meine, wir sind im Osten. Der Osten
ist nackt. Hier war immer FKK.

Wir rannten in den sogenannten Badesachen über den
Parkplatz zum Wasser, zogen die Schuhe aus und ich legte den Schlüssel des Dienstwagens – ein Stoßgebet spre-
chend – in einen von ihnen.

Und dann ins Wasser, ein bisschen frisch zuerst, aber
dann gleich angenehm und wir schwammen raus, wälzten
uns im Wasser, jede Pore nahm es auf. An heißen Tagen
fühle ich mich im Wasser wie ein trockner Schwamm.

Życie jak w Madrycie! Leben wie in Madrid! Das ist ein
polnischer Ausdruck, den ich sehr schön finde, er ist ähnlich dem deutschen ‚Leben wie Gott in Frankreich'. Wenn
einfach alles gut ist: Leben wie in Madrid!

Der Wandlitzsee ist sauber und klar. Etwas weiter draußen kann man den Grund trotzdem nicht mehr sehen,
weil der See tiefer wird. Das ist auch eines der Dinge, die

ich am Schwimmen in Seen so mag: Man weiß nicht wirklich, was unter einem ist, wie weit der Grund entfernt ist und was wann wo in welche Richtung fließt. Und so ist das Leben. Unterströmungen. Man weiß nie, wohin sie fließen und ob sie einen irgendwohin mitnehmen. Manchmal hofft man es, manchmal fürchtet man es – meistens beides gleichzeitig. Man kann natürlich versuchen, sie zu ignorieren oder zu leugnen. Aber ich würde das nicht empfehlen. Sie sind stark.

Monika war mit dem Kopf unter dem Wasser entlanggeglitten und tauchte gerade wieder neben mir auf: „Und da draußen macht er diese Pet-Play-Partys?"

„Haha, ja", sagte ich, „hat er letztes Mal erzählt."

Sie drehte sich auf den Rücken. „Ich musste nämlich an Paul denken." Ihr vierjähriger Sohn.

„Paul?" Ich drehte mich auch auf den Rücken.

„Ja, der spielt auch gerne Pferdchen", sagte sie.

„Na ... dann kannste dich ja auf was einstellen", meinte ich.

Das Wasser umspielte unsere Körper, während wir den Himmel betrachteten. Es war angenehm kühl, wobei die Temperatur von Strömung zu Strömung ein wenig variierte.

„So mein ich das nicht. Aber irgendwie. Wo ist der Unterschied? Klawitter würde es nicht abartig finden, wenn Paul das tut. Warum dürfen Erwachsene nicht?"

„Klawitter hat bestimmt genug eigene Leichen im Keller. Aber ... ähm ... ja. Finde ich auch. Ich hab übrigens einen kennengelernt", sagte ich, nachdem sie das Thema zu interessieren schien.

Sie sah mich an und drehte sich wieder auf den Bauch. „Wie jetzt? Wen haste kennengelernt?"

„Einen ... Also. Hund. Jemand, der das geil findet."

„Ach. Wo das denn?"

Ich schwamm auf dem Rücken weiter. Konnte ich unschuldig in den Himmel gucken. „Na, also im Berghain oder wie das heißt."

Monika schüttelte den Kopf. „Steffen …"

„Jedenfalls", ich sprach schnell, um über das Thema Laboratory hinwegzukommen, sie weiß, dass ich das Lab meine, wenn ich ‚Berghain oder wie das heißt' sage, „ich habe diesen Hund kennengelernt. Der hat mir erzählt, es geht darum, seine Gefühle auszuleben. Beziehungsweise genauer: Gefühle auszuleben, die man sich als erwachsener Mensch nicht zu leben trauen würde. Oder nicht so, gewissermaßen, ehrlich. Direkt. Ach, es ist kompliziert."

„Du meinst, du kriegst es nicht formuliert?"

„Haha. Ich meine … Genauer: Er meinte", und jetzt drehte ich mich doch auf den Bauch, um sie ansehen zu können, „sinngemäß, so viele Menschen würden in ihrem Job dem Chef die Stiefel lecken, metaphorisch gesprochen, also in irgendwie verklausulierten Situationen, aber es ist doch Unterwerfung – je nach Chef natürlich, aber oft ist es eben schlicht Stiefellecken. Sagt er. Auch bei Kunden in der Gastronomie. Oder denk mal an Vertreter. An Verkäufer. Leute, die in Callcentern arbeiten. Beim Fernsehen! Überall, wo Gelder vergeben werden – also überall. Und dann meinte er, als Hund, da kannst du das dann einfach wirklich tun. Stiefel lecken. Und dann erlebst du es. Es ist einfach ehrlich. Es findet wirklich statt. Es wird nicht geleugnet, sondern ausgelebt. Verstehste?"

Sie sah mich grinsend an. Sie verstand.

Wir schwammen ein paar Züge. Dann sagte sie: „Aber sie haben Masken auf? Während sie das tun."

„Hm", meinte ich. Ich ahnte, worauf sie hinauswollte.

„Also, wenn sie ganz offen sind, ganz ehrlich, was du gerade gesagt hast, dann tragen sie dabei Masken? Also Hundemasken oder so was."

Ich wusste keine Antwort und holte stattdessen Luft und schlug einen Purzelbaum im Wasser. Als ich wieder auftauchte, sagte ich: „Und das ist ein Widerspruch, findest du?"

„Ein bisschen. Wenn sie ihr wahres Gesicht zeigen, tragen sie eine Maske."

„Vielleicht ist es mehr ein Hilfsmittel", schlug ich vor.

Sie dachte einen Moment nach. „Andererseits, was ist falsch an Masken?" Was ich an Monika sehr schätze, ist, dass sie in der Lage ist, sich selbst zu widersprechen, sich zu korrigieren. Sie muss nicht recht haben. Sie kann ihre Meinung ändern. Sie sagte: „Ich hab mal in Kreuzberg eine Ausstellung gesehen, die hieß ‚Zeig mir deine Maske'. Das fand ich witzig. Nicht immer dieses ‚Zeig mir dein wahres Gesicht', wie es in billigen Fernsehsendungen angepriesen wird, sondern: Zeig mir deine Maske. Du hast sie ja ausgewählt. Das sagt ja was über dich aus. Und ein ‚wahres Gesicht', das ich auf einen Blick erkennen kann, ist vielleicht nicht immer spannend."

Ich musste grinsen und sah zu ihr rüber.

Zurück beim Auto trockneten wir uns mit meinem T-Shirt ab, das wir während der Fahrt nach Berlin zum Trocknen auf die Rückbank legten.

Monika hatte mir erlaubt, die Klimaanlage auszulassen und stattdessen die Fenster zu öffnen. Die Sonne und der Wind kitzelten meinen nackten Oberkörper. Monika saß am Steuer. Ich fütterte sie mit frischen Erdbeeren, die wir am Parkplatz gekauft hatten.

28

Wir fuhren zurück in die Stadt und erzählten Klawitter und Andrea von unseren mageren Ergebnissen. Die beiden wirkten etwas genervt, weil es ja so gar nicht voranging.

Monika und mir wäre es ähnlich gegangen, wären wir nicht gerade im Wandlitzsee gewesen. Unsere Haare waren wieder trocken. Wir waren mit geöffneten Fenstern gefahren, sicher ist sicher. Ich meine, die hätten sonst schon geschimpft.

Die beiden hatten mal wieder auf Erik rumgekaut, also ohne ihn, nur so zu zweit.

Hatte nichts gebracht. Glitschiger Fisch. Keine Chance, ihn zu packen. Also gegenwärtig. Im Moment. Das konnte sich ja ändern.

Es ging nix weiter, gerade.

Klawitter stöhnte. „Und mit euerem Quatsch da, mit dem Pferdchen-Typen, verbindet uns nur dieses kackblöde Nummernschild."

„Jo", kommentierte Andrea. Und nach einem Moment: „Wobei das schon was ist, allerdings. Also ich google nicht tausendmal das gleiche Nummernschild. Über mehrere Tage."

„Weil du die Kollegen anrufst", brummte Klawitter.

Andrea ließ das unkommentiert.

„Und dann", Monika ignorierte Klawitters Bemerkung auch, die ich ja gar nicht so unkomisch gefunden hatte, „finden wir da auch noch, also beziehungsweise finden eben nicht eine vermisste Person." Sie sah etwas unsicher in die Runde. „Also so meine ich: ‚Finden nicht'. Weil eben weg. Vermisst."

„Verstanden", sagte Klawitter. „Irgendwer sollte reden mit dieser ..." Er kramte in ein paar Papieren vor sich auf dem Schreibtisch. „Schwester. Hier." Adresse gefunden, er gab mir den Zettel.

Warum eigentlich mir?

Dachte ich, aber ich sagte: „Und die lebt da noch? Ist ja schon über ein Jahr her."

„Ja. Die wohnt da noch", sagte Klawitter, spürbar vollkommen ins Blaue. „Und wenn nicht, hat, wer auch immer da hinfährt, den Rest des Tages frei."

„Ah okay!" Ich riss ihm den Zettel aus der Hand. Er hatte ihn ja sowieso mir hingehalten.

Jetzt kam ich in diese diplomatisch schwierige Situation: Ich wollte natürlich Monika mitnehmen, aber wie konnte ich das durchsetzen, ohne Andrea zu beleidigen?

Mal unabhängig davon, dass es diplomatisch zweifelhaft genug war, dass ich den Zettel gleich an mich gerissen hatte.

Aber komm, ich meine: der Wannsee? Ein See pro Tag ist schließlich zu wenig.

Jedenfalls bemerkte ich aus dem Augenwinkel plötzlich, dass Klawitter seine Autoschlüssel vom Schreibtisch nahm und Andrea sich anschickte, ihre Handtasche umzuhängen. Monika bemerkte es im gleichen Moment wie ich: Die gehen auch nach Hause! Oder nicht ‚auch'. Die wollten uns nur noch schnell die Arbeit aufhalsen.

„Haha", sagte ich mit meinem müdesten Grinsen.

„Was?", fragte Andrea völlig unschuldig.

Monika sah mich mitleidig an: „Ach, Mensch, haben sie dich wieder reingelegt, Schnuffelchen? Mach dir nichts draus, ich komme mit!"

Und wir gingen raus.

„Gar nicht haben sie mich reingelegt", sagte ich in der Tür.

Erst im Auto sahen wir auf die Adresse und stellten mit Erstaunen fest, dass sie in der Nürnberger Straße war. Ich war mehr so auf Marzahn gepolt gewesen oder vielleicht Lichtenberg, jedenfalls eher eine sogenannte schlechte Gegend. Und nicht beim KaDeWe. Der Gedächtniskirche. Dem Europacenter. Dem Ku'damm. Mitten im Zentrum des guten alten Westberlins. Der anderen Stadt. Der Stadt aus der Vergangenheit. Irgendwie sehe ich Westberlin immer in verblichenen Pastelltönen, in den eigentlich eher knalligen Farben der Siebziger, aber eben verblichen, daher pastell. Ich sehe auch die Autos aus diesen Jahren. Ich sehe eine verschlafene Stadt, die sich langsam bewegt.

Wobei ich mit Westberlin nur die Gedächtniskirche und deren Umgebung meine. Kreuzberg zum Beispiel nicht. Kreuzberg ist Kreuzberg.

Also Nürnberger Straße. Das Klingelschild war noch da. „Orth". Klawitter hatte natürlich recht gehabt: Wer hier wohnte, zog nicht weg. Die Mieten würden doch nur steigen.

Wir klingelten.

Eine Frau sagte „Ja?" durch die Sprechanlage.

Monika – Frauen sind im Erstkontakt zu anderen Frauen, gerade bei so einem überfallartigen Besuch, eher besser als Männer – antwortete: „Kriminalpolizei. Können wir reinkommen?"

Stille.

Dann: „Um Gottes willen, was ist denn …?"

„Es geht um Ihren Bruder …"

„Dritter Stock", sagte sie und der Summer ertönte.

Altes Westberlin: Ein roter Teppich führte die Treppe empor. Einen Aufzug gab es auch. Wir entschieden uns für ihn. Die Kabine war aus poliertem Holz. Eine Art Schwingtür, klein, zwei hölzerne Türflügel rechts und links. Ach, die guten alten Tage. Monika schlüpfte vor mir rein. Ich zog die verzierte gußeisern-durchbrochene Tür des Fahrstuhlschachtes – es gab zwei Türen, diese und die hölzerne an der Kabine – hinter mir zu, so richtig mit

Türklinke, um anschließend die kleinen Flügeltüren, die sich in die Kabine hinein öffneten, zu schließen. Alles per Hand.

Ah, so schön.

Dritter Stock.

Sie stand in der Tür.

Elegante, gut aussehende Frau. Erfolg strömte ihr aus jeder Pore. Kultur auch. Bildung. Ich mochte sie sofort. Glatte, lange, blonde Haare.

Sie sah besorgt aus.

Streckte uns die Hand entgegen: „Orth, kommen Sie bitte rein."

Wir stellten uns auch vor und folgten ihr.

Ah, dieser Holzboden. Diese langen, mit Klarlack lackierten Dielen. Westberlin, die besseren instandbesetzten Häuser, die ich in den Neunzigern kennengelernt habe, hatten diese Dielen. Als man für 200 Mark in WGs auf Hunderten von Quadratmetern wohnte, mitten in der Stadt, wie ein Freund von mir in der Bülowstraße, ruhig, grün, der Segen des Hinterhofs, aber eben doch mitten im – langsam – pulsierenden Berlin.

„Ich habe gerade einen Ingwer-Tee gemacht, wollen Sie? Honig?"

Wir saßen auf ihrer weißen Couch in dem großen Wohnzimmer, kleiner Schönheitsfleck war, dass es ein Berliner Zimmer war, das heißt, der Klassiker im Eck des Innenhofs, der nur ein ganz kleines Fenster hat.

Jetzt saß ich hier und trank Ingwer-Tee. Schon irgendwie bizarr. So etabliert.

Naja, ich war ja nur zu Besuch.

„Gibt es was Neues von meinem Bruder?" Sie sah ziemlich gleichberechtigt zu Monika und mir. Besorgt.

„Nein, leider", antwortete Monika.

Silke Orth wirkte gleichzeitig enttäuscht und erleichtert.

„In einem Fall, der mit dem Ihres Bruders vielleicht überhaupt nichts zu tun hat, sind wir auf einen Herbert Ammann gestoßen", sagte Monika, während ich mich zurücklehnte. Ich spürte, dass das ein Frauengespräch werden würde beziehungsweise dass es gut wäre, wenn es sich dazu entwickelte. Die Chemie zwischen den beiden machte einen funktionierenden Eindruck.

Bei dem Namen „Ammann" hatte Silke Orth spürbar durchgeatmet.

„Was ist damals passiert?", fragte Monika.

„Sie kennen doch bestimmt die Akten?", fragte Silke – oder soll ich ‚Frau Orth' sagen?

Ich sag ‚Frau Orth'. Komisch, oder? Aber … äh … ‚es fühlt sich besser an'. Oje, jetzt rede ich auch noch so öko-mäßig. Was machte diese Frau mit mir? Erst Ingwer-Tee und dann ‚es fühlt sich besser an' …

Frau Orths Satz, „Sie kennen doch bestimmt die Ak-ten?", klang nicht nach einer Zurückweisung der Frage, sondern sie wollte wissen, wo sie mit ihrer Antwort an-setzen sollte. Sie wollte reden.

Monika nickte.

Frau Orth: „Dieser Ammann hat ihn auf dem Gewis-sen." Dann seufzte sie. „Naja, so viele Menschen haben ihn auf dem Gewissen."

Stille und Traurigkeit.

Monika: „Wie meinen Sie das?"

„Dass Ammann ihn auf dem Gewissen hat?"

„Ja, das und auch: ‚so viele Menschen'?" Nach einem Moment fügte Monika noch hinzu: „Vielleicht geben Sie uns einfach ein Bild von Ihrem Bruder. Also … jetzt kein Bild im Sinne von Foto, sondern seine Geschichte."

Kleines Lächeln von Frau Orth: „Hatte ich schon ver-standen." Spätestens jetzt hatte Monika sie gekriegt. Setz-te Monika ihre Halb-Schusseligkeit absichtlich ein?

Vielleicht. Hatte ich mir noch nie überlegt.

Frau Orth machte eine Pause.

Sie war eine Dame. Eine große Dame. Und das mit dreißig. So cool.

Sie atmete schwer. „Man kann Micha nur über die Geschichte mit unserem Vater verstehen. Die sie kennen?"

„Es ist nicht ganz eindeutig in der Akte."

„Es war vollkommen eindeutig in der Realität. Ich weiß es. Auch wenn Micha nie darüber gesprochen hat."

Monika nickte.

„Micha hatte alle Brücken zu unserer Familie abgebrochen, als er nach Berlin geflohen war." Sie fasste Monika ins Auge. „Es war eine Flucht." Nach einem Moment: „Nur zu mir nicht. Unser älterer Bruder war kein Ansprechpartner für ihn, der fuhr komplett auf der Schiene unseres Vaters. Er hat mittlerweile die Firma übernommen. Es gibt Geld in unserer Familie. Aber Micha wollte nur weg, nichts davon wissen. Unsere Mutter wusste wahrscheinlich von dem Missbrauch."

Monika schluckte den Brocken.

„Er hielt Kontakt zu mir und als ich dann auch nach Berlin kam, trafen wir uns oft. Er war ständig auf Partys, nahm Drogen, hatte Gelegenheitsjobs. Ich war sein einziger Anker. Irgendwann kam dann dieser Ammann. Und Micha begann mir zu entgleiten. Wir blieben weiter in Verbindung, aber da war jemand Wichtigeres als ich. Was ja gut war, ich war seine Schwester, nicht seine Therapeutin. Erst mal klang das alles nicht so schlecht mit den beiden, wie gesagt. Der Altersunterschied war natürlich ein bisschen groß, aber wenn es ihn glücklich machte. Und Micha verschwand Stück für Stück aus meinem Einflussgebiet. Ich meine, ich war ja auch nicht seine Mutter, obwohl ich mich ein wenig so fühlte. Verantwortlich."

Sie dachte einen Moment nach. Dann setzte sie wieder an: „Es waren so viele unterschiedliche, sich widersprechende Gefühle in mir. Da war: ‚Lass ihn gehen und ein neues Zuhause finden.‘ Da war: ‚Er ist so schwach und verletzlich, ich muss auf ihn aufpassen, hoffentlich gerät er nicht an die falschen Leute.‘ Er geriet immer an die falschen Leute. Er wollte benutzt werden. Er war es gewöhnt. Es war sein Zuhause. Es war Geborgenheit. Es war, wie die Welt eben war, weil er sie so seit seiner Kindheit kannte. Stabilität und Heimat bestanden im Benutztwerden. Ich hab das damals nicht so klar gesehen wie jetzt. Jedenfalls deshalb geriet er immer an die falschen Leute. Dann war da auch das Gefühl: ‚Ich, Silke, hab doch auch mein eigenes Leben.‘ Ich hab Szenisches Schreiben studiert, bin jetzt Dramaturgin. Mein Mann ist bei der DPA, Journalist.“

Sie machte eine Pause.

„Warum rede ich nur so viel? Das wollen Sie doch alles gar nicht wissen. Ich rede so viel, weil ich immer noch, und vielleicht mein ganzes Leben lang, das nicht ertragen kann, das: Hätte ich ihm helfen können? Sollen? Müssen?“ Sie sah auf. Bittere, tieftraurige Augen, was für ein Schmerz. „Ich war doch die Einzige, der einzige Mensch, zu dem er Kontakt hatte. Aber verstehen Sie ...“

Wir verstanden und natürlich lag mir ‚Sie konnten ja nicht wissen, Sie hätten nichts tun können, Sie waren nicht für ihn verantwortlich‘ und all das auf den Lippen. Aber wir sind Polizisten und keine Therapeuten und deshalb ließen wir sie weiterreden.

Sie hatte sich wieder ein wenig gefasst. „Der Schmerz ist mittlerweile zu einem Teil von mir geworden. Es gab auch keinen Endpunkt, kein letztes Bild. Ich weiß noch, wie wir uns zum letzten Mal gesehen haben, das schon. Er schwärmte so von diesem Ammann, so einfühlsam und nett, so ein toller Mann. Er ist ein Nichts. Ich sehe noch Michas Lächeln in der Tür. ‚Der wird mich halten‘, sagte sein Lächeln. Ich küsste ihn auf die Stirn und dann ging er, ziemlich leichtfüßig, die Treppe runter.“ Ich sah sie es jetzt hören. „Dann immer wieder SMS. SMS, in denen er von seinem Ammann schwärmte, Idealisierungen." Kurzes trauriges Lächeln: „Diese Art der Idealisierung ist wahrscheinlich Überwindung von Angst, glaube ich. Die Idealisierung sagt: Der wird mir nicht wehtun. Und sie sagt: Der ist so stark, dass er mich beschützen kann. Und er wird es, weil er mich liebt. Hinzu kam, dass ich glaube, dass Micha eine Abhängigkeitsstörung entwickelt hat." Sie sah uns mit einem traurigen Lächeln an. „Sie wissen, was das ist?"

„Ich habe eine vage Vorstellung, aber Sie wissen bestimmt mehr darüber, erklären Sie es uns", sagte Monika.

„Ja, ich habe mich damit beschäftigt. Eine Abhängigkeitsstörung kann durch starke Schocks in der Kindheit entstehen, wie es ein Missbrauch ist. Das Kind muss sich einer Situation anpassen, der es geistig nicht gewachsen ist. Es versteht nicht, was mit ihm passiert. In solchen Situationen oder Zeiträumen, oft Monaten oder mehr, spaltet das Kind sich von sich selbst ab. Und daraus kann sich die Abhängigkeitsstörung entwickeln, in der man alle möglichen wichtigen Entscheidungen über das eigene Leben an andere abgibt. Das Kind hat beim Missbrauch gelernt, dass etwas geschieht, was es selber nicht versteht, der Erwachsene aber offensichtlich doch, sonst täte er es ja nicht. Dazu kommt das Gefühl, sich nicht wehren zu können. Und daraus kann dann eben resultieren, dass man sich ganz in andere Hände gibt, denn die anderen wissen mehr und setzen sich ja sowieso durch. Wohlgemerkt: Das kann passieren, muss aber nicht. Und das ist dann das Bild der Störung: Man gibt Entscheidungen ab, ist unglaublich nachgiebig, hat kaum eigene Bedürfnisse und äußert sie auf gar keinen Fall. Und hat ganz große Angst vorm Alleinsein. Denn wer würde einem dann sagen, was man tun soll?"

„O Gott, wie ausgeliefert", sagte Monika.

Frau Orth seufzte tief. „Ich habe so oft versucht, mit ihm darüber zu reden, ihn zu einer Therapie zu bewegen. Aber er ging nicht darauf ein." Sie sah verzweifelt zu uns, sprach aber eigentlich zu sich selbst: „Bitte glauben Sie mir das. Ich habe alles in meiner Macht Stehende versucht."

Sie machte erneut eine Pause und setzte dann ihren Bericht fort. „Irgendwann erzählte er mal von einer Party. Da wären so viele Männer gewesen. Und was haben die gemacht, fragte ich. Ach, war lustig, sagte er. Er klang irgendwie anders. Der liebt mich so, schrieb er mal, dass er mich gerne seinen Freunden zeigt, er ist so stolz auf mich, er teilt mich. Er teilt dich? Haha, schrieb Micha. Was meinst du denn?, fragte ich. Ach nichts, sagte – schrieb – er. Mit der Zeit kamen immer weniger SMS. Dann manchmal traurige, zweifelnde. An der Liebe zweifelnde. Die Flamme wurde kleiner. Ich hab meinen Bruder so geliebt. Ich habe ihm angeboten, zu mir zu kommen, du kannst bei mir wohnen, bitte, glauben Sie mir, alles, alles habe ich versucht." Sie schüttelte leicht den Kopf. „Es ist so schlimm, wie er leiser wurde, weniger. Irgendwann klang er kaum noch traurig. Da war kaum noch Gefühl. Es ist ja egal, was aus mir wird, schrieb er mal. Er ging nie ans Telefon, wenn ich ihn anrief. Nur SMS. Und die auch irgendwann nicht mehr. Ich wusste nicht, wo er war. Ich suchte ihn in Kneipen, auf Facebook, bei seinen Bekannten, sofern ich sie kannte, ging natürlich zur Polizei, nichts, gar nichts, niemals. Er hätte sich, da bin ich völlig sicher, bei mir gemeldet, wenn er irgendwie gekonnt hätte. Es ist jetzt über ein Jahr her. Auch wenn er meine Telefonnummer verloren hätte, hätte er mich finden können. Meine E-Mail-Adresse hat sich nie geändert, meine Facebook-ID nicht, ich bin mit den gleichen Leuten befreundet wie damals, die er auch kannte, er hätte, obwohl es ihm widerstrebt hätte, über unsere Familie Kontakt zu mir aufnehmen können, über alte Schulfreunde, ich arbeite am Theater, ich wohne nach wie vor in derselben Wohnung. Er ist clever genug, mich einfach über Google zu finden. Es gibt so viele Wege."

Sie sah uns an. „Wissen Sie, ich habe das alles so oft überlegt: Es wäre kein Problem gewesen, mich zu kontaktieren. Ist es möglich, dass er das nicht will? Scham? Scham über eine vielleicht furchtbare Geschichte, einen Niedergang, eine Niederlage – ich glaube es nicht, nicht mir gegenüber. Aber was kann es sonst sein? Er lebt nicht als Zeitungskönig in Amerika und hat mich vergessen. Er hat mich sowieso nie vergessen." Sie wusste das. „Was ich meine, ist: Er wendet sich nicht ab, weil ich ihm nicht mehr wichtig wäre. Er tut es nicht, er hätte es nicht getan, weil er es nicht getan hätte. Es gibt Dinge, die sind einfach, wie sie sind." Kurze Pause. „Und dann gibt es eben diese andere Möglichkeit, dass er mich nicht kontaktiert, weil er es nicht kann. Und dass diese Möglichkeit der Wahrheit entspricht, scheint so viel naheliegender, so viele Wege führen dahin. Er hatte sich ja so oft selbst verletzt, er hatte über Selbstmord nachgedacht, dann die vielen Drogen, Überdosen kommen vor, Unfälle unter Einfluss von Drogen oder Alkohol, es gibt so viele Wege, die erklären, warum er sich nicht melden kann, und ich finde keinen einzigen, der begründen könnte, warum er es nicht will."

Sie starrte vor sich hin. „Wissen Sie, es ist so schlimm, nicht abschließen zu können. Wissen Sie, weil ich … dass ist alles so unaussprechlich. Denn: Natürlich hoffe ich so inständig, dass er lebt, aber trotzdem, und das darf ich nicht denken oder sagen oder fühlen, aber trotzdem, als Sie geklingelt haben und sagten, es ginge um ihn … Irgendwas in mir hat gehofft, dass Sie mir einen Beweis für seinen Tod bringen."

Plötzlich stand Monika auf, kniete sich vor sie und umarmte sie.

29

AZ 1612-BE/77 II/Dokument 1/6:
Privates Dokument (Brief), undatiert, Verfasser: nicht unterzeichnet

Lieber Lieber,

es würde kein Tiger sein. Das wäre zu billig. Romantisch,
aber zu billig. Durchschaubar. Kein Unfall durch eine
Tiger-Attacke, auch kein Ausweichen vor einem Tiger.
Überhaupt kein Tiger. Zu malerisch, es würde zu viel
Verdacht auslösen und zu viel Aufmerksamkeit mit sich
bringen.

Ich bin in diesem Zimmer hier aufgewacht. Ich weiß
nicht, wie lange ich geschlafen habe.

Ich schreibe natürlich nichts, was sie nicht lesen dürften
– denn ich gehe fest davon aus, das sie später meine Sachen durchsuchen werden. Ich weiß ja gar nichts, was sie
nicht lesen dürften.

Bitte nehmt mir diesen Brief nicht weg. Ich schreibe in
ihm ja nichts, was ich nicht sowieso gesehen habe. Könnte
ich ja gar nicht. Es macht also keinen Sinn, ihn zu vernichten.

Ich liege in diesem Zimmer und warte, dass die Zeit
vergeht. Vorhin kamen sie zu mir. Mein Bett steht mit
dem Kopfende zur Tür. Andreas stellte sich ans Fußende
des Bettes, so dass ich ihn sehen konnte. Der andere aber
stand hinter meinem Rücken. Es war verabredet, dass ich
nicht in seine Richtung sehen würde. Was ich auch nicht
tat. Sie stellten die Fragen, mit denen zu rechnen gewesen
war.

Der Rest ist Warten, bis der Flug geht. Bis irgendwo in
Frankfurt ein Flugzeug abhebt, für das ich nicht einmal

ein Ticket habe. Ich will mal hoffen, dass es nicht abstürzt. Haha, das wäre ein Problem. Wie würde ich denn das erklären?

Naja, ich will ja meine Lügen sowieso irgendwann auflösen.

Ich liege hier seit vielleicht zwei Stunden. Ich habe keine Uhr. Es ist schwer zu schätzen.

Ich denke darüber nach, wie es weitergehen wird. Und zwar versuche ich, das aus deiner Perspektive zu tun.

Heute bekommst du eine SMS von mir, die ganz normal klingt und dabei liebevoll sein wird.

In 16 Stunden – wenn alles gutgeht – bekommst du eine SMS, dass ich angekommen bin, Flug okay, aber völlig übermüdet, Jetlag, Hotel, Bett.

Weitere sieben Stunden später bekommst du eine SMS, dass es jetzt losgeht. Wir fahren runter nach Kampot. Schlechtes bis gar kein Netz.

Drei Stunden später: SMS aus Kampot. Bin ziemlich fertig von der Fahrt. Muss gleich ins Bett, sorry. Mein Handy ist kaputtgegangen: Die integrierte Kamera funktioniert nicht mehr. Morgen früh fahren wir in die Berge, zu der Pfefferfabrik. Große Aufregung und Vorfreude. Es ist wahrscheinlich, dass ich mich für ein paar Tage nicht melden werde. Du wirst, ich weiß es und es ist leider ein Problem, du wirst sagen, ich soll mich unbedingt melden, zwischendurch, sonst wirst du dir Sorgen machen. Ich werde sagen: Mach dir keine Sorgen, auf keinen Fall! Wir werden da oben übernachten, wir haben ein Wohnmobil, so eine Wohnmobil-Jeep-Kombination. Wir tun das, weil wir frühmorgens und spätabends drehen wollen, Sonnenauf- und -untergang, das gibt Bilder von spektakulärer Wucht, du machst dir keine Vorstellung. Es wäre selbstmörderisch, in der Dunkelheit die alten Wege hier hochzufahren, ohne Straßenbeleuchtung, vergiss es, täten wir es, hättest du tatsächlich Grund zur Sorge. Und da oben gibt es kein Netz, jedenfalls kann ich mir das nicht vorstellen. Ich kann mich nicht melden, es geht nicht anders, also werde ich es nicht tun, und: Mach dir keine Sorgen! Hab keine Angst! Wir wissen leider nicht mal ganz sicher, wie viele Tage wir da oben sein werden, weil es vom Wetter abhängt, von den Perspektiven und Bildern, die wir finden usw., es ist nicht auf den Tag genau planbar. Wir haben so lange für diese Reportage gekämpft, dass wir uns nicht mit zweitklassigem Material zufriedengeben werden. Und da Zeit – also Gerätemiete, Jeep-Miete – in Kambodscha, wie alles andere auch, billig ist, hat der Sender einem relativ flexiblen Drehplan zugestimmt.

Okay? Klar? Hab keine Angst!

Ich werd's dir einhämmern und du wirst es irgendwann verstehen.

Drei Tage später kommt dann die Nachricht.

Ich lege den Brief jetzt beiseite. Ich liebe dich.

Nachher schicke ich dir noch die SMS. Sie wird lauten: „Lieber Lieber, es geht gleich los! Ich liebe dich!" Wir schreiben vielleicht noch mal hin und her.

Und dann wird es schwarz werden.

Gute Nacht.

30

Wir fuhren Richtung Friedrichshain und sprachen nicht viel. Richtung Friedrichshain hieß, dass ich auf dem Heimweg Monika nach Hause fahren würde. Mit dem Auto würde ich morgen wieder zur Arbeit fahren. Das brauchte über Nacht keiner.

Diese Geschichte mit Micha war nicht schön und auch wenn man schon eine gewisse Zeit im Beruf ist – also jedenfalls Monika und mich lässt so was immer noch nicht kalt.

Die Ungerechtigkeit der Welt ist eine äußerst bedauerliche Angelegenheit. Im Konkreten finde ich sie tatsächlich belastend, wie im Fall Micha, im Allgemeinen betrachtet, finde ich, hilft sie einem aus der Traurigkeit. So zynisch das auch ist. Aber wenn man eben daran denkt, wie viele Menschen auf der Welt hungern oder Gewalt und Ausgrenzung ausgesetzt sind, unschuldig im Gefängnis sitzen – und was es da alles gibt, dann wird der einzelne Fall leichter, weil er nicht mehr so einsam ist.

Das ist nicht nur ein schwacher Trost, sondern sogar ein potenzielles Abgleiten in Zynismus und Gleichgültigkeit, aber ich brauche es leider trotzdem, vor allem in Fällen, in denen man sowieso nichts mehr tun kann.

Vor meinem inneren Auge sah ich die Wiesen der alten LPG, auf der Ammann wohnte, Schwaden des Morgennebels darüber und irgendwo darunter die Überreste von Micha, nachdem er aufgebraucht worden war.

Genau das: Aufgebraucht.

Nicht schön.

Sollten wir da graben?

Wir hatten kein Wort gesprochen, als Monika plötzlich sagte: „Wir kriegen nie im Leben die Genehmigung, die alte LPG umgraben zu lassen."

Ich nickte.

„Was bringt uns jetzt dieser ganze Kram?", fragte ich sie.

„Ich weiß nicht … Also Ammann. Hm. Der hat Dreck am Stecken. Der Dings, unser Toter: Widmer hat seine Autonummer aufgeschrieben." Sie machte Gesten, als würde sie versuchen, in ihren Händen einen Teig zu formen und als würde das nicht recht gelingen. „Das hängt doch irgendwie zusammen? Auch weil sie alle schwul sind. Das sind doch keine Zufälle."

„Aber sie kannten sich doch nicht, oder? Ich meine, er hat seine Autonummer aufgeschrieben und versucht herauszubekommen, wem das Auto gehört. Also kannte er jedenfalls das Auto nicht."

Monika stöhnte. „Ach, menno. Ist jetzt nicht Feierabend? Das ist alles so ein undurchsichtiger Haufen und ich versteh's nicht und mir ist schlecht, ich bin müde, ich will nach Hause", jammerte sie, ein Kind imitierend, noch hinterher.

Auf der Weiterfahrt grummelten wir still vor uns hin. Sie hatte recht. Es war Feierabend.

Wir hielten am Halleschen Tor und vor uns machten diese Jongleure ihre Kunststücke auf der Straße, um uns unsere sauer verdienten Penunzen aus der Tasche zu ziehen. Eigentlich gehen mir die auf die Nerven, aber diesmal hatten wir einen, der witzig war und Spaß machte. Wir mussten beide grinsen und unsere Stimmung besserte sich. Ich gab ihm einen Euro.

Als ich in Monikas Straße in Friedrichshain einbog, schaltete sie ihr Diensthandy wieder ein, was sie vor dem Gespräch mit Frau Orth ausgeschaltet hatte. Sie hatte eine neue Nachricht. Ich hielt, sie öffnete die Beifahrertür, während sie die Nachricht abhörte. Das war gut, denn so knallte sie durch den Energieschub, den die Nachricht in ihr auslöste, nicht gegen die Autodecke, sondern sie konnte mit einem großen Urschrei aus dem Auto springen: „Jabadabaduuu!"

31

AZ 1612-BE/77 II/Dokument 2/8:
Internetforum, Verfasst: Di, 8. März 2014, 03:35, Autor:
The Great Pretender

Dad –
eine Frage bewegt mich die ganze Zeit. So geht es wahrscheinlich vielen. Glaubst du, ich kann es meinem Freund
erzählen (ich bin schwul) …?
   Dein Great Pretender …

AZ 1612-BE/77 II/Dokument 2/9:
Internetforum, Verfasst: Di, 8. März 2014, 09:25, Autor:
Bigdaddy

Hi Great,

Ja, also mit dieser Fragestellung haben wir allerdings Erfahrung.
   Es ist nicht die einfachste von allen Übungen und sie
erfordert Vorsicht. Unsere Erfahrung zeigt, dass ein Coming-out leider oft erst mal auf Unverständnis stößt. Ich
will dir nicht den Mut nehmen und es gibt Leute hier
im Forum, deren Beziehungen nach einem Coming-out
weiter bestanden haben und teilweise bis heute bestehen – und dann auch besser und stärker geworden sind,
weil ehrlicher. Aber ich rate zur Vorsicht. Es gibt Wege
– ich werde sie dir gleich darlegen – zu erahnen, wie
dein Partner auf ein Coming-out reagieren würde.
   Solltest du auf diesen Wegen herausfinden, dass seine Reaktion vermutlich ablehnend sein wird, heißt das
noch lange nicht, dass du ihm nicht trotzdem alles erzäh-

len kannst. Du hast nur einfach mehr Informationen und weißt also mehr darüber, wie hoch der Einsatz ist.

Die Wege, die wir vorschlagen, sind: Taste dich vorsichtig an das Thema heran. Außenrum: Rauchen, Trinken, Übergewicht können ein Anfang sein. Dürfen Menschen so mit ihrem Körper umgehen? Sie schaden sich doch. Dürfen sie das? Wem gehört dieser Körper eigentlich? Wenn es ihr eigener ist, dürfen sie doch natürlich entscheiden? Oder gehört dieser Körper einer höheren Macht, einem Gott, einer „Volksgesundheit"? Dann dürften sie es vielleicht nicht. Sprich über diese Dinge. Nebenbei. Nimm Gelegenheiten wahr, die sich im Gespräch bieten. Nähere dich an. Höre zu. Ziehe Schlüsse über die zu vermutenden Standpunkte deines Partners.

Und dann gehe weiter.

Langsam. Es ist sinnvoll, nicht zu schnell vorzugehen, sondern sich langsam heranzutasten, weil du ja zwei Dinge willst: seinen Standpunkt erkunden. Und gegebenenfalls seinen Standpunkt verändern. Überzeuge ihn oder versuche das.

Gehe langsam weiter:

Was hält dein Partner von Tätowierungen? Piercings? Schönheitsoperationen?

Schönheitsoperationen sind das größte Thema. Was ist eigentlich Schönheit? Wer definiert das? Vertiefe dich hier in Gedanken und Gespräche.

Es geht nicht darum, deinen Partner zu manipulieren. Es geht darum, vorzufühlen und dann darum, ein Bewusstsein zu schaffen. Es geht darum, eure Beziehung zu retten. Zu vertiefen. Fortzusetzen.

Und natürlich auch Transidentität, Transsexualität. Sprich darüber.

Fang so an. Nimm dir Zeit.

Nimm diese Vorschläge als Projekt, Richtung und Hoffnung.

Kopf hoch! Du wirst noch mehr „Great" als „Pretender"!
Alles Gute einstweilen,

BD

AZ 1612-BE/77 II/Dokument 2/10:
Internetforum, Verfasst: Di, 8. März 2014, 09:46, Autor:
The Great Pretender

Wow. Mann. Danke.
Das sind ja richtig Ideen.
Danke, wirklich.

AZ 1612-BE/77 II/Dokument 2/11:
Internetforum, Verfasst: Di, 8. März 2014, 09:55, Autor:
Bigdaddy

Wir machen das ja nicht erst seit gestern. ;)

AZ 1612-BE/77 II/Dokument 2/12:
Internetforum, Verfasst: Di, 8. März 2014, 10:02, Autor:
The Great Pretender

Tja, ich schon. Jedenfalls so ernsthaft.

AZ 1612-BE/77 II/Dokument 2/13:
Internetforum, Verfasst: Di, 8. März 2014, 10:34, Autor:
The Great Pretender

Oh. P.S.: Was meinst du mit „machen"? Machst du ...
machst du irgendwas?

AZ 1612-BE/77 II/Dokument 2/14:
Internetforum, Verfasst: Di, 8. März 2014, 10:50, Autor:
Bigdaddy

Ich mache gar nichts.
  Und du bist noch nicht mal verifiziert.

AZ 1612-BE/77 II/Dokument 2/15:
Internetforum, Verfasst: Di, 8. März 2014, 11:02, Autor:
The Great Pretender

Ok, sorry ...
  Was die Verifizierung betrifft, mache ich mir übrigens
keine Sorgen. Hast du eine E-Mail-Adresse für mich?
Dann schicke ich dir was.

AZ 1612-BE/77 II/Dokument 2/16:
Internetforum, Verfasst: Di, 8. März 2014, 11:35, Autor:
Bigdaddy

Oha! Du bist aber ganz schön selbstsicher. Gerne: bigdad-
dy7@gmx.de

32

AZ 1612-BE/77 II/Dokument 1/7:
Privates Dokument (Brief), undatiert, Verfasser: nicht unterzeichnet

Mein lieber, lieber Lieber,

ich nehme dich jetzt auf die Reise mit. Hör mir zu.

Homosexualität galt als eine Geisteskrankheit bis vor gar
nicht allzu langer Zeit. Homosexuelle – ich weiß, dass du

das weißt, aber ich muss es trotzdem schreiben, als Einleitung – wurden in den Untergrund verbannt, sie wurden gezwungen, sich zu verstellen, diese Verstellungen machten sie verkrampft und ängstlich. Die Ängste und die Verkrampfungen führten oft zu seltsamem Verhalten, manchmal zu besonderer Freundlichkeit oder zu Unterwürfigkeit, die natürlich entsteht, wenn man ausgestoßen ist und Anschluss sucht. Und dieses Verhalten wiederum gab denen, die vielleicht per se gar nichts gegen Schwule oder Lesben hatten, dann die Möglichkeit zu sagen: Ich habe ja nichts gegen Homosexualität an sich, aber ich mag deren komisches Verhalten nicht. So konnte derjenige – das war noch in den Achtzigern so und das gibt es bestimmt heute noch – sein tolerantes Selbstbild aufrechterhalten, aber gleichzeitig Homosexuelle ablehnen, um sich nicht der Mehrheitsgesellschaft entgegenstellen zu müssen. Immer der Beweis: „Die benehmen sich doch so schmierig und schleimig und unterwürfig." Aber wenn sie so waren, und das mag in entsprechenden Umgebungen der Fall gewesen sein, dann waren sie das, weil sie ausgegrenzt wurden, nicht, weil sie homosexuell waren. Jeder Ausgegrenzte benimmt sich seltsam. Wie könnte es auch anders sein?

Wie gesagt, ich glaube, das gibt es noch, aber vieles hat sich verändert. Transidentität ist ein bemerkenswertes Beispiel. Mittlerweile sind wir an dem Punkt, an dem die Geschlechtsumwandlung „Geschlechtsangleichung" heißt. Wenn ein körperlich diagnosefreier Mann zu einem Arzt geht und sagt, er sei eigentlich eine Frau, dann hat er, sagt man heute, eine körperliche Krankheit. Nämlich, dass er einen Schwanz hat. Und so, auf körperlichem Wege, wird das auch therapiert.

Das finde ich gut und richtig. Und oft denke ich, da muss man erst mal hinkommen! Was für ein beachtlicher Weg das ist. Vor wenigen Jahrzehnten war Homosexualität eine

Geisteskrankheit, jetzt ist Transidentität eine körperliche Krankheit. Manche Menschen mögen das als einen geistigen Mehrfach-Salto bezeichnen und andere werden ihm nicht folgen wollen.

Ich erinnere mich an eine WG-Mitbewohnerin von mir, die mal, als ich krank war, was sie auf seelisches Unwohlsein zurückführte, wie man eben Bauchschmerzen oder Verspannungen aus psychischen Gründen hat, sagte: „Lass mal deinen Körper in Ruhe. Der kann nichts dafür." Kein uninteressanter Satz. Hier, bei der Geschlechtsangleichung, stimmt er nicht mehr: Der Körper kann etwas dafür. Da hat sich was verändert.

Und das ist gut. Wenn man seinen Körper seinem Geist anpassen will, so darf man das und man tut es auch, die ganze Zeit. Fitness-Studios, Diäten, Schönheitsfarmen – ganze Industriezweige stützen sich auf dieses selbstverständliche Recht.

Aber ich darf das nicht. Warum?

Und dabei ist es in meinem Fall nicht mal nur ein Schönheitsideal. Es ist, wer ich bin.

Unser Menschsein definiert sich doch über unsere Vernunft: Wir sind Menschen, weil wir mit Hilfe des Bewusstseins entscheiden, das unterscheidet uns von den Tieren, die dem Bauch und dem Geschmack folgen, und wären wir wie sie – und leider sind wir es ja manchmal –, so gleiten wir ab in schrecklichste Willkür und in Katastrophen. Das ist in der Geschichte der Menschheit ja schon viel zu oft passiert.

Wenn wir also bewusst entscheiden, wie kann man dann begründen, dass ich mich nicht so weiterentwickeln darf, wie alle anderen das dürfen? Wie dürfte jemand darüber urteilen, es verbieten, mich verurteilen?

33

Monika kam mit stolzgeschwellter Brust am Sonntagmorgen ins Büro.

Mir hatte sie es natürlich gestern schon erzählt, aber den anderen noch nicht.

Und sie ließ sich auch jetzt Zeit.

Sie war sogar fünf Minuten zu spät gekommen. Ich schwöre: Mit Absicht. Ich kenne sie. Die war doch bestimmt fünfzehn Minuten auf der Straße auf und ab gegangen oder hatte sich auf dem Klo eingesperrt, damit niemand sah, dass sie schon da war. Ihr Leben ist – dank Paul – doch völlig durchgetaktet. Da kam sie nicht ausgerechnet heute, als sie diese Nachricht hatte, zufällig fünf Minuten zu spät.

Kannste deiner Oma erzählen.

Sie kam zu spät, weil sie einen Auftritt haben wollte.

Wir hatten wieder dieses Wahnsinnswetter, Sonne, Hitze, alles, was man sich wünscht, wenn man nicht arbeitet. Der Geschäftsführer räkelte sich bestimmt wieder unter der Trauerweide.

Es war gar nicht so lange her, dass wir gemeinsam geschwommen waren. Wir waren zusammen gerutscht, ja, auf dieser Wasserrutsche im Textil-Bereich, die ganz schön lustig ist und immer unterschätzt wird. Mit ihren drei langgezogenen Linkskurven und der plötzlichen Rechtskurve am Schluss, aus der man fast rausgeworfen wird, wenn man nicht dauernd bremst.

Ich glaube, der Geschäftsführer bremst heimlich.

Beim Gedanken an ihn musste ich seufzen, leise zwar, aber einen Seitenblick von Klawitter kassierte ich doch. Der Geschäftsführer und ich hatten seit dem Abend in der Oper nur ein paar SMS ausgetauscht, die eher belanglos gewesen waren. Wenn dieser Fall hier vorbei war, würden wir wieder am Wannsee liegen und dann könnte man ja noch mal sehen. Wie und was und ob sich da entwickeln konnte.

Ich wischte die Gedanken an ihn weg. Für jetzt.

Klawitter grummelte schlecht gelaunt vor sich hin. Andrea klopfte rhythmisch mit ihren Fingern vor sich auf den Tisch.

Moi rührte in meinem Kaffee. Und sagte nach einem Moment: „Ich find's ja nicht okay, dass Monika zu spät kommt."

Keiner reagierte.

„Ich meine, wir müssen ja auch alle früh raus. Oder? Ist doch wahr! Komische Arbeitseinstellung, das", bohrte ich weiter.

Klawitter stöhnte.

Ich fuhr fort: „Lutzi, wenn du dich ..."

Klawitter unterbrach mich: „Für dich heiße ich Madame!"

„Oh", sagte ich, „Entschuldigung, Madame. Wenn du dich nicht durchsetzen kannst und sich bei deinen Mitarbeiterinnen" – ich betonte das ‚innen' – „so eine schlampige Arbeitseinstellung breitmacht, solltest du vielleicht mal andere Saiten aufziehen."

Klawitter stöhnte weiter. „Halt doch endlich mal die Klappe."

Ich seufzte. Immer wird man schlecht behandelt, ist doch wahr. Überall diese Homophobie!

Dann öffnete sich die Tür und Monika schwebte herein.

Ich lächelte herzlich und sagte: „Hallo, Schatz!"

Sie lächelte: „Oh, Darling." Und dann, einen Blick in die Runde werfend, einen auf die Uhr, sich durch die Haare fahrend: „*O mon Dieux*, bin ich *trop tard?*"

„Was für ein Kasperletheater führt ihr hier eigentlich schon wieder auf?", fragte Klawitter.

„Aber gar keins!" Monika war entrüstet und setzte sich.

Dann wurde ihr Gesicht ernst und ihr Blick wanderte bedeutungsvoll vom einen zum anderen. „Ich habe gestern einen Anruf bekommen."

Klawitter sagte nichts und Andrea sagte gar nichts.

Monika flüsterte: „Ich weiß etwas, das ihr nicht wisst."

Stille.

Monika: „Und zwar, zu wem das gefundene Bein gehört."

„Oh", entfuhr es Andrea, und es war offenkundig ein ungewolltes Zugeständnis ihres Beeindrucktseins. Wenn man ihr Temperament bedenkt, war es, als hätte sie einen Stepptanz aufgeführt.

Praktisch gleichzeitig fragte Klawitter: „Was denn für ein Bein?"

Danach war eine Pause entstanden, dann etwas Chaos und aufgeregtes Krakeelen.

Natürlich war Klawitter sofort klar gewesen, um welches Bein es ging, er wollte nur die Pointe nicht auslassen.

Wir waren dann für ein paar Minuten wie so eine Art aufgescheuchter Hühnerhaufen, es fehlte nur, dass jemand mit den Armen schlug, als wären es Flügel, Staub wurde aufgewirbelt.

Als der sich wieder gelegt hatte, sagte Monika: „Ich hatte das nur gestern auf der Mailbox. Also, den Arzt, der sagte, dass er einen Treffer hat. Und dass ich ihn heute Morgen anrufen kann, obwohl Sonntag ist, er muss sowieso arbeiten." Sie seufzte. „Armer Kerl."

Klawitter stellte das Telefon, das neben ihm auf unserem Besprechungstisch steht, mit einer einladenden Geste in die Mitte dieses Tisches. Es ist eines von diesen sogenannten „Konferenztelefonen", eine „Konferenzspinne", es hat Lautsprecher und Mikrofone in alle Richtungen, so dass jeder hören und sprechen kann, so ein Ding halt, das vor zehn oder zwanzig Jahren richtig modern war. Die Kollegen aus den Gewinner-Städten wie München oder Hamburg haben bestimmt irgendwelche supermodernen Video-Satelliten-CSI-Übertragungsmöglichkeiten mit Kaffeemaschine dran oder so, aber wir haben immerhin eine Konferenzspinne. Ist doch auch schön. Also ich bin ein bisschen stolz drauf.

Dann gab es wieder Aufregung, so direkt vor dem Telefonat, wir waren alle so aufgeregt, es war wie vor einer großen Party, Monika suchte die Telefonnummer raus und bevor sie wählte, schob sie sich kurz ihre Frisur zurecht, ja, wirklich, dabei haben wir, wie gesagt, nicht mal Bild-Übertragung.

Es war ein Krankenhaus in Bonn. Es dauerte einen Moment, bis der Arzt dran war, dann schilderte Monika kurz die Situation, dass sie hier mit Kollegen säße, und stellte uns alle kurz akustisch vor. Sie war voll Chefin und so.

„Jörn Stieglitz heißt er", sagte Dr. Struwe. „Entschuldigen Sie bitte, dass es so lange gedauert hat, aber ..."

„Kein Problem", unterbrach ihn Monika.

„Ja also, ich habe den Bruch auf Ihrem Bild noch mal mit unserem alten Röntgenbild verglichen, es ist eindeutig. Ich erinnere mich auch noch gut an den Patienten."

„Ja? Warum?"

„Weil. Wissen Sie, das war irgendwie ein seltsamer Fall."

Wir wechselten Blicke.

„Ja?", fragte Monika. „Erzählen Sie doch mal von Anfang an."

„Es war ein Unfall mit einer Straßenbahn. Vor sieben Jahren. Der Patient war mit seinem Bein unter die Straßenbahn gekommen."

„Aaaahhh", ich schrie auf.

„O ja", sagte Dr. Struwe. „Es war abends passiert. An einer belebten Station. Passanten riefen den Krankenwagen."

„Wie kommt man denn mit einem Bein unter eine Stra-ßenbahn?", fragte Klawitter.

„Das ist zwar keine Frage, die beruflich für mich relevant gewesen wäre, aber trotzdem erinnere ich mich, dass sie sich mir damals auch gestellt hatte. Ich habe mich dann später noch etwas mit der Geschichte beschäftigt, weil das alles so seltsam war. Aus privater Neugier. Der Unfall", nach diesem Wort räusperte Dr. Struwe sich, „passierte ein paar Meter, vielleicht zehn, vor der Station. Der Patient war angetrunken, aber nicht über die Maßen. Er ist nicht davor gestolpert, weil er besoffen gewesen wäre. Er sagte später, er wäre gerannt, um die Straßenbahn zu erreichen. Das war natürlich durchaus möglich, aber", Struwe machte eine kurze Pause, „das Erste, was mich an dieser Aussage gewundert hatte, war, dass er sich noch daran erinnerte. Straßenbahnunfälle gehören zu dem Schrecklichsten, was einem Menschen passieren kann. Das Gehirn löscht sehr oft, wenn auch nicht immer, die Erinnerung daran."

„Hm", meinte Klawitter.

„Im ersten Moment fand ich das nur ein wenig seltsam, denn es war ja möglich. Aber in der Rückschau ..." Pause. „Ich habe auch immer wieder versucht, in der Rückschau, mir zu überlegen, wie kommt man, wenn man einer Bahn hinterherrennt, mit dem Bein darunter? Wenn man schnell rennt, ist doch der Oberkörper nach vorne geneigt. Man würde doch vermuten, man würde eher mit dem Arm darunter kommen, wenn man stolpert und hinfällt?"

„Und wenn man wegrutscht?", fragte Andrea.

„Würde doch auf dasselbe hinauslaufen?", fragte Dr. Struwe zurück.

„Ist das nicht einfach Chaos-Theorie?", warf Monika ein. „Man kann es nicht wirklich genau analysieren?"

„Ich weiß nicht", meinte Struwe und klang wenig überzeugt.

Andrea hakte nach: „Wie kam es dazu, dass Sie sich überhaupt all diese Fragen gestellt haben? Haben Sie einen Selbsttötungsversuch vermutet?"

„War ein Gedanke, ja. ‚Die Schiene', so nennen Selbstmörder das, ist immer verdächtig. Aber dann sprach ein Psychologe mit ihm und der fand keinen Hinweis auf eine versuchte Selbsttötung. Der Patient kannte zwar durchaus depressive Zustände, aber er war gleichzeitig sehr auf die Zukunft ausgerichtet. Er war Journalist, bei Phoenix hier in Bonn. Es gab keinen Hinweis auf Selbsttötungsversuche in der Vergangenheit. Keinen Suizid in seiner Familie. Auch seine Freunde und Angehörigen, mit denen wir gesprochen haben – niemand dachte in diese Richtung."

„Die verstecken das manchmal sehr gut", brummte Klawitter.

„Ich schließe es ja auch nicht aus", entgegnete Struwe, „und ich will Sie auch von gar nichts überzeugen. Ich sage nur, dass es mir nicht wie ein Suizidversuch vorkam. Mein Eindruck war es nicht."

Andrea wiederholte ihre Frage von vorhin: „Wie kam es dazu, dass Sie sich überhaupt all diese Fragen gestellt haben?"

„Weil es während des Genesungsprozesses immer seltsamer wurde. Der Mann hatte nämlich verdammtes Glück. Die Straßenbahn hatte ihn nicht richtig erwischt. Das Bein war gebrochen, aber nicht völlig deformiert oder gar abgetrennt. Es war unglaubliches Glück."

„Okay", sagte Andrea.

„Normalerweise bleibt nach einem solchen Unfall nur die Amputation'", sagte der Arzt. „Straßenbahnen können Gliedmaßen sehr, sehr übel zurichten. Aber er hatte eben dieses unglaubliche Glück und wir haben auch sehr für ihn gekämpft. Für sein Bein."

„Und?"

„Also, es dauerte Wochen, mehrere Operationen waren notwendig, über Wochen verteilt. Sein Bein hing sozusagen am seidenen Faden. Müssen wir amputieren oder nicht?"

„Ja ... Was hat Sie stutzig gemacht?" Andrea hatte die Vernehmung faktisch an sich gezogen und keiner von uns hatte etwas dagegen.

„Dass er sich nicht gefreut hat, als wir sein Bein retten konnten." Dr. Struwe machte eine Pause. „Als dieses Ergebnis feststand. Und auch schon auf dem Weg dahin. Wissen Sie. Es war seltsam. Patienten in solchen Situationen sind natürlich immer seltsam. Deshalb ... es gibt hier keine Eindeutigkeiten." Wieder Pause, dann: „Wenn ich Ihnen ein Gesprächsprotokoll liefern würde, dann stünde da, wie er allen weiteren Operationen zustimmt. Letztlich uns unterstützt, skeptisch und zurückhaltend dabei, aber doch unterstützend. Was seine Skepsis betrifft, stünde im Gesprächsprotokoll, dass er befürchtete, die Operationen würden schiefgehen und er würde das Bein letztlich doch verlieren. Lieber ein Ende mit Schrecken als ein Schrecken ohne Ende. Das stünde in dem Protokoll. Aber in seinen Augen stand es nicht. Da stand etwas ganz anderes."

Ich sagte nichts. Fakten sind schon etwas, was wir Polizisten mögen. Ein Gesprächsprotokoll besteht aus Fakten. Was irgendwelche Zeugen in irgendwelchen Augen lesen, ist meistens weniger relevant. Aber lassen wir ihn mal reden.

Andrea – ausgerechnet die faktenbezogene Andrea! – hing an den Lippen des Arztes: „Was stand in seinen Augen?"

„Verzweiflung und Angst. Und beides tauchte immer dann auf, wenn wir der Heilung näher kamen. Ich habe das immer wieder an ihm beobachtet. Wie gesagt, es ging über Wochen. Ich hatte viele Gelegenheiten, ihn zu beobachten. Immer wenn ich sagte, die Chancen, sein Bein zu retten, steigen – das war ein ständiges Hin und Her, immer in den Hoffnungsmomenten, verschwanden seine Augen ganz tief in seinen Höhlen … Es gibt doch diese Form von Gefühlsübertragung, kennen Sie das? Ich habe das mal von einem Kollegen gehört, der auch eine psychologische Ausbildung hat. Der Kollege hat in seiner Ausbildung den Satz gelernt: ‚Was Sie in der Gegenwart eines Menschen fühlen, sagt Ihnen alles über diesen Menschen.‘ Das ist natürlich mit äußerster Vorsicht zu genießen und setzt einen sehr hohen Selbstreflexionsgrad voraus, weil ja der Fühlende immer ein Teil dieser Art der Kommunikation ist – aber, wenn man diesen Satz vorsichtig und bewusst umsetzt, erschließt sich, genauer eigentlich: rationalisiert sich ein Erkenntniskanal."

„Hm", brummelte Klawitter. Er hatte seine Augenbrauen hochgezogen.

„Ich spürte seine Verzweiflung und seine Angst. Ich hatte das Gefühl, der will nicht, dass wir sein Bein retten."

Dann wurde es ruhig. Wir beendeten ziemlich schnell das Gespräch und dann sagte Monika: „Und jetzt ist es ab."

„Also weeßte", sagte Klawitter.

Wir mussten uns alle ein wenig oder eigentlich sogar sehr sammeln, während wir nur noch verwirrter waren als vor dem Anruf.

„Jörn Stieglitz, Journalist, Phoenix", sagte Klawitter, „da kriegen wir bestimmt auch am Sonntag wen ran. Gib mal die Nummer."

Letzteres war an Andrea gerichtet. Sie hatte sie schon gegoogelt. Klawitter griff zum Telefon.

34

AZ 1612-BE/77 II/Dokument 4/1:
E-Mail, Verfasst: Mi, 9. März 2014, 08:27, Autor: Jstieg-
litz@freenet.de

Subject: Siehe Anhang

Lieber Big Daddy,
   was denkst du über den Anhang?
   Grüße!,
   Great

AZ 1612-BE/77 II/Dokument 4/2:
E-Mail, Verfasst: Mi, 9. März 2014, 10:30, Autor: bigdad-
dy7@gmx.de

Subject: Re: Siehe Anhang

Hi Great!

Wow, du schickst mir einen Entlassungsbericht aus einem
Krankenhaus mit Klarnamen von einer E-Mail-Adresse
mit dem gleichen Namen. Nichts geschwärzt, kein Ver-
steck. Ganz schön mutig, Respekt.
   Also: Ja, ich habe den Anhang gesehen. Mann. Du hast
es selbst versucht? Ich hab so was schon manchmal gehört, aber ich kenne niemanden, der das wirklich getan
hat. Niemand, den ich kenne, hatte diesen Mut. Vielleicht
sollte man aber auch sagen, niemand geht ein solches Risiko ein, wo es doch so unsicher ist, wie das endet.
   Willst du ein bisschen mehr erzählen, als nur diesen Bericht zu schicken?
   Grüße ...
   Daddy

AZ 1612-BE/77 II/Dokument 4/3:
E-Mail, Verfasst: Mi, 9. März 2014, 21:04, Autor: Jstieg-
litz@freenet.de

Subject: Re: Re: Siehe Anhang

Hi Daddy,
    mehr erzählen?
    Ich hatte mir die Station genau ausgesucht. Bertha-
von-Suttner-Platz. Hier ist abends viel los, was natürlich
wichtig ist, weil ich ja sichergehen musste, dass mich
schnellstmöglich jemand findet, der dann bestimmt einen
Krankenwagen rufen würde. Ich wusste ja nicht, ob der
Straßenbahnfahrer den Unfall vielleicht nicht bemerkt.
Hunderte von Tonnen, die über mein Bein fahren – am
Ende merkt der das nicht und dann verblute ich. Also
mussten Menschen in der Nähe sein. Woraus du auch le-
sen kannst, dass ich niemandem davon erzählt hatte.
    Ich habe später von jemandem gelesen, der den gleichen
Wunsch hatte und über den ein anonymisierter Artikel in
der Zeitung war. Der hatte es vorher seiner Frau erzählt!
Sie wusste, dass er etwas wahnsinnig Schweres auf sein
Bein fallen lassen würde. Sie war im Garten und machte
Gartenarbeit, während er es tat.
    Ich hatte mir ein bisschen Mut angetrunken. Aber auch
nicht zu viel, weil ich ja meinen Plan umsetzen musste.
Mein Kopf musste klar sein.
    Ich stand eine Dreiviertelstunde an der Ecke. Natürlich
sind diesem Vorhaben Monate an Planung vorausgegangen
und Jahre an Leidensdruck. Aber als ich dastand, ließ ich
Straßenbahn um Straßenbahn an mir vorbeifahren. Ich
konnte es nicht tun.
    Und dann tat ich es doch. Ich hatte alles, wie gesagt:
alles, genau geplant. Von wo aus ich renne und wie ich
springe, das linke Bein nach vorne ausgestreckt. Und so-

viel ich weiß, habe ich das auch so gemacht. Aber ich kann mich nicht erinnern. Der Schock war viel zu groß. Da ist ein großes Loch.

Ich wache im Krankenhaus auf. Vor mir steht dieser Arzt. Ich kann nicht an mir runtergucken. Ich sehe sein ernstes Gesicht. Ich weiß wieder, was passiert ist. Nicht den genauen Vorgang, nicht diese Sekunden, die sind weg. Aber ich weiß, warum ich im Krankenhaus bin. Und ich weiß, was ich dem Arzt erzählen werde, weil der ganze Plan ja lange vor dem entscheidenden Moment geschmiedet wurde, die Erinnerung an den Plan sind nicht weg.

Und ich denke: Sag, Arzt, sag, dass es ab ist.

Er ist sehr ernst, und er sagt, schwerer Unfall und so weiter. Wir hoffen, dass wir Ihr Bein retten können. Das war der erste Schock. Ich hatte gedacht, eine Straßenbahn über das Bein – da bleibt doch nur Matsch! Er sagt, Sie hatten Riesenglück, wenn man das so nennen kann. Er sagt, es sei ihm ein wenig rätselhaft, wie ich in dieser seltsam verdrehten Position mit dem Bein unter die Straßenbahn gekommen sei, aber jedenfalls sei es großes Glück für mich gewesen, denn wäre ich mit dem Oberkörper zuerst vor die Bahn gefallen, hätte ich es niemals überlebt. Das war das erste Glück, die Fallrichtung, Beine zuerst – natürlich kompletter Blödsinn, dass man zufällig so fällt, aber er kaufte es mir ab, trotz Erstaunen. Das zweite Glück wäre gewesen, dass die Verkleidung der Straßenbahn vorne mein Bein offenkundig ein gewisses Stück vor sich hergeschoben hätte. Dazu wäre die schnelle Reaktion des Straßenbahnfahrers gekommen, die ein komplettes Überrollen des Beines verhindert hätte. Er könne mir nichts versprechen, das Bein sei deformiert und der Bruch nicht einfach. Aber er hoffe, dass man es retten könne. Er sagt, er dürfe, wenn es nicht um Leben oder Tod ginge, sowieso nicht vor Ablauf einer Frist von vierzehn Tagen amputieren.

Das wusste ich schon, aber ich hatte erwartet, dass kaum Bein übrig bleiben würde.

Dann diese vierzehn Tage.

Polizei kam auch. Ob ich Selbstmordgedanken gehabt hätte. Ein Psychologe kam. Ich hatte das ja alles erwartet und entsprechend geplant: Ich hatte ein Ziel für meinen Weg an diesem Abend – allein ins Kino gehen, ich wusste den Film und das Kino, ich war natürlich spät, weil ich mit dem Sprung gezögert hatte, aber ich war ja auch – so habe ich erzählt – gerannt, um die Bahn zu erwischen. Es war alles niet- und nagelfest geplant. Der Psychologe hat nichts gecheckt, keiner hat.

Ich hatte natürlich ein schlechtes Gewissen gegenüber dem Straßenbahnfahrer. Ein schrecklich schlechtes Gewissen. Ich habe ihn später getroffen und ihm Geld geschenkt, tausend Euro, gegen große Widerstände seinerseits, aber er hat es dann doch genommen. Als Begründung für das Geschenk habe ich gesagt, dass seine schnelle Reaktion mir das Leben gerettet hat. Wir sind in Kontakt seitdem. Ich habe ihm gesagt, er soll immer daran denken, dass er nicht schuld daran ist, dass jemand von seiner Straßenbahn beinahe überfahren worden ist, sondern er soll daran denken, dass seine schnelle Reaktion jemandem das Leben gerettet hat.

All das Leid nur, weil ich nicht der sein darf, der ich bin.

Vierzehn Tage Krankenhaus.

Ich hatte überlegt, aus dem Bett zu fallen. Mein Bein war fixiert, vielleicht, wenn ich mich verdrehen würde und dann fallen, würde etwas so dramatisch schiefgehen, dass ich den Heilungsverlauf stören, und zwar dauerhaft, stören könnte, also zerstören könnte. Du kannst dir ja vorstellen, wie verzweifelt ich war. Ich hatte so etwas Unfassbares getan. Und das soll alles umsonst gewesen sein? Kannst du erahnen, was in mir vorging?

Ich war in einem Mehrbettzimmer. Wie auch immer ich mich aus dem Bett werfen würde, es würde sofort bemerkt werden. Sofort wären Ärzte und Schwestern da, um wieder mein Bein zu retten … Außerdem käme die Frage, wie ich hätte rausfallen können. Mit den anderen Patienten als Zeugen in meinem Zimmer. Und, wie gesagt, der Arzt war schon misstrauisch. Oder jedenfalls hatte er erwähnt, wie gesagt, der Unfall wirke „rätselhaft" auf ihn.

Und wenn die Krankenkasse was spitzkriegt? Einen Verdacht hegt? Bin ich ein Betrüger?

Den Rest kannst du dir denken. Ich wurde geheilt.

So sieht's aus.

Irgendwann habe ich dieses Forum entdeckt, in dem wir uns getroffen haben. Damals gab es das noch nicht.

Was mache ich jetzt?

Great – oder: Jörn

AZ 1612-BE/77 II/Dokument 4/4:
E-Mail, Verfasst: Mi, 10. März 2014, 08:22, Autor: bigdaddy7@gmx.de

Subject: Re: Re: Re: Siehe Anhang

Lieber Jörn,

bist du denn manchmal in Berlin? Oder kannst du über ein Wochenende kommen? Wenn du willst, treffen wir uns nächsten Samstag um 19 Uhr in der Akazienstraße im Café „Sol". Ich sitze am Tisch gleich links neben der Tür.

Würde mich freuen,

Martin (alias Bigdaddy)

35

Der Anruf bei Phoenix erbrachte sofort Klarheit.

Klawitter war fast ein bisschen blass, als er auflegte: „Also, der Kollege lebt noch. In Berlin. Willmanndamm 16."

Wir waren alle vier aufgesprungen. Die Frage „wer fährt hin?" hatte sich erübrigt.

Wir fuhren in einem Auto. Ich am Steuer. Klawitter auf dem Beifahrersitz, die Ladys hinten. Also die biologischen Ladys.

Andrea: „Ich habe mal ‚Amputationswunsch' gegoogelt. Und komme auf eine Krankheit namens BIID. *Body Integrity Identity Disorder.* Körperintegrationsstörung." Sie las aus ihrem Handy vor. „Wikipedia: ‚Betroffene empfinden, dass ihr Körper oder eine Körperfunktion verändert sein sollte, in einer Form, die von außen als Behinderung betrachtet wird. Erlebt wird das oft überwältigende Bedürfnis, ein oder mehrere Gliedmaßen zu amputieren oder das Rückenmark zu durchtrennen oder eine andere Funktion (Hörfähigkeit, Sehfähigkeit) aufzuheben und damit den realen Körper in Einklang mit der als ‚richtig' empfundenen Querschnittslähmung, Gehörlosigkeit, Erblindung usw. zu bringen.'"

Ich sagte: „*Whaaat?!*"

Andrea war wie immer ungerührt. Ich glaube, der kann man wirklich mit allem kommen, ohne dass sie mit der Wimper zuckt. „‚Manche Betroffenen binden z.B. ihren Arm auf dem Rücken fest, weil sie ihn als störend empfinden. Menschen mit BIID ist es allerdings nur schwer möglich, ihre Bedürfnisse durch einen von Ärzten durchgeführten operativen Eingriff zu realisieren. Dies führt bei Betroffenen zur oft lebensgefährlichen Selbsthilfe, beispielsweise durch Unterkühlungen mit Nekrosefolgen,

Schusswaffen und ähnlichen Instrumentarien oder durch inszenierte Unfälle. Personen, die mit BIID leben, bezeichnen sich zum Teil selbst als *wannabe* (von engl. *want to be*: etwas sein wollen, ,Möchtegern'). Viele Betroffene versuchen sich Erleichterung zu verschaffen, indem sie Prothesen, Orthesen, Rollstühle oder Blindenstöcke verwenden, womit ein entferntes Erleben der körperlichen Beeinträchtigung erzeugt wird. Dieses Vorspielen eines nicht vorhandenen Zustandes wird auch *Pretending* genannt.'"

Ich fragte: „Was ist denn eine Orthese?"

„Ist doch scheißegal, was das ist", donnerte Klawitter.

Ja, naja, okay.

„,Da bei den betroffenen Personen das Bedürfnis besteht, den realen Körper dem gestörten Körperschema anzupassen, etablierte der US-amerikanische Psychiater Michael First den Begriff *Body Integrity Identity Disorder*. Die Störung hat bislang keinen Einzug in das *Diagnostic and Statistical Manual of Mental Disorders* gefunden. Sie ging jedoch an die DSM Task Force, die vorgeschlagen hat, sie in einen neuen Bereich aufzunehmen, der unerforschte oder nur sehr seltene Krankheiten umfasst ...' Bla bla und dann: ,Die Ursachen von BIID sind derzeit unbekannt. Diskutiert werden sowohl neuroanatomische Veränderungen funktioneller Hirnregionen als auch entwicklungspsychologische Ansätze, nach denen sich schon im Kindesalter eine Störung des Körperschemas etabliert. Für beide Deutungen spricht die Tatsache, dass sich bei einem Großteil der Menschen mit BIID anamnestisch eine Manifestation der Erkrankung im frühen Jugendalter nachweisen lässt.'" Sie überflog weiter, und dann: „,Der schottische Arzt Robert Smith hat im Jahr 2000 zwei Beinamputationen bei Patienten mit BIID vorgenommen. Durch Indiskretionen und nach einem Bericht des Fernsehsenders BBC verbot die britische Ärztekammer nach

Aufforderung durch das Schottische Nationalparlament weitere Amputationen. Als Grund wurde angegeben, dass die Öffentlichkeit solche Eingriffe missbilligen würde.'"

„Toller Grund", brummelte ich.

Ansonsten herrschte allgemeine Sprachlosigkeit.

Ich war auch total perplex. Ich plappere dann allerdings trotzdem oft weiter, weil ich immer irgendwie plappere. Das ist meine Form der Sprachlosigkeit.

Andreas Form der Sprachlosigkeit war weiterzugoogeln. Sie fand noch was: „Also hier steht noch mal etwas anschaulicher etwas zu den Gehirnregionen. Vielleicht ganz interessant. Und zwar hat ja jede Gliedmaße von uns eine Abbildung im Gehirn. Das weiß man ja, auch aus diversen Tierversuchen. Und bei diesen BIID-Erkrankten ist angeblich, jedenfalls ist das eine Theorie, eine solche Region nicht richtig ausgebildet und dadurch empfindet der Patient die entsprechende Gliedmaße als Fremdkörper. Die verdeutlichen das hier am Beispiel von Phantomschmerzen."

Andrea sah kurz von einem zum anderen. „Phantomschmerzen kennt ihr ja. Menschen, die zum Beispiel einen Arm verlieren, haben noch lange Zeit sehr starke Schmerzen in diesem Arm. Wohlgemerkt: in dem Arm. Nicht an dem Stumpf oder der Wunde oder so, sondern in dem nicht mehr vorhandenen Arm, der aufgrund seiner Abwesenheit gar nicht wehtun kann. Tut er aber doch. Und warum? Weil der Schmerz im Gehirn ist. In der entsprechenden Gehirnregion. Der Gehirnregion, die den Arm abbildet. Das sind die Zusammenhänge. Und bei BIID ist es quasi umgekehrt oder jedenfalls ähnlich gelagert: Der Arm ist dran und gesund, aber die Gehirnregion eben nicht. Stofflich übrigens, durch Psychotherapie wohl nicht veränderbar, die Gehirnregion erkennt es nicht und stößt es ab. Es darf nicht sein. Es gibt es nicht, sozusagen. Und diese Gefühle scheinen sehr, sehr stark zu sein."

Ich sagte: *„Jesus Christ."*

Und Andrea fuhr noch fort: „Und dann, sehe ich hier übrigens, haben manche BIID-Erkrankten, wenn sie ihre Gliedmaßen irgendwie losgeworden sind, angeblich keine Phantomschmerzen. Weil – also das ist jetzt meine Fantasie – das Gehirn nichts vermisst?"

Monika sagte: „Muss gerade an meinen Computer denken, wenn er einen USB-Stick nicht erkennt." Und nach einem Moment: „Ich zieh den Stick dann auch raus."

„Wobei das natürlich ein etwas einfacheres Unterfangen ist als eine illegale Amputation einer gesunden Gliedmaße", gab ich zu bedenken.

„Haste auch wieder recht", pflichtete Monika mir bei.

„Willmanndamm 16." Klawitter zeigte auf die Tür des Hauses, vor dem ich gerade hielt.

„Der ist bestimmt nicht da", sagte Monika, „das schwöre ich, wenn man so gespannt darauf ist, jemanden kennenzulernen, ist er ausgeflogen."

Ja, ich nickte, das erwartete ich auch. So ist es wirklich immer.

36

Aber er war doch da.

Beziehungsweise sie waren da, es war ein Pärchen. Zwei Männer Mitte dreißig. Ich spürte Monikas Frage – „Sind denn wirklich alle schwul?" – und musste an einen jungen Mann denken, den ich mal im Tom's kennengelernt hatte, dessen Vater in Paris wohnte und die Mutter in Madrid. Der sagte damals zu mir: „In Paris ist jeder Zweite schwul. Und in Madrid", Kunstpause, „jeder." Dann sah er mich

mit einem unerschütterlichen Blick an, nickte unterstrei-
chend mit dem Kopf, um deutlich zu machen, dass er es
genauso meinte, und wiederholte: „Jeder.“

Ich sag's ja, so soll es sein. Leben wie in Madrid! *Życie
jak w Madrycie!*

Ach, die Spanier.

Es war eine Erdgeschosswohnung. Machte ja auch Sinn,
so im Rollstuhl. Barrierefrei im zweiten Hinterhof. Mit
einem kleinen Garten und einer Terrasse. Hübsch! Der
Hinterhof war ziemlich groß, so dass es nicht zu dunkel
war.

Die Wohnung war modern eingerichtet, helles Holz
und lackierte Dielen. Viele Bücher in vielen Regalen. Ich
blieb vor einem Foto an der Wand stehen, das ein reet-
gedecktes Backsteinhaus zeigte, älteres Baujahr in einem
wuchernden Garten, Gaubenfenster im Dach, eine kleine
Straße schien in ein nahegelegenes Dorf zu führen. Rechts
im Vordergrund ein in die Kamera grinsendes Kind, aus
dem vermutlich der Mann geworden war, der jetzt hier
vor uns saß. Im Rollstuhl und ohne linkes Bein. „Die Kinder sind erwachsen geworden und stellen fest, dass sie
sonderbare Strecken zurückgelegt haben“, wie Don De-
Lillo in *Running Dog* schreibt.

Beide – Jörn Stieglitz und Carsten Weber, sein Freund –
waren übergewichtig und beide hatten Bärte. Die Bären-
Fraktion, aber auf der jüngeren Seite davon. Nicht mein
Beuteschema, aber sie waren mir auf Anhieb sympathisch
und Jörn fand ich auch entfernt sexy. Eine liebevolle Aura
umgab sie. Auch die Ordnung in der Wohnung empfand
ich als angenehm und nicht als zwanghaft. Die Ordnung
zeigte, dass sie sich und ihre Umgebung wertschätzten. Im
Unterschied zur zwanghaften Sauberkeit bei Widmer, die
darauf hindeutete, dass er was zu verstecken hatte.

Ja ja, ich weiß schon, dass das hemmungslose Überin-
terpretation ist.

Wir hatten Platz genommen, Carsten schwebte in die Küche, um Teewasser aufzusetzen. Klawitter führte das Gespräch, so dass ich Zeit hatte, Jörns Gesicht zu studieren. Er hatte helle blaue Augen, eine gerade Nase, einen sehr wachen Ausdruck und natürlich war er angespannt.

Ich meine, vier Bullen am Sonntagnachmittag hat man ja auch nicht alle Tage.

Wir waren völlig unvorbereitet in dieses Gespräch gestolpert.

„Haben Sie wirklich ‚Mordkommission‘ gesagt?", fragte Jörn. Er schien irgendwo zwischen höchst verblüfft und fassungslos.

Schien er das oder war er das?

„Habe ich? Habe ich nicht ‚Delikte am Menschen‘ gesagt?" Klawitter sah fragend zu Andrea.

„Du hast ‚Delikte am Menschen‘ gesagt", bestätigte Andrea, „was auf das Gleiche hinausläuft."

„Ja, ich kenne diese Bezeichnungen aus dem Fernsehen", meinte Jörn. „Wieso kommen Sie zu uns? Zu mir?"

„Zu Ihnen, ja."

Carsten kam mit dem Tee rein, auf einem Tablett, dazu Tassen, Zucker, Milch, und verteilte, während wir sprachen, alles auf dem Couchtisch, an dem wir saßen. Klawitter im Sessel, wir drei Damen vom Grill auf der Couch, Jörn in seinem Rollstuhl und Carsten setzte sich auf einen weiteren Sessel.

„Das heißt aber nicht, dass wir Ihnen einen Mord vorwerfen oder so, keine Sorge", beruhigte ihn Klawitter. Dann, als wäre es nebensächlich und hätte nichts mit unserem Besuch zu tun, wies er mit dem Kopf auf Jörns Beinstumpf: „Wie ist das denn passiert?"

Offene Fragestellung. Einfach mal sehen, was Jörn sagt. Von Klawitter hätte auch kommen können: ‚Wir haben dein verdammtes Bein im Wannsee gefunden!‘ Bei der Erinnerung wurde mir ein bisschen schummerig. In meinem Beruf ist es selten, dass man dem Opfer lebend gegenübersitzt.

Moment mal – Opfer?

Carsten seufzte schwer und Jörn sagte: „Ein schrecklicher Unfall."

„Oh?", fragte Klawitter besorgt und beugte sich vor.

Ich unterdrückte den gleichen Impuls – mich vorzubeugen – und Andrea und Monika, wie mir schien, auch. Wir dachten zwar bestimmt alle drei, jetzt wird's spannend, aber drei sich vorbeugende Bullen, beziehungsweise vier, hätten die scheinbare Nebensächlichkeit der Frage unglaubwürdig gemacht.

„Ja, das war ... ich war beruflich in Asien, ich bin Journalist ...", er sah auf, „Sie sind doch nicht deshalb gekommen?"

„Interessiert mich einfach", sagte Klawitter.

Jörns Blick ruhte länger und lauernder in Klawitters Augen, als das im Smalltalk üblich wäre.

Plötzlich wandte er sich an Carsten: „Carsten, Lieber ... ich will ja nicht anstrengend sein ..."

„Alles gut, mein Mäuschen, was brauchste?" Er streichelte Jörns Hand. Ein Lächeln und eine Diensteifrigkeit, die durch leichte Ironie an Haltung gewann.

„Ich hab nur vorhin gesehen, dass ich kaum noch Schmerztabletten habe, und ..."

„Alles klar, mein Hase, die Apotheke an der Potse hat heute Sonntagsdienst." Er stand auf.

„Tut mir leid, dass ich so 'nen Stress mache ...", sagte Jörn.

Carsten küsste ihn auf die Stirn. „Kein Ding, und das weißt du auch." Dann wandte er sich mit einem kleinen Knicks an Klawitter: „Brauchen Sie mich?"

Manitu schüttelte den Kopf. Wenn Jörn einen Zeugen unseres Gespräches wegschickte, dann würden wir wahrscheinlich mehr erfahren, wenn wir nicht darauf beharrten, dass dieser Zeuge blieb.

Als Carsten draußen war, sagte Jörn: „Es ist mir so verdammt unangenehm, ihn durch die Gegend zu schicken."

Klawitter lächelte verständnisvoll.

Dann wies er auf das Bein. Also, das abwesende Bein. „Was ist passiert?"

„In Asien, Kambodscha. Ich drehte ... beziehungsweise wir wollten gerade anfangen, es war der erste Drehtag. Einen Film über eine verlassene Pfefferfabrik." Kurze Pause. „Es gibt nicht viel zu erzählen. Das Gebäude – seit Jahrzehnten leerstehend – war natürlich völlig marode. Ich bin während der Suche nach einem Kamerastandpunkt von einer Mauer gestürzt. Und dabei hat sich auch noch ein sehr schwerer Stein aus dieser Mauer gelöst, ist auf mein Bein gefallen und hat es zerschmettert." Er sah von einem zum anderen. „Naja, und die Krankenhäuser in Kambodscha sind nicht auf westlichem Niveau. Gar nicht. Außerdem mussten wir überhaupt erst mal eins erreichen. Die Farm ist ziemlich abgelegen. Ich kann von Glück sagen, dass ich das alles überhaupt überlebt habe."

„Hm", Klawitter nickte. „Ich hoffe, Sie hatten eine Auslandskrankenversicherung?"

Worauf sich unterdrückte Angst in Jörns Gesicht breitmachte. Er tat mir leid. „Oh, das war doch beruflich. Ich bin bei Phoenix, die gehören ja zu ARD und ZDF, also das mit der Versicherung war kein Problem."

„Sie haben die entsprechenden Papiere eingereicht?", fragte Klawitter.

„Klar habe ich, natürlich", sagte Jörn.

„Haben Sie Kopien davon?"

„Ja ... aber was soll das denn alles, ich denke, Sie sind wegen eines Mordes ...?"

„Delikte am Menschen. Das heißt nicht unbedingt Mord."

„Ach so." Jörn schien erleichtert.

„Kann ich diese Papiere mal sehen? Die Kopien."

Jörn rollte aus dem Zimmer und kam kurz darauf mit einem Aktenordner zurück. Dort holte er einiges an Papier hervor, in diesen kambodschanischen Schriftzeichen, Khmer-Schrift. Man kann nichts davon lesen, aber Jörn hatte natürlich auch beglaubigte Übersetzungen. Die Übersetzungen hatten diese Ehrfurcht einflößenden deutschen Stempel. Ich glaubte ihnen jedes Wort. Die kambodschanischen Papiere waren bestimmt auch das, was man da „echt" nennt. Bestimmt tatsächlich aus einem Krankenhaus, es waren auch auf ihnen sehr schöne Stempel und der ganze Quatsch, fehlte nur noch, dass eine rote Kordel drumgebunden war. Unterschrieben von einem Dr. Vatanak Chan.

Nun kenne ich Kambodscha, ich war da ein paarmal, und ich weiß, dass das Land ein Dauergast in den Top Twenty der korruptesten Länder der Welt ist. Solche Papiere kriegt man da für einen McDonalds-Gutschein.

Sie sind aber eben trotzdem echt. Für eine Krankenversicherung ist es bestimmt nicht einfach, einen Betrug nachzuweisen. Abgesehen davon, dass die Recherchen wahrscheinlich teurer wären, als die Rechnung einfach zu bezahlen. Und dann passiert so was ja nicht täglich. Im Zweifelsfall ist es für die Krankenversicherung günstiger, die paar kambodschanischen Rubel abzudrücken.

„Darf ich die mitnehmen?", fragte Klawitter.

Jörn sah Klawitter an. Er war ganz Ernst und Ruhe. „Warum sind Sie hier?" Die Temperatur im Raum sank schlagartig um fünf Grad.

„Wir haben Ihr Bein gefunden."

Er wurde weiß wie die Wand. Die Teetasse fiel ihm aus der Hand und zersprang auf den schönen Holzdielen in Stücke.

Es war Schwarztee. Der würde bestimmt Flecken hinterlassen.

37

AZ 1612-BE/77 II/Dokument 5/1:
Internetforum, Persönliche Nachricht
Verfasst: Di, 8. Dezember 2014, 10:27, Autor: Tom
Empfänger: The Great Pretender

Hi ...

Ich habe den Thread verfolgt, in dem du vor einigen Monaten mit Bigdaddy geschrieben hast und der völlig unvermittelt und abrupt geendet hat.

Ich bin sicher, dass ihr danach private Nachrichten oder Mails ausgetauscht habt.

Ich bin besonders auf diesen kurzen Wortwechsel gestoßen: Du schreibst: „Machst du ... machst du irgendwas?" – Er antwortet: „Ich mache gar nichts."

Ich weiß ja nicht, was seitdem geschehen ist.

Aber falls noch nichts Endgültiges passiert ist:

Ich habe Erfahrungen, die dich interessieren.

Wir müssen uns treffen.

Schreib mir.

Tom

AZ 1612-BE/77 II/Dokument 5/2:
Internetforum, Persönliche Nachricht
Verfasst: Di, 9. Dezember 2014, 17:30, Autor: The Great Pretender
Empfänger: Tom

Hallo,

ich weiß überhaupt nicht, von was du sprichst. Ich schreibe mir nicht mit Bigdaddy privat. Ich hatte einfach keine Zeit mehr für das Forum. Und das war auch sowieso alles nicht ernst gemeint.

Was könntest du überhaupt für Informationen haben?
TGP

AZ 1612-BE/77 II/Dokument 5/3:
Internetforum, Persönliche Nachricht
Verfasst: Di, 9. Dezember 2014, 19:25, Autor: Tom
Empfänger: The Great Pretender

Lieber Pretender,
    du musst keine Angst vor mir haben.
    Ich schicke dir ein Foto.
    Liebe Grüße,
    Tom

Anhang: bild1.png

AZ 1612-BE/77 II/Dokument 5/4:
Internetforum, Persönliche Nachricht
Verfasst: Di, 9. Dezember 2014, 20:12, Autor: The Great Pretender
Empfänger: Tom

Um Gottes willen. Schreib mir sofort, dass das eine Fotomontage ist.

AZ 1612-BE/77 II/Dokument 5/5:
Internetforum, Persönliche Nachricht
Verfasst: Di, 9. Dezember 2014, 20:17, Autor: Tom
Empfänger: The Great Pretender

Ist es natürlich nicht.

AZ 1612-BE/77 II/Dokument 5/6 :
Internetforum, Persönliche Nachricht
Verfasst: Di, 9. Dezember 2014, 20:19, Autor: The Great
Pretender
Empfänger: Tom

Mein Gott. Das bist du?

AZ 1612-BE/77 II/Dokument 5/7:
Internetforum, Persönliche Nachricht
Verfasst: Di, 9. Dezember 2014, 20:22, Autor: Tom
Empfänger: The Great Pretender

Ja.
Triff mich. Sprich mit mir.

AZ 1612-BE/77 II/Dokument 5/8:
Internetforum, Persönliche Nachricht
Verfasst: Di, 9. Dezember 2014, 20:24, Autor: The Great
Pretender
Empfänger: Tom

Was hat das denn mit mir zu tun????!!!!

AZ 1612-BE/77 II/Dokument 5/9:
Internetforum, Persönliche Nachricht
Verfasst: Di, 9. Dezember 2014, 20:26, Autor: Tom
Empfänger: The Great Pretender

Triff. Mich.

38

Klawitter fragte: „Was ist wirklich mit Ihrem Bein passiert?"

Jörn sagte nichts.

Nach einer längeren Pause fragte Klawitter: „Was ist wirklich mit Ihrem Bein passiert?"

Jörn wartete einen weiteren Moment, beruhigte sich ein wenig, dachte nach und fragte schließlich: „Ich darf mit meinem Anwalt sprechen?"

Klawitter sagte: „Selbstverständlich." Ich sah, wie er es unterdrückte, mit seinem Unterkiefer zu mahlen. Wir waren so nah dran. An einer Antwort. Da will der Typ seinen Anwalt anrufen!

Jörn rollte ins Nebenzimmer. Es dauerte ein paar Minuten. Oje, dachte ich, der arme Anwalt würde wahrscheinlich auch gerade vom Stuhl fallen, sollte Jörn ihm die ganze Geschichte erzählen.

Allerdings würde Jörn vielleicht in allgemeinerer Form sprechen.

Er kam zurück. „Ich muss mich nicht selbst belasten."

Wir seufzten. Manno, so ein Ärger.

Klawitter hatte sich offensichtlich eine Marschroute überlegt, während Jörn mit seinem Anwalt telefoniert hatte.

Ah, es ist so gut, wenn man nicht der Boss ist und gemütlich abwarten kann.

„Natürlich nicht. Wenn wir von Ihnen keine Antworten bekommen, was Ihr gutes Recht ist, müssen wir eben mit Ihren Kollegen sprechen", sagte Klawitter.

Woraufhin es Jörn war, der seufzte.

Er war natürlich vollkommen durcheinander. Wir auch, übrigens. Jedenfalls ich.

Ich hatte den Eindruck, ja, ich war sogar fast sicher, dass auch er zum ersten Mal gehört hatte, dass sein Bein gefunden worden war.

Man kann so eine Teetasse auch aus Gründen der Dramatik absichtlich fallen lassen und das wäre auch gar keine schlechte Idee, Holzdielen hin oder her, so ein Fleck kann sich schon lohnen, aber ich glaube, es hatte ihn wirklich kalt erwischt. Und seitdem hatte er keine Zeit gehabt, sich zu sortieren.

„Können Sie uns Namen und Telefonnummern des Teams geben, mit dem Sie in Kambodscha waren?", fragte Klawitter. „Oder einfach die Nummer Ihres Chefs?"

Jörn blickte starr vor sich hin.

Manchmal spürt man wirklich, wie andere sich fühlen. Finde ich. Dieser Bonner Arzt, mit dem wir telefoniert hatten, hatte recht.

Jörns Augen wurden klein und die Haut auf seiner Stirn schien sich zu spannen. Es wurde dunkel, ja ganz furchtbar düster in seinen Augenwinkeln.

Was konnte er nur sagen? Fragte ich mich die ganze Zeit. Wie kommst du bloß aus all diesen Lügen wieder raus?

Nachdem er nachgedacht hatte, sagte er: „Es muss ein Fehler sein. Ein Irrtum. Einzige Möglichkeit."

Stimmt. Das war seine einzige Möglichkeit, dachte ich.

Er fragte nach: „Wie kommen Sie auf die Idee, mein Bein gefunden zu haben? Das ist doch völlig abwegig. Mein Bein ist in Kampot in Kambodscha verbrannt worden."

Klawitter erzählte ihm die mühseligen Recherchen, die ja – übrigens – Monika und nicht er gemacht hatte.

Daraufhin witterte Jörn Morgenluft. „Das gefundene Bein hat einen Bruch und ich hatte vor ein paar Jahren auch ein gebrochenes Bein – und daraus schließen Sie … Das kann doch nicht Ihr Ernst sein!"

„Lieber Herr Stieglitz, deshalb wollen wir ja mit Ihren Kollegen sprechen, die bestätigen uns Ihre Geschichte, wir machen noch einen schnellen DNS-Test – und danach ist alles so, als wären wir nie hier gewesen."

Jörn stöhnte und machte eine weitere Pause. Die frisch gewitterte Morgenluft schien sich wieder zu verziehen. Dann: „Okay, sagen wir – vielleicht, wenn ich vielleicht aus anderen Gründen ... Wenn die Reise doch nicht ..." Er stockte.

Er tat mir leid. Ich meine, wenn das alles stimmte, mit dieser höchst erstaunlichen Ampuationswunsch-Krankheit, *oh my God*, also wenn das stimmte, dann war er vielleicht eben einfach krank. Irgendwie fühlte ich mich überhaupt nicht wohl dabei, dass er hier so gegrillt wurde, aber andererseits, ich meine ...

Ich bin einfach so ein Weichei.

„Gibt es – gäbe es die Möglichkeit, dass Sie den DNS-Test machen, aber von einem Gespräch mit meinen Kollegen, inklusive Chef, erst mal absehen?" Er sah beinahe flehend Klawitter an.

„Also irgendwie haben Sie doch Dreck am Stecken, sonst würden Sie nicht ...", brummelte Klawitter.

„Vielleicht haben Sie das Bein von jemand ganz anderem gefunden, verstehen Sie ... Und vielleicht machen Sie ganz viel kaputt ... ohne dass irgendetwas juristisch Relevantes ... vielleicht ist gar nichts Verbotenes passiert. Verstehen Sie."

„Sie meinen, irgendwer anders mit dem gleichen Bruch wie Sie verliert zum gleichen Zeitpunkt wie Sie sein Bein? Mein Bester, bei aller Liebe, so viel Zufall gibt es nicht."

Stieglitz wurde still.

„War es Absicht?", fragte Klawitter in die Stille hinein.

„Was?" Pause. „Absicht?" Jörn verfiel wieder in Schweigen. „Ich weiß nicht, was Sie meinen."

„Sie weisen das also nicht zurück?"

„Ich sage nichts mehr."

Klawitter dachte kurz nach. „Geben Sie mir die ganzen Abrechnungsunterlagen. Irgendwer wurde ja von Ihnen bezahlt. Für die Operation oder mindestens die Nachversorgung. Geben Sie mir die entsprechenden Unterlagen. Dann können wir mit der Befragung Ihrer Kollegen noch ein wenig warten. Und natürlich müssen Sie uns eine Speichelprobe für einen DNS-Test mitgeben."

Ich habe immer so ein Röhrchen im Handschuhfach, falls ich mal einen Abstrich nehmen muss. Man weiß ja nie.

39

Wir fuhren ins Büro zurück.

Es war immer noch Sonntag. Alle waren heute am Wannsee, alle, bestimmt! *Tout-Paris*. In den Duschen und, wie man hört, auch draußen an der Boje, zu der man vielleicht zehn Minuten schwimmt, wurden mit Sicherheit Fruchtbarkeitsfeste gefeiert. *Et moi*? Fährt ein Spucke-Röhrchen durch Berlin.

Ach, die Abende am Wannsee. Wenn die Öffnungszeiten aufgrund unbekannter Gnade manchmal auf bis zu 22 Uhr ausgedehnt werden und das Gebäude kupfern in der Abendsonne leuchtet – in der Hand ein Gläschen *happy water*, neben mir – wie mir gerade einfällt, damals – Axel mit seinen beinahe zwanzig Lenzen und seinem sehnsuchtsvollen Blick. Ich kaum älter, es ist lange her, und vergleichbar sehnsuchtsvoll, seine Lippen und Wimpern – *ah, to be young again*! Jugend wird an die Jugendlichen verschwendet.

Das war echt nett gewesen, von Klawitter, Jörns Kollegen nicht zu befragen, fand ich. Ich bin ja immer für Freundlichkeiten. Trotzdem konnte man die Überlegung anstellen, ob es unsere Ermittlungen weiterbrachte.

Was ich tat. Klawitter antwortete: „Es ist doch sowieso schon klar, dass er uns angelogen hat. Das sieht man ja schon daran, dass er nicht will, dass wir mit den Kollegen sprechen. Jetzt lassen wir ihn mal ein wenig nachdenken, bevor wir …" Er dachte kurz nach. „… ja: möglicherweise sein Leben zerstören." Er machte noch mal eine Pause. „Es macht ja keinen Sinn, ihm so etwas anzutun, wenn es vielleicht gar nicht nötig ist."

Ich musste seufzen und sagte: „Ah, *toi* so romantisch." Fast hätte ich meine Hand auf sein Knie gelegt.

„Ach, halt doch die Klappe", gab er zurück. Da ist er ganz Berliner. Bloß nie Freundlichkeiten zugeben, aus Angst vor Sentimentalität, aus Angst vor falschen Gefühlen.

Ich fuhr über die Langenscheidtbrücke und dann die Monumentenstraße entlang, an der Schein-Bar vorbei.

Klawitter und Monika guckten aus dem Fenster und hingen ihren Gedanken nach. Andrea hatte die Klarsichthülle mit den Papieren von Jörn in der Hand und sah sich den Inhalt an: Viel wunderschöne schnörkelige Khmer-Schrift, viele beglaubigte Übersetzungen, Rechnungen, die Einreichung bei der Krankenkasse.

Als wir in der Kreuzbergstraße waren, sagte Monika: „Kambodscha habe ich doch kürzlich erst gehört, im Zusammenhang mit einem Mordopfer."

Nach einem Moment ergänzte Andrea: „Der auch noch Chirurg ist, was deshalb spannend ist, weil wir gerade einen Amputierten getroffen haben."

„Der Widmer wollte dahin auswandern, war's nicht so?", fragte Klawitter nach.

„Yep", sagte ich ganz schnell, um der Erste zu sein. Und dann fragte ich in die Runde: „Aber das ist doch eine völlig andere Geschichte?"

Klawitter stöhnte. „Wer weiß das schon?"

„Wir sollten es so behandeln, sonst wird das alles vollkommen spekulativ", fand Andrea.

Und dann waren wir am Mehringdamm und plötzlich sagte Klawitter: „Jetzt 'ne Currywurst ..."

Ich sagte: „Yeah ..."

Weil ich mal wieder meine schlanke Linie vergessen hatte. Und dass das Curry 36, das Klawitter natürlich meinte, genau vor dem Boiler ist, Berlins größter Schwulensauna, in der ein Freund von mir arbeitet und wo immer irgendwelche Typen mit einem wissenden Grinsen an mir vorbeilaufen könnten. Aber Currywurst fand ich jetzt einfach gut.

Monika war auch dafür.

Und Andrea sagte: „Okay."

Ich parkte gegenüber im Parkverbot und ließ aus Versehen den Polizeiausweis hinter der Windschutzscheibe liegen.

Wir bestellten alle mit Darm, wobei ich mir immer vorstelle, dass es in Wirklichkeit kein Darm ist, sondern ein Kunstprodukt. Wir standen an so einem Stehtischchen vor dem Curry 36 und setzten unsere Besprechung fort. Es war wie immer gut gefüllt. Neben uns rauschte der Mehringdamm. Vielleicht fünfzig Meter weiter ist dieser Gemüse-Döner-Stand, vor dem immer – immer! – eine ewige Schlange ist, und ich weiß nicht, warum.

Ich weiß doch, warum: Der Stand steht in jedem Reiseführer.

Andrea begann: „Also die Prämisse ist: Die Amputation war Absicht. Richtig?"

Eine Frau vom Nachbartisch sah irritiert zu uns rüber.

Andrea grinste etwas peinlich berührt zurück. Dann drehte sie sich ab und wir rückten alle ein wenig enger zusammen und sprachen leiser. Es hatte etwas Konspiratives.

Monika sah ratlos vor sich hin. „Wenn er diese Krankheit hat. Dieses Body-Dings. Dann wird's schon Absicht gewesen sein."

Ich sagte: „Er hat es nicht mal geleugnet."

Monika: „Und diese ganze Kambodscha-Reise ist Erfindung?"

„Wie sonst käme das Bein in die Havel?", fragte Andrea.

Klawitter nickte ein wenig gedankenverloren.

Die Currywurst war lecker.

Andrea fuhr fort: „Ja, die Kambodscha-Reise ist wahrscheinlich frei erfunden. Er musste ja seinem Freund – und wahrscheinlich auch noch anderen Leuten gegenüber – seine Abwesenheit erklären."

„Ganz schön große Lüge, was?", meinte Klawitter, „Mann, Mann, Mann ..."

Monika brummelte in ihren Bart: „Ist ja auch 'ne ganz schön große Aktion."

Andrea sagte: „Ich hab im Auto einen Blick in die Papiere von Stieglitz geworfen. Er ist privat versichert, er hat erst überwiesen und dann die Rechnung bei der Krankenkasse eingereicht, bei seiner privaten Krankenkasse, was noch mal untermauert, dass es keine Dienstreise gab. Und bezahlt hat er an das Medical Center Kampot."

Monika, die mit dem Essen schon fertig war, weil sie keine Pommes dazu gegessen hatte, googelte „Medical Center Kampot Cambodia".

Ich hatte eine doppelte Portion Pommes und war noch beschäftigt.

„Kommt irgendwie gar nichts", sagte Monika, auf ihr Handy deutend. Auf einen fragenden Blick von Klawitter hin: „Bei Google. Also da kommen Hinweise, wie man medizinische Versorgung in Kampot suchen kann und so. Aber ein konkretes Institut kommt nicht."

„Hm", machte Klawitter und dann: „Müssen wir jetzt in Kambodscha ermitteln?"

„Du meinst die Behörden da anschreiben?", fragte Andrea.

Ich musste grinsen. „Da kommt nie was Sinnvolles bei raus."

Alle sahen mich empört an. Aber *moi*, ganz Fachmann: „Sorry, wir sollten die bestimmt anschreiben, um etwas Offizielles vorweisen zu können, aber da wird nie eine Antwort kommen, nicht mal in ein paar Monaten. Oder höchstens, wenn du ein verdammt dickes Bündel Geldscheine in den Briefumschlag legst. Was sich ja nicht so ganz mit unserem Berufsethos vertragen dürfte."

„Also, ich schreib dahin", sagte Andrea, „dann werden wir ja sehen!"

„Ich sag ja: Schreib", wiederholte ich mich, „damit wir beweisen können, dass wir es versucht haben."

„Du bist ja 'n ganz schön arroganter Imperialisten-Piesepampel", meinte Klawitter.

Ach, Kambodscha, dachte ich. Mir hatte dort jemand erzählt, wie sein Vater in einem Krankenhaus auf Symptome einer tödlichen Lungenkrankheit untersucht worden war, und als die Diagnose feststand, fragte der Vater auf der Station: „Habe ich die Krankheit oder habe ich sie nicht?" Und dann sagten die Ärzte: „Für 3000 Dollar in cash beantworten wir dir diese Frage." Wahre Geschichte.

Eltern bezahlen für die Schulnoten ihrer Kinder. Verkehrsteilnehmer bezahlen bei willkürlichen Kontrollen durch die Polizei. Wer eine Baugenehmigung haben will, muss blechen – gerne in Konkurrenz zu steinreichen Chinesen oder Vietnamesen.

Und dann die Geschichte von der Feuerwehr, die zu dem brennenden Haus kommt und sagt: „Ja, klar. Natürlich löschen wir." Aber dann erst mal die Hand aufhält.

Und wenn die Hand leer bleibt, bleiben die Wasserschläuche trocken.

Da schickt mal euren Brief hin.

Ach, Kambodscha. Aber dann diese unglaublich lustigen und liebevollen Menschen überall. Die Schönheit des Landes. Die Selbstironie seiner Bewohner. Die aufrichtige Herzlichkeit. Der umwerfende Charme. Die Schönheit von Phnom Penh. Ich erinnere mich lebhaft an diesen Club, Heart of Darkness, im Zentrum von Phnom Penh. Heart of Darkness ist ein ziemlich guter Name, finde ich, schließlich ist die gleichnamige Novelle doch das Vorbild von Coppolas *Apocalypse Now*. Es gibt einige Clubs in Asien, die Apocalypse Now heißen.

Aber noch besser war eigentlich ein anderer Club, ein bisschen mehr *off the beaten path*, ich habe den Namen vergessen, aber ich war der einzige Weiße dort, was irgendwie witzig war. Ich fand es jedenfalls so lange witzig, bis mir der Besitzer meines Guesthouses gesagt hatte, er würde in Phnom Penh nachts keine Straße entlanggehen, die nicht gut beleuchtet ist.

Guesthouse! „Wir sollten versuchen, Guesthouses da anzurufen!" Ah, *moi* so clever! „Findeste bei hostelworld im Internet. Die werden von Expats geleitet, also Wessis, viele Australier, die wohnen seit Jahrzehnten da und kennen alles und sind komischerweise immer noch nicht korrupt. Und die kennen sich alle und langweilen sich tierisch und deshalb tratschen sie die ganze Zeit und wissen alles über die Stadt und ihre Bewohner. Und wenn sie etwas nicht wissen, dann kennen sie jemanden, den sie fragen, der wiederum jemanden kennt."

Klawitter sah mich einen Moment lang an. Dann sagte er: „Streber."

Monika hingegen fand: „Rassistischer Kolonialist."

Sie hatten natürlich beide recht.

„Okay, aber parallel", meinte Klawitter, „sollten wir auch die offizielle Anfrage laufen lassen, nur damit wir mal nachweisen können, dass wir das getan haben."

Andrea hatte natürlich längst bei hostelworld.com „Kampot" eingegeben und fragte mich: „Und jetzt gehe ich einfach nach den Bewertungen?"

„Genau", antwortete ich. Es waren, wie ich mit einem Blick über ihre Schulter sah, immerhin 15 Einträge. „Wir stöbern ein bisschen in den Bewertungen und dann rufen wir die an, die seriös klingen. Am besten mehrere. Die werden dieses Medical Center kennen, wenn es existiert, und sie werden wissen, wer da arbeitet, und wenn ein Deutscher da rumläuft, was ich irgendwie vermute, dann werden die das auch wissen."

Was die weitere Arbeit betraf, kam uns die Zeitverschiebung zu Hilfe – also in meinem Sinne zu Hilfe, wir mussten nämlich Pause machen: Es war tiefste Nacht in Kambodscha. In einer Kleinstadt wie Kampot wären jetzt nur noch die Hunde wach. Die Hunde: All die Hof- und Haushunde, die sich tagsüber auf die unterschiedlichen Häuser und Familien verteilen und so tun, als hätten sie nichts miteinander zu tun, ja als kennten sie sich gar nicht, ganz wie die Schwulen in früheren Zeiten oder wie die Club-Mitglieder in *Fight Club*, um sich dann nachts zusammenzurotten und zu einer unaufbrechbaren Gemeinschaft, einem einzigen Organismus, zu einem Gefühl zu werden und durch die Straßen zu ziehen, die dann absolut und ausnahmslos ihnen gehören. Wer sie herausfordert, landet im Medical Center, wenn es das gibt. Ich erinnere mich, wie ich eines Nachts von ihrem Geheul geweckt wurde, wie Wölfe, ein Wolfsrudel, in unseren Breiten ist mir so etwas nie zu Ohren gekommen. Ich trat raus auf den Balkon, um ihnen in Sicherheit aus der Ferne zu lauschen, wie nah sie sich waren, einander und sich selbst.

40

Nach der Arbeit ging ich zu Fuß nach Hause. Es ist ein ganz schön langer Weg bis hoch zu mir in den Prenzlberg, aber manchmal mache ich das gerne. Um den Kopf zu lüften, zu spülen, die Gedanken laufen zu lassen.

Und der Wahnsinn um uns herum war zurzeit ja doch recht beträchtlich.

Also lief ich. Meistens rauche ich dabei auch noch. Schlimm, ich weiß.

Menschen sind schon eine seltsame Angelegenheit, finde ich. Der eine hackt sich das Bein ab. Der andere läuft mit einer Hundemaske rum. Jeder Jeck ist anders, wie man in Köln sagt. Köln mag ich ja.

Menschen sind schon eine seltsame Angelegenheit. Warum tun sie, was sie tun? Diese Frage lässt mich nicht los und sie ist ja auch eng mit meinem Beruf verknüpft. Die Suche nach dem Motiv.

Als Beispiel für eine solche seltsame Angelegenheit nehmen wir vielleicht einfach mal mich. Ich verstehe nämlich gelegentlich nicht mal mich selbst. Und ich finde, das zeigt ganz gut die Dramatik der Verlorenheit – zumindest meiner.

Ich habe vor längerer Zeit einige Jahre in einem Hochhaus gewohnt, im 16. Stock, ein Plattenbau am Hackeschen Markt mit einer Aussicht, die vergeblich ihresgleichen suchte. Ich habe dort sehr gerne gelebt, war in keiner größeren Krise, aber trotzdem beschlich mich manchmal ein seltsames Gefühl: und zwar diese Lust, einfach mal auszuprobieren, wie es wohl wäre, aus dem Fenster zu springen. Da mir schon klar war, dass es wohl bei einem einzigen Versuch bleiben würde und vermutlich recht wenig Zeit für Reflexion bliebe, ließ ich es sein, aber diese Selbstbeherrschung war nicht immer einfach. Nicht, dass ich längere Zeit am Fenster gestanden und hinuntergesehen hätte – ganz im Gegenteil habe ich mich bewusst von den Fenstern ferngehalten, auch wenn sie geschlossen waren, ein Meter fünfzig Abstand waren besser. Aber es gab da einen Sog.

Ich war nicht suizidal. Niemals in meinem Leben. Ich war experimentierfreudig.

Ich hatte dieses Gefühl schon als Jugendlicher kennengelernt. Dass es dabei auch um Höhe ging, erscheint mir zufällig. Es war beim Skifahren in Hintertux. Wenn man mit dem verrückten Olli Probst, einem Freund aus dem Skiclub, im Sessellift saß, spielte der immer mit dem Sicherheitsbügel, und da der Junge mir wirklich nicht so ganz geheuer war, wagte ich es nie, irgendwelche Bedenken bezüglich unseres weiteren Überlebens anzumelden, weil ihn das nur gereizt hätte. Aber ich fand eigentlich schon, wenn man zwanzig Meter über der Schneedecke schwebt und die Schneedecke selbst sich dann noch zu einer klaffenden Gletscherspalte öffnete, die weitere dreißig oder vierzig Meter in die Tiefe führte ... also ich fand, der Sicherheitsbügel bleibt zu. Aber mit dem aufgedrehten dreizehnjährigen Olli – dreizehn genau wie ich – wollte ich in dieser Situation keine Diskussionen anfangen, die zu schlechten Scherzen hätten führen können, wie einem lustigen Schlag auf die Schulter zum Beispiel, haha. Also saß ich still und schwor mir, nie wieder mit ihm in diesem Lift zu landen.

Ich erzähle das, weil sich dabei eben noch dieser andere Gedanke in mein Gehirn bohrte: Vielleicht sollte ich es ausprobieren? Mal runterspringen? Nur, um zu wissen, wie es ist. Vielleicht ist es geil. Oder lustig. Sei doch nicht so ein Feigling. Komm, sei nicht so spießig. Probier mal, rutsch ein bisschen weiter vor auf dem Sitz, vielleicht kannst du auf den Skiern unten in der Gletscherspalte landen, an der Wand, fast vertikal, probier's doch mal, James

Bond kann es auch, man weiß nie, wie die Dinge sind, die man nicht probiert hat.

Ich habe es, wie man sich vielleicht denken kann, nicht probiert.

Aber später — und diesmal ohne Höhe: Ich bin mittlerweile achtzehn und fahre mit dem Auto meiner Mutter auf der Straße nach Neuried, dem Vorort von München, in dessen Nähe ich aufgewachsen bin. Die Straße ist vollkommen vereist, spiegelglatt. Sie führt über eine schneebedeckte Wiese und ich höre die Stimme meines Fahrlehrers: „Viele von Ihnen mögen denken, auf einer vereisten Straße kann man doch schnell fahren, ist doch kein Problem, was soll denn passieren?" Und ich denke, stimmt, und gebe Gas, 80, 90, 100, 110 ... Und in meinem Kopf spricht mein Fahrlehrer: „Und es ist auch kein Problem, Sie können tatsächlich so schnell fahren, wie Sie wollen, wenn es immer geradeaus geht, ist das — ich meine das natürlich theoretisch — tatsächlich kein Problem. Aber wehe, Sie machen eine plötzliche Lenkbewegung ..." und obwohl ich weiß, dass es gefährlich ist, krank, dumm und falsch, mache ich eine plötzliche Lenkbewegung, ich will es eben wissen. Das Experiment wagen. Ich verliere vollkommen die Kontrolle über das Fahrzeug, das immer weiter, wie ein Geschoss, die Straße entlangrast, während es sich um die eigene Achse dreht. Keine Musik in dieser Szene, ich weiß noch, ich vermisste die dramatische Musik. Stattdessen leises Sausen, Wind und das Gefühl, bestimmt eingebildet, Schlittschuhkufen auf Eis zu hören. Ich weiß: auskuppeln, gegenlenken, und das versuche ich auch, aber viel Wirkung hat es nicht. Es kommt kein Auto entgegen, obwohl es mitten am Tag ist und die Straße normalerweise recht viel befahren. Bremsen ist komplett wirkungslos. Rechts kommt gleich die Einmündung zur Kiesgrube, aus der gerne mal die fetten Laster einbiegen. Aber nicht in diesem Moment. Irgendwer passte auf. Passte irgendwer auf? Ich schieße weiter die Straße entlang, die jetzt in den Wald führt, mich immer weiter um die eigene Achse drehend, bestimmt 400, 500 Meter lang. Da sind Bäume. Sie sind nah. Ich habe bestimmt noch 80 oder 90 Sachen drauf. Es gab keine Airbags damals. Weiter vorne im Wald ist eine Linkskurve, ich sehe sie kommen, da könnte bald ein Auto auftauchen, denn da vorne ist die Einmündung in eine noch größere Straße. Es tut einen leichten Schlag und ich habe einen dieser Straßenbegrenzungspfähle mitgenommen – die sind ja nur aus Plastik. Es hatte mich ein wenig gebremst.

Ich drehe mich weiter und komme dabei mit den Hinterrädern in den tieferen Schnee am Rande der Straße, es knirscht und dann kommt das Auto zum Stehen.

Meine Knie und meine Hände zittern in einem Ausschlag von zehn oder fünfzehn Zentimetern.

Warum habe ich das getan?

Es war bestimmt nicht die Schuld meines Fahrlehrers.

Was war das? Was war da in mir los? Kann ich mir trauen?

Am nächsten Morgen ging es wieder früh zur Arbeit.

9:00 Uhr morgens heißt 15 Uhr bei den Khmer – wunderbarer Zeitpunkt, um dort anzurufen.

Ich gab noch, bevor alles losging, den Namen „Vatanak Chan" und den Ort „Kampot" in der Facebook-Suche ein. Dr. Vatanak Chan: der Name, den wir auf den Papieren des Medical Centers gefunden hatten. Ich bekam tatsächlich einen Treffer. Ein junger Mann, höchstens Ende zwanzig, selbst wenn ich versuchte einzupreisen, dass Asiaten ja meistens jünger aussehen, als sie sind. War das der Arzt, der die Rechnung für die Bein-Operation gestellt hat?

Hm.

Wir begannen mit den Anrufen in den Hostels, während Klawitter eine offizielle Anfrage an die Polizei in Phnom Penh richtete.

Die Anrufe liefen gut. Es erstaunte mich nicht. Das Leben als Expat in Kambodscha mag seine Reize haben, aber nach einer gewissen Zeit passiert nichts Neues mehr. Deshalb sprechen die Expats gern. Und sie haben Zeit.

Es war Andrea, der die reifen Äpfel in den Schoß fielen. Als sie den Landlord des Pink Pelican, Rick, an die Strippe bekam, sagte er gleich – auf Englisch natürlich, ich übersetze es hier: „Polizei Berlin? Nein! Ihr habt doch nicht etwas mit Lars zu tun?"

Ja – so leicht kann es manchmal sein. Sie mailte ihm ein Foto von unserem Dr. Lars Widmer und: ja, genau. Er hatte gleich nach Lars gefragt, weil er ihn schon so lange nicht mehr gesehen hatte, dabei wollte der eigentlich hier in die Wohnung ziehen, die er schon länger gemietet hatte, kostet ja nix.

Rick sprach gerne und viel – ich war froh, dass Andrea ihn abbekommen hatte – und in seiner unglaublichen Langeweile war es ihm mehr als willkommen, für die deutsche Polizei zu ermitteln.

Andrea hatte auf Lautsprecher geschaltet und so bekamen wir mit, wie Rick auf die Todesnachricht von Lars reagierte: Ja, da war Erschrecken und eine leichte beginnende Trauer, aber vorherrschend schien eine gewisse Abgebrühtheit, wie sie wohl aus der Kombination von *happy water* und Buddhismus entsteht.

Im Laufe des Tages wurde Rick zu unserem Held: Er ging für uns zu der Wohnung von Widmer und teilte uns mit, da würden am Briefkasten tatsächlich unter anderem auch die Worte Medical Center stehen. Als er das sagte, hätte selbst Andrea beinahe angefangen, auf dem Schreibtisch zu tanzen. Rick kannte sogar Dr. Vatanak Chan, der tatsächlich Arzt war, allerdings offensichtlich stellenlos, beziehungsweise wir sahen es ja auf der Rechnung, Geschäftsführer des Medical Centers, aber irgendeine medizinische Tätigkeit des Medical Centers war Rick nicht bekannt. Und er hätte davon gewusst: Die medizinische Versorgung Kambodschas ist außerordentlich beklagenswert. In jedem Reiseführer steht, dass man im Falle einer Erkrankung so schnell es geht nach Thailand fahren soll, und wenn das wirklich gar nicht erreichbar ist, dann nach Vietnam. Aber auf jeden Fall raus aus Kambodscha! Ich bin an der Grenze zu Thailand sogar mal mit einem Kambodschaner ins Gespräch gekommen, der gerade nur für einen einzigen Arztbesuch nach Thailand fuhr. Und die Formalitäten an der Grenze allein dauern mindestens zwei Stunden. Pro Richtung.

Wenn in Kampot ein deutscher Arzt tätig wird, weiß man das.

Gegen Mittag holte Klawitter Monika und mich aus unserem Büro.

Ich hatte gerade mit all den schönen Dingen auf meinem Schreibtisch gespielt, die ich seit Jahren ansammele: Da sind mehrere kleine Holz-Elefanten, die teilweise noch meine Eltern aus Sri Lanka mitgebracht haben, eine kleine Schildkröte mit leuchtend blauem Panzer aus Vietnam, eine Buddha-Statue aus Thailand, die ich nie als Briefbeschwerer benütze, weil sie das beleidigen würde, da ist meine Barack-Obama-Spielfigur, ein Fächer aus orangenen Federn, ein indianischer Tomahawk in der kleinen Damen-Variante, weil die billiger war, und ein Totem von dem gleichen Stamm – ach und einiges mehr.

Auf Monikas Schreibtisch steht ein Foto von Paul.

Und in unserem gemeinsamen Kühlschrank ist immer eine Flasche Crémant. Man weiß ja nie.

Klawitter hatte uns an den Konferenztisch gebeten.

Er sagte: „Okay, jetzt mal, also … ähm …"

Alle sahen zu ihm.

Klawitter wandte sich an Monika: „Monika. Ich bin der Chef. Du bist die Jüngste. Mir liegt eine Frage auf der

200

Zunge, die wahrscheinlich furchtbar dumm ist. Könntest vielleicht du …?"

„Klar, Chef, aber was…?"

Er flüsterte ihr etwas ins Ohr.

Monika sagte: „Hm." Und dann an alle: „Also … ähm … Da es also dieses Medical Center in Kampot gibt, der Ort, in dessen Nähe ja angeblich auch der Unfall passiert ist, heißt das, dass Stieglitz doch dort war und operiert wurde? Und wir vielleicht doch ein anderes Bein haben. Unglaublicher Riesenzufall?"

„Oh, bist du doof!", stöhnte ich.

„Schnauze", sagte Klawitter, „auch die dümmsten Fragen müssen erlaubt sein! In einem Team, in dem man sich nichts mehr zu fragen traut, glauben irgendwann alle den gleichen Quatsch!"

Keiner fragte mich nach der Antwort auf Monikas dämliche Frage.

Ein Glück.

Andrea sagte: „Nee. Wahrscheinlich wird einfach andersrum ein Schuh draus: Wenn die Idee, diese Reise zu erfinden, von Widmer stammt." Sie wandte sich direkt an Klawitter: „Also so: Widmer hat schon länger eine Wohnung Schrägstrich Briefkasten-Klinik in Kambodscha. Deshalb sagt er zu Stieglitz: Erfinde einen Unfall in Kampot. Da können wir was Hübsches basteln."

„Sag ich doch", sagte ich.

„Das hättest du dir auch selbst denken können, Monika", schob Klawitter hinterher.

Monika nickte pflichtschuldig. Ich sage ja, nach meiner Meinung läßt sie sich zu viel gefallen.

„Hat er so was in der Art öfter gemacht? Ich meine, er hatte ja die Vertriebswege", fragte ich.

Andrea nickte. „Gut möglich. Jedenfalls haben wir damit ein sehr starkes Indiz, wenn nicht einen Beweis, dass

Widmer Stieglitz das Bein abgeschnippelt hat, weil der das so wollte. Oder?"

Wir wiegten alle unsere weisen Häupter.

„Irgendwie schon. Aber es wäre nett, wenn Stieglitz das zugeben würde", fand ich.

„Wird er", sagte Klawitter, „so wie der sich vor seinen Kollegen fürchtet."

„Hat ja fast was von Erpressung." Monika brummelte mal wieder in ihren Bart.

„Es geht um einen Mord, Kindchen", entgegnete Klawitter.

„Naja", sagte ich, „aber wenn der eine dem anderen das Bein abschnippelt, was beide wollen, ergibt das ja noch keinen Mord? Ich meine, es war ja anscheinend eine Schönheits-OP, die bestens funktioniert hat."

Ich blickte fragend in die Runde.

Nach einem Moment sagte Klawitter: „Ach, halt doch die Klappe."

Andrea meinte: „Noch mal bei Stieglitz auf den Busch klopfen?"

Klawitter zuckte mit den Schultern. „Naja, vielleicht ... Aber ob er uns ein Mordmotiv liefert? Ich meine, wir können ihn quasi dazu zwingen", Seitenblick zu Monika, „erpressen, dass er uns Dinge sagt, von denen wir wissen, dass er sie weiß. Aber wenn er sagt, er weiß nichts von einem Mordmotiv, was willste tun?"

„*Waterboarding?*", fragte Monika unschuldig.

„Also meine Liebe!", antwortete Klawitter.

Ruhe, Stille, Nachdenken.

Transactie wordt verwerkt.

„Ich will in dieses Medical Center", sagte Klawitter.

Andrea nickte. „Ja, das wäre gut."

„Das würden wir ja auch als Erstes machen, wenn es in Britz wäre", bekräftigte Klawitter.

„In Britz?", fragte ich.

„Na, halt hier irgendwo in der Nähe, Herrschaftszeiten!", rief Klawitter, mit einem gewissen Pathos.

„Also fliegen wir nach Kambodscha?", fragte ich.

Monika und ich wechselten einen langen schmachtenden Blick. Sie würde ihren Sohn schon irgendwo unterbringen. Und ich hatte ihr von dieser Insel erzählt, auf der es nicht mal Strom gab, nur diese Krabben direkt aus dem Meer und ein Restaurant, das sie zubereitete, ein paar Fischerfamilien und das war's.

„Nein", sagte Klawitter, „Rick."

„Rick ist doch schon in Kambodscha", maulte ich, „wieso soll der da noch hinfliegen?"

Meine Bemerkung wurde allgemein ignoriert.

„Rick geht da rein?", fragte Andrea. „Bricht da ein?"

„Nee, aber irgendwer muss doch da die Blumen gießen, bei Widmer …"

Monika kicherte.

„Naja", meinte Klawitter, „den Briefkasten leeren, ich weiß es doch auch nicht. Aber irgendwer hat doch immer einen Schlüssel! Und Rick soll rausfinden, wer das ist, und dann da reingehen." Er feuerte Andrea einen flirtenden Blick zu. Das hatte ich noch nie gesehen! Dann zog er einmal kurz die Augenbrauen hoch und sagte: „Ruf ihn noch mal an."

Woraufhin sie grinste.

41

Und dann funktionierten diese Dinge.

Montagabend hatte ich mich im Tom's rumgetrieben, Dienstagmorgen dann die frohe Kunde: Andrea hatte

Rick erfolgreich bearbeitet. Es waren die Nachbarn, die den Schlüssel hatten, und sie ließen Rick in die Wohnung. Denn Rick war – und ist bestimmt noch – eine Respektsperson in Kampot.

Wir sind alle in sein Guesthouse eingeladen und vielleicht fahre ich mal hin.

Während ich im Tom's den Geruch aus der Halsbeuge eines 22-jährigen Israelis inhalierte, hatte Andrea noch mehrmals mit Rick telefoniert und letztlich faxte er uns, was er im Medical Center – das übrigens nicht den Hauch einer Praxis hatte, es war einfach eine Wohnung – gefunden hatte: die Kontoauszüge von Dr. Lars Widmers kambodschanischer Bank.

Sie erwiesen sich als Goldgrube für uns, als Schatzkiste – naja, das soll ein Konto wohl auch sein.

Wir studierten sie gerade, als die Bestätigung kam, dass die DNS von Jörn Stieglitz' Speichel mit der übereinstimmte, die aus dem Bein extrahiert wurde, das also eindeutig zu unserem lieben Freund Jörn Stieglitz gehörte beziehungsweise gehört hatte – oder ... hm ... ihm ja eigentlich immer noch gehörte?

Ah, so kompliziert.

Er würde es wohl nicht zurückhaben wollen. Er war ja auch nicht besonders scharf drauf gewesen, als es in noch viel appetitlicherem Zustand war.

Ich sage „unserem lieben Freund", weil es das war, was ich fühlte.

Wir studierten die Kontoauszüge nach dem Motto „Folge dem Geld". Und tja, leider, so unromantisch es ist: Das Geld ist doch die verlässlichste Spur. Wir fanden Zahlungen an eine Berliner Immobilienverwaltung. Und natürlich die Überweisung von Jörn, die er sich später von der Krankenkasse hatte erstatten lassen. Zu unserem Erstaunen stießen wir dann auf noch weitere Überweisungen von Jörn. Über die nächsten Wochen und Monate verteilt. Mal ein paar hundert Euro, mal tausend, dann über tausend. Die Summen wurden von Überweisung zu Überweisung höher. In meinem Ohr klingelte eine leise Alarmglocke wie ein Tinnitus.

Andrea und Monika machten sich auf den Weg zu der Immobilienverwaltung.

Klawitter und ich fuhren zu Jörn.

Wir ließen die Vernehmung langsam angehen.

Wir setzten uns mit ihm ins Neue Ufer, das mal Das andere Ufer geheißen hatte, als David Bowie noch hier in der Nähe wohnte. Wir gingen ins Neue Ufer, weil wir wollten, dass er sich sicher fühlte, einerseits sicher vor Carsten – also nicht in seiner Wohnung –, andererseits aber auch nicht von einem Polizeigebäude eingeschüchtert.

Und ich wollte tatsächlich schlicht und einfach, dass er sicher war, weil ich ihn mochte, aber auch, weil wir dann am meisten aus ihm rauskriegen würden. Die Parallelität von Ehrlichkeit und Berechnung.

Ebenerdiger Eingang. Der Kellner kannte Jörn, der ja gleich um die Ecke wohnte, und stürzte sich auf ihn, von wegen Unfall, er hätte ja schon gehört und Rollstuhl und überhaupt.

Wir setzten uns in eine ruhige Ecke.

Der Laden ist klein, aber es lief Musik, so dass wir sprechen konnten, ohne gehört zu werden.

„Herr Stieglitz", eröffnete Klawitter, „wir wollen ganz offen miteinander sprechen, in Ordnung?"

Jörn sah unsicher zu Klawitter: „Natürlich."

Klawitter nickte. „Zwei Fakten gleich mal zur Klarstellung: Es ist Ihr Bein und der Unfall in Kambodscha ist eine Lügengeschichte."

Jörn zuckte nicht zusammen, sondern nickte nur leicht. Er hatte offensichtlich nachgedacht und war sichtlich zu dem Schluss gekommen, dass uns diese Dinge schnell klar sein würden.

Klawitter und er spielten die absehbaren ersten Züge, es war wie eine Eröffnung beim Schach.

Klawitter: „Was ist wirklich geschehen?"

Jörn: „Ich muss mich nicht selbst beschuldigen, insofern …"

Klawitter: „Aber dann müssen wir Ihrem Umfeld Fragen stellen."

Jörn: „Das ist doch Erpressung."

Klawitter wiegte sein weises Haupt. „Wenn Sie uns nichts sagen, müssen wir uns unsere Informationen woanders holen. Das ist Ihnen doch klar." Was stimmte, aber Erpressung war es natürlich dennoch.

„Wie sind Sie Ihr Bein losgeworden?", fragte ich. Das „Sie" fiel mir zwar schwer, aber ich wusste aus Erfahrung, dass es ein Fehler war, Verdächtige oder Zeugen zu duzen.

„Ich wollte es nicht mehr", sagte er. „Seit meiner Kindheit hatte ich das Gefühl, dass dieses Bein nicht zu meinem Körper gehört. Es war, wenn man so will, ein Fremdkörper. Ich kann das nicht erklären, aber es war so und ich bin nicht der Einzige, der solche Gefühle kennt."

Klawitter und ich wechselten einen Blick – unwillkürlich, nicht geplant, ein Blick, der sagte: Wussten wir es doch.

Jörn verstand den Blick: „Sie haben davon gehört. Von BIID."

„Ja", sagte ich. „Im Zusammenhang mit diesem Fall." Wir wollten doch ganz offen sein.

Es schien ein großes Gewicht von Jörns Schultern zu fallen. Ich sah ihn ruhig an, seine schönen, klaren Züge, die hinter seinem etwas zu gut gepolsterten Gesicht noch zu erkennen waren, auch wenn er sein Kinn hinter einem ziemlich rauschenden Bart versteckte. Seine hellen blauen Augen, die so intelligent und wach blickten, und seine Stirn

– irgendwie faszinierte mich seine Stirn, hinter der das alles so lange geschlummert hatte, gereift war, hinter der es umgesetzt worden war. Was für eine Tatkraft. Was für eine Entschlusskraft. Sein Wunsch, dieser Amputationswunsch, war mir natürlich vollkommen fern und fremd, aber ich konnte nicht anders, und warum sollte ich auch, als Respekt davor zu haben, dass er diese unglaublich schwierige und krasse Geschichte durchgezogen hatte.

Ich meine, manche Menschen schaffen es nicht mal, aus ihrem Heimatdorf wegzuziehen. Manche Menschen wollen vom Leben nichts anderes als Geld. Oder Schönheit. Ich meine, bitte, sollen sie. Aber wenn jemand in der Erforschung seiner Bedürfnisse zu dem Ergebnis kommt, dass alles, was er oder sie vom Leben will, auf das Cover der *Fit for Fun* passt, dann ist mein Interesse an der entsprechenden Person begrenzt.

Jörn war anders.

Und sein Bedürfnis war auch kein kleines, sonst wäre er nicht vor eine Straßenbahn gesprungen – wohlgemerkt nicht, um sich zu vernichten, sondern um sein Ziel zu erreichen. Und dieses Ziel war ihm nicht von irgendwem diktiert worden, der Gesellschaft, der Werbung, seinen Eltern – da kann man mal sicher sein. Es kam einzig und allein aus ihm selbst, er hatte es erkannt, nicht geleugnet und einen unglaublich steinigen Weg zurückgelegt, um es umzusetzen, und davor hatte ich Respekt.

„Wie lief das alles?", fragte Klawitter.

„Ich habe ein Internet-Forum gefunden, das sich mit der Thematik beschäftigt. Mit BIID."

Ich ließ mir die Internetadresse des Forums geben und notierte sie.

„Dann habe ich dort länger mit jemandem geschrieben, der mehr Erfahrung hat als ich. Und schließlich habe ich ihn getroffen."

„Wann war das?", fragte Klawitter.

Dann fragte Manitu: „Wie sah denn der Arzt aus, der die Operation vorgenommen hat?"

„Ich habe ihn nie gesehen."

Ach.

Klawitter: „Wann war denn die Operation?"

„Über ein Jahr nach meinem ersten Treffen mit Martin – mit diesem Freund aus dem Forum. Am 2. April 2015."

„Wie lief das ab?"

„Ich traf mich mit Andreas", er tippte auf das Bild vom scharfen Erik, „in Spandau am Bahnhof. Dann nahm ich auf einem Parkplatz in der Nähe ein Betäubungsmittel, damit ich nicht wissen würde, wo die Operation stattfand. Ich wachte dann in einem, naja, Zimmer auf, um eine SMS an Carsten zu schicken. Und nach der OP war ich dann eineinhalb Wochen in einem Zimmer, einem … Es war eine Neubauwohnung. Ich weiß nicht, wo es war. Ich hatte Carsten vor der Operation per SMS geschrieben, dass ich ein paar Tage nicht erreichbar sein würde, um sicherzugehen, dass er nicht bei Phoenix in Bonn anruft. Er würde sich nämlich Sorgen machen, wenn ich mich ein paar Tage unangekündigt nicht melden würde. Als ich transportfähig war, wurde ich wieder betäubt und nach Hause gebracht. Andreas hatte Carsten gebeten, zu Hause auf uns zu warten, da in dem Krankentransport, der mich angeblich vom Flughafen bringen würde, kein Platz für ihn wäre. Zu uns kam dann regelmäßig dieser Andreas zur Nachsorge."

„Und den Arzt haben Sie tatsächlich nie gesehen?", fragte ich.

Jörn schüttelte den Kopf. „Ich kenne nur die Kontonummer in Kambodscha, die Ihnen ja von der Rechnung auch bekannt ist, von diesem Medical Center."

Wir führen, übrigens, keine Untersuchungen über Versicherungsbetrug. Natürlich könnten – oder sollten – wir Erkenntnisse an die Kollegen weitergeben, falls wir welche bekämen. Wir hatten sie natürlich längst. Aber als Erstes ermittelten wir mal unseren Fall. Und dann würden wir sehen. Mein Mitleid für betrogene Versicherungskonzerne hält sich in Grenzen.

„Ja", sagte Klawitter, „wir kennen die Kontonummer von Ihrer Rechnung." Dann machte er eine Kunstpause, um schließlich zu sagen: „Wir kennen übrigens mittlerweile auch die Kontoauszüge des Medical Centers."

Er ließ das bei Jörn einsinken. Und es sank ein: Seine Augen zogen sich in Sekundenbruchteilen zu zwei kleinen Schlitzen zusammen. Man hätte, trotz der Hintergrundmusik, eine Stecknadel fallen hören können. Eigentlich war die Musik ausgeblendet worden. Jedenfalls kam es mir so vor, so still war es.

„Ach?", sagte er nur.

Und dann, nach einer Pause: „Respekt."

Ich lächelte bescheiden.

Er hatte mich natürlich gar nicht gemeint, wie könnte er auch wissen, wer auf die Idee gekommen war, die Guesthouses anzurufen.

„Wir haben Ihre Überweisungen gefunden", sagte Klawitter.

Jörn wartete ruhig ab.

„Die späteren, die anderen, die, die sie nicht bei der Krankenkasse eingereicht haben", ergänzte Klawitter.

Jörn saß ganz ruhig da, aber mir war klar, dass es in seinem Hinterkopf arbeitete, ich hörte sein Gehirn rattern. *Transactie wordt verwerkt* – und wie! Er wusste, was gleich kommen würde, aber er wusste es eben erst seit genau diesem Moment, seit höchstens einer Sekunde – was mich an dieses wunderbare Graffito am Tacheles denken ließ: *„How long is now?"*. Er war auf diese Frage nicht vorbereitet, weil er nie im Leben auf den Gedanken gekommen wäre, dass wir an die Kontoauszüge rankommen würden.

War ja auch echt cool von uns gewesen.

Klawitter ließ ihn noch einen Moment zappeln. Dann sagte er: „Sie haben noch weitere Zahlungen geleistet, in den darauffolgenden Wochen. Ich kann Ihnen den Ausdruck zeigen." Klawitter machte eine Bewegung in Richtung seiner Brusttasche.

Aber Jörn winkte ab. „Wir haben Ratenzahlung vereinbart", sagte er.

Ich hatte wirklich Respekt vor diesem Kämpfer. Dass war zwar das Einzige, was ihm in diesen wenigen Sekunden eingefallen war, aber immerhin war überhaupt eine Antwort gekommen und er präsentierte sie mit überzeugender Souveränität.

„Dann haben Sie das natürlich Ihrer Versicherung in Rechnung gestellt." Klawitter sagte das ganz nüchtern, aber es war Traurigkeit in seinen Augen. Er wollte Jörn, den er sicher im Geiste Stieglitz nannte, bestimmt auch nichts Böses.

Ich sah den Hund in Klawitter, den Lawinenhund, der er ist, so wie ich übrigens ein Esel bin, aber warum, erzähle ich – vielleicht – ein andermal.

Ich sah Klawitter, den müden Hund, der nicht beißen will, aber was sollte er tun?

„Das waren ...", Jörn kam ins Stammeln. „Das waren Sonderleistungen, die die Versicherung nicht ..."

„Was denn für Sonderleistungen?"

„Für ... Verbandsmaterial."

„Das ist doch keine Sonderleistung."

„Für ..." Und dann hörte er auf zu sprechen, Jörn.

„Hat er Sie erpresst?", fragte ich.

Jörn rieb sich die Augen, das Gesicht, die Nasenwurzel.

Klawitter fragte: „Vielleicht haben Sie ja ein Alibi für die Nacht vom 14. auf den 15. August?"

Jörn sah auf. „Wofür brauche ich denn ein Alibi?"

„Sie wissen, dass Dr. Lars Widmer tot ist." Man kann wirklich sagen, dass ich diesen Satz in seine Augen schoss.

„Was? Nein! Wirklich?", rief er aus und sah uns mit großen Augen an.

Klawitter und ich wechselten nicht einmal einen Blick, so eindeutig war das eine Lüge. Jörn wurde leise, wenn er erschrak, wir hatten das in Gesprächen mit ihm schon mehrfach erlebt. Aber er erhob sicher nicht seine Stimme, so wie er es eben getan hatte.

Klawitter: „Wo waren Sie in der Nacht auf den 15.8.?"

Jörn lächelte müde. „Das ist der Geburtstag von Carstens Schwester. In der Nacht war er bei ihr in Magdeburg und ich war allein."

Klawitter seufzte.

Ich sagte: „Der Arzt hat Sie erpresst. Und Sie hatten Angst, dass Ihr Freund von der freiwilligen Amputation erfährt, Ihr Umfeld, Ihr Arbeitgeber, Ihre Familie, Ihre Freunde, alle. Alles wäre vorbei. Niemand würde Sie verstehen. Sie würden natürlich Ihren Job verlieren, denn Sie haben Ihren Arbeitgeber betrogen. Die Versicherung würde Tausende von Ihnen fordern, außerdem kämen Anwaltskosten auf Sie zu, Gerichtskosten. Ihr Freund würde Sie verlassen, alle würden sich von Ihnen abwenden – vordergründig, weil Sie sie belogen haben, aber wahrscheinlich in Wirklichkeit, weil sie Sie für pervers halten würden. Sie würden alles verlieren."

Jörn sah auf und sagte: „Ich habe doch niemandem etwas getan."

Aber ich fuhr einfach fort, obwohl es mir eigentlich keinen Spaß machte: „Und das wusste der Arzt. Er selbst wäre in Kambodscha in Sicherheit, für den Fall, dass Sie wegen der Erpressung zur Polizei gehen würden, was eigentlich sowieso ausgeschlossen war, aber selbst wenn: In Kambodscha kriegt man ihn nicht, die liefern nicht aus. Aber Sie würden ihn ja gar nicht anzeigen und das haben Sie ja auch nicht. Sie würden bezahlen. Und zwar immer weiter. Das wusste er. Und mit der Zeit dämmerte es auch Ihnen:

Wann wird das je enden? Er hatte Sie vollkommen in der Hand. Warum sollte er je mit der Erpressung aufhören?"

Jörn schüttelte stumm den Kopf.

„Es gab nur einen Weg, das zu beenden. Und das war sein Tod."

„Ich kannte ihn doch nicht mal, ich habe ihn nie gesehen", beharrte Jörn.

Worauf ich seufzte und Klawitter meinte: „Das würde ich auch sagen."

„Ich kannte ihn nicht."

„Er hat Sie erpresst?"

Jörn nickte resigniert.

„Wie dachten Sie, würde das enden?"

Er zuckte mit den Schultern. „Keine Ahnung. Ich bin auf Autopilot gelaufen. Keine Ahnung, wie das enden würde."

„Wissen Sie, Sie sind voller beeindruckender Tatkraft", sagte ich, „Sie hätten das nicht einfach hingenommen."

„Ich war müde, glauben Sie mir, ich war müde."

Das glaubte ich ihm und ich sah es ihm auch an.

„Wie haben Sie ihn gefunden?"

Aber er schüttelte nur den Kopf, völlig erledigt, stehend k.o.: „*No more*. Kein Wort."

„Dann müssen wir mit Ihren Kollegen ...", sagte Klawitter.

Jörn machte eine einladende Handbewegung: Dann tun Sie das.

Wir taten es nicht, noch nicht.

Wir nahmen ihn auch nicht in Untersuchungshaft. Einerseits waren die Verdachtsmomente noch nicht stark genug. Andererseits würde er nicht fliehen. Würde er nicht. Ja, der Rollstuhl wäre ein Hinderungsgrund, aber nicht der entscheidende. Der entscheidende Grund, warum er nicht fliehen würde, war seine Müdigkeit. Er konnte einfach nicht mehr.

42

Es war 13:07 Uhr, als wir gemeinsam das Neue Ufer verließen. Jörn rollte die staubige Hauptstraße hinunter Richtung U-Bahnhof Kleistpark. Selbst hier, wo lange Zeit wahrlich nicht Berlins schickste Ecke gewesen war, begann man, die Gentrifizierung zu spüren. Bio-Märkte, wo einst Discounter gewesen waren.

Nicht weit von hier, gleich um die Ecke, direkt neben dem berüchtigten Sozialpalast, hatte ich vor Jahren mal ein Date gehabt, in einem Haus, dem der Abriss unmittelbar bevorstand. Es waren nur noch zwei oder drei Wohnungen darin bewohnt, in einer davon traf ich mich mit einem Pärchen, von dem der eine mir gefiel, der andere gar nicht. Der Unsympathische rauchte unglaubliche Mengen Gras, die ganze Zeit in einem riesigen Bong. Es gelang mir, den Sympathischen dazu zu bewegen, mit seinem Hund und mir rauszugehen, um mich dann während des Spaziergangs zu empfehlen. Er konnte das bestens verstehen. Ich weiß noch, wie er mir erzählte, dass seine Mutter beim ersten Besuch in seiner Wohnung in Tränen ausgebrochen sei.

Jaja, damals war – wie die große Tunte Juwelia einst sagte, wenn auch über Neukölln – hier noch Nahkampf in den Straßen.

Die jetzt Jörn hinunterrollte. Kurz hatte ich den Flash eines Abschlussbildes. Wie das Ende eines Films. Seine einzige Fluchtmöglichkeit wäre Suizid, zu etwas anderem hatte er keine Energie mehr. Aber auch eine Selbsttötung – nein. Der Kerl war hart im Nehmen. Sensibel, aber tough.

Die Sensiblen sind natürlich immer die Härtesten, weil sie mehr aushalten müssen als so ein grober Klotz ohne Nervenenden, der sowieso nichts wahrnimmt.

Es war wieder verdammt heiß und ich hoffte, dass Klawitter darauf bestehen würde, die Klimaanlage im Auto
einzuschalten, ich würde zwar protestieren, aber vorsichtig, um sicherzugehen, dass er sich durchsetzte.

Wir aßen ein paar Meter weiter einen Döner.

Erst danach schalteten wir unsere Handys wieder ein
– ja, wir hatten uns eine Mittagspause genehmigt.

Auf Klawitters Mailbox war Andrea: Sie hatten bei der
Hausverwaltung eine Adresse bekommen, zu einer Wohnung, die Widmer gemietet hatte. In Spandau.

Wir fuhren raus. Durch die Backsteinbauten der Sie-
mensstadt – Teile von ihr sind Weltkulturerbe, worauf
zumindest ich nie gekommen wäre –, weiter über die
Nonnendammallee am Heizkraftwerk Reuter West vorbei, Lagerhäuser, Flachbauten auf weiten Grundstücken,
rechts die Metro, Autohäuser, eine Autowaschstraße, Reifen Müller, Schuhcenter. Es ist ein verdammt weiter Weg.
Waren wir hier überhaupt noch zuständig? Es ist so weit,
dass man sich zuraunt, es seien schon Menschen auf dem
Weg nach Spandau verlorengegangen.

Aber wir schafften es und trafen die anderen dort.

Wittgensteiner Weg 3, Hochhäuser und Wohnblocks,
die ich auf Baujahr Ende Sechziger oder Anfang Siebziger schätzte. Sie hätten einen neuen Anstrich gebrauchen
können. Andrea und Monika parkten vor einem vierstö-
ckigen Riegel. Direkt vor diesem Haus war ein Parkplatz
und über dem Wittgensteiner Weg war ein weiterer brei-
ter Parkstreifen, auf dem man sein Auto quer zur Straße
abstellen konnte. Aber viele Wagen standen hier nicht.

Immer wieder flogen Flugzeuge recht niedrig und deutlich hörbar im Landeanflug auf Tegel über uns.

Unter dem mit Backstein verkleideten Treppenhaus der
Hauseingang, der direkt – barrierefrei übrigens, im Geiste hatte ich längst begonnen, diese Ermittlungen den „Fall

der wenigen Stufen" zu nennen – auf den Parkplatz führte, auf dem Andrea und Monika standen.

Klawitter und ich stiegen aus – unverschwitzt, da Klawitter auf der Klimaanlage bestanden hatte, ich war chancenlos gewesen. Ich sagte „Hi, girls" und ging ins Haus, meine Sonnenbrille absetzend, Klawitter natürlich auch. Die Kolleginnen hatten die Türen offen gelassen, so dass klar war, wo wir hinmussten: Nämlich die fünf Meter vom Auto zum Eingang, dann gleich rechts in die erste Wohnung Parterre. Wie sich herausstellte, war es eine Zwei-Zimmer-Wohnung, Richtung Parkplatz die Küche, nach hinten ging es in die beiden Zimmer, an eine Tür hatte ein Witzbold eine Ansichtskarte mit einem Palmenstrand-Motiv geklebt, auf der in geschwungener Schrift stand: ,*Welcome to Cambodia!*'

Ah, *Flying to Cambodia* … Ich muss immer an dieses Lied von Kim Wilde denken.

Monika überholte uns und öffnete die Tür. Mit beiden Händen wies sie in den Raum: „Ich präsentiere: das Medical Center."

Da hat sich jemand aber ganz schön in der Rechnungsadresse vertan, dachte ich.

Wir sahen uns um. Ein Krankenbett, medizinische Geräte, nichts wirkte sonderlich modern, aber durchaus in Schuss, dem Anschein nach. Alles war sauber und ordentlich.

Irgendwie war das alles so surreal.

Klawitter kratzte sich am Kopf. „In dieser stinknormalen Butze sollen die dem das Bein abgeschnitten haben?"

„Und wer weiß, was hier sonst noch alles passiert ist", meinte Andrea.

Klawitter sah sie zweifelnd an und blickte dann um sich.

Ich hatte ja auch auf einen unterirdischen Operationssaal gehofft, mit versenkbarem Mini-U-Boot für die Flucht und solche Geschichten, weiße Katzen, Haifischbecken.

Ich finde, ohne eine weiße Katze ist so ein Verbrecher nicht das Wahre.

Monika, die ja schon vor uns hier angekommen war und also den Gedanken, dass die Amputation hier stattgefunden haben könnte, bereits länger hin und her geschoben hatte, sagte: „Naja, früher haben die Leute in Feldlazaretten amputiert – und wenn man 1914 im Schützengraben ein Bein abnehmen konnte, dann kann man das hundert Jahre später doch wohl auch in einer Spandauer Zwei-Zimmer-Wohnung."

„Hm", stimmte Klawitter zu. Jedenfalls interpretierte ich diese Äußerung als Zustimmung.

„Aber die müssen doch gesägt haben", wandte ich dann ein, „ich meine, hier sind Nachbarn und so ... und so 'ne Säge, ich meine, die wird ja wohl elektrisch gewesen sein, die macht Lärm."

„Na, dann haben sie eben Lärm gemacht. Wie lange soll das dauern? 45 Sekunden?" Monika gefiel offensichtlich die Idee, dass sie es einfach hier durchgezogen hatten. „Wenn du bei einem Nachbarn eine Säge hörst, denkst du dann: ‚Da sägt halt einer'? Oder klingelst du und sagst: ‚Bitte keine illegalen Amputationen nach 22 Uhr'?"

Wieder hörten wir ein Flugzeug im Landeanflug und Klawitter meinte: „Der Lärm von den Fliegern dürfte ihnen eher genützt haben."

Ich begann langsam Sympathie für diese Räumlichkeiten zu entwickeln, ähnlich wie Monika, es hatte einfach so viel Chuzpe. Was für eine Dreistigkeit. Und dabei so nüchtern und pragmatisch. Ich sah mich ein wenig um, sah auch in das andere Zimmer, darin war ein weiteres Bett – offensichtlich konnte hier eine Betreuungsperson übernachten, während in dem anderen Operationssaal und Patientenzimmer gleichzeitig gewesen zu sein schienen.

Für die kleine Wohnung zahlten sie wohl keine 400 Euro Miete. Jörn hatte 10.000 für die OP berappt, von der Erpressung abgesehen, wenn man so was – und wer weiß, was sonst noch – gelegentlich macht, kann das recht einträglich sein.

„Und rein und raus aus der Wohnung?", fragte Klawitter.

„Naja, es sind nur ein paar Meter zum Auto. Du kannst die Patienten schon im Rollstuhl reinbringen, wahrscheinlich abends. Dann denken die Nachbarn, falls sie überhaupt etwas bemerken, naja, da war eben ein Rollstuhlfahrer zu Besuch", sagte Andrea.

Monika ergänzte: „Wir haben mit einigen der Nachbarn gesprochen. Die interessieren sich natürlich überhaupt nicht für die Wohnung. Beziehungsweise jetzt, also wenn die Polizei klingelt, nachdem sie geklingelt hat, schon." Dann erklärte sie noch mal: „Also erst jetzt interessieren sich die Nachbarn für die Wohnung."

„*Got it*, Monika", sagte ich und zwinkerte ihr zu.

„Das war wohl so ähnlich wie bombenbastelnde Terroristen in der Nachbarschaft, die auch niemand bemerkt", brummelte Klawitter.

„Außer wenn gelegentlich was explodiert", meinte Andrea.

Klawitter sagte: „Wumms!"

Monika fuhr fort: „Einer der Nachbarn dachte, die testen hier irgendwelche Geräte, die Behinderten im Alltag helfen sollten. Das hatte ihm gegenüber einer der Mieter dieser Wohnung hier angedeutet, den er mal getroffen hatte."

„Ach. Den hat er nicht zufällig beschrieben?", fragte Manitu.

„Doch, Chef", sagte Monika, „und noch zufälliger hatte ich ein Foto von ihm auf meinem Handy dabei: Erik."

„Hübsch", fand ich. Dass die Nachbarin ihn gesehen hatten, Erik, meinte ich damit, nicht Erik selbst. Obwohl das natürlich auch.

„Und Widmer?", fragte Klawitter.

„*Nope*." Andrea schüttelte den Kopf. „Hat niemand je gesehen."

Er war vielleicht kein Sympathieträger, dieser Widmer, aber ein Profi war er mit Sicherheit.

Ich sah ihn vor mir, hier in diesen Räumen, mit Erik, wie sie blutverschmiert hin und her liefen, lebende Menschen zersägten und dann nachher dem Nachbarn „Hallo" sagten, um auf dem Heimweg vielleicht noch kurz bei Penny einen Salat zu kaufen.

Für mich machte diese Vorstellung total Sinn. In den USA – ich hatte einen Dokumentarfilm gesehen, ganz seriös auf Phoenix –, in den USA, genauer: nicht weit von Las Vegas und natürlich in Langley, sitzen Soldaten in Büros an Fernsteuerungen für Drohnen und bringen mit Hilfe dieser Drohnen in Kriegsgebieten in Afghanistan und sonstwo auf der Welt gegnerische Soldaten um. Mittags gehen sie dann in die Kantine: „Hm, Pommes oder Broccoli? Ach, heute mal Broccoli, Pommes machen so dick."

Ich meine, dagegen ist es doch vollkommen banal, wenn mein Nachbar jemandem ein Bein absägt, der das sogar will.

„Da muss es doch Abfälle geben", sagte ich, „medizinische Abfälle, die können die hier doch nicht einfach in den Hausmüll gepackt haben. Das dann doch nicht!"

„Und wenn er sie mitgenommen hat, in sein Krankenhaus?", fragte Monika. „Da hatte er bestimmt Möglichkeiten."

Klawitter: „Er wird ja nicht alles in die Havel geworfen haben."

Stimmt, Chef.

Die Stößenseebrücke, von der möglicherweise – wir hatten das ja in grauer Vorzeit mal vermutet, die Älteren dürften sich erinnern – das Bein geworfen worden war, lag genau auf dem Weg von hier zu Widmers Wohnung.

„Warum hat er das Bein nicht in seinem Krankenhaus entsorgt?", fragte Andrea.

Es wurde ruhig.

Dann sagte Monika: „Er wurde gestört."

Wir fuhren auf dem Rückweg in die Stadt mit beiden Autos über die Stößenseebrücke, um uns die Möglichkeiten dort anzusehen. Als wir sie überquert hatten, bog Andrea, die vor uns fuhr, in eine kleine Seitenstraße ab. Wir konnten hier problemlos stehen bleiben.

Widmer in besagter Nacht also auch.

Klawitter und ich stiegen aus und gingen gemeinsam mit Monika und Andrea zurück auf die Brücke.

„Also wir wissen es nicht, aber es bietet sich an", sagte Klawitter, „dass Widmer hier entlangkam, die Gelegenheit sah, anzuhalten und das Bein runterzuwerfen."

„Er muss ganz schön in Panik gewesen sein", meinte Andrea.

Die Autos rauschten an uns vorbei, nicht der ruhigste Platz für eine Besprechung, während wir die Havel hinuntersahen.

Verrückte Vorstellung, dass in einer Nacht vor wenigen Monaten genau hier ein dicker Mann, der ein menschliches Bein in den Händen hielt, in Panik die Straße langgelaufen war und es ins Wasser geworfen hatte. Ich hörte ihn atmen, keuchen, seine Angst. Gehetzte Blicke, Autos fahren vorbei, auch nachts, wenn auch nicht viele – und es ist vollkommen möglich oder sogar wahrscheinlich, dass die Autofahrer das Bein nicht gesehen oder es nicht als etwas Besonderes bemerkt hatten.

Und völlig verrückt fand ich auch, dass das alles geschah, obwohl bis zu diesem Zeitpunkt gegen niemandes Willen gehandelt worden war. Alle Beteiligten wollten, dass geschah, was geschehen war, niemand war – subjektiv – zu Schaden gekommen.

„Wieso in Panik?", fragte ich.

„Weil er sonst nicht so gehandelt hätte", antwortete Andrea. „Das war eine Industrie, das haben wir doch gesehen. Die mieten diese Wohnung nicht für eine einzige OP – die haben da mehr illegales Zeug gemacht. Und wie gesagt: Es war … vielleicht nicht industrialisiert, aber auf jeden Fall geplant, und zwar mit Hirn, was wiederum heißt, der Operationsabfall oder wie man das nennt wurde normalerweise auch auf eine sinnvoll geplante Art entsorgt, und das war, ich schwöre es, nicht die Stößenseebrücke."

„Sondern wahrscheinlich Widmers Krankenhaus", meinte Klawitter.

„Bestimmt", bestätigte Andrea, „wir werden das überprüfen, aber natürlich geht das. Natürlich kann der Arzt da ein menschliches Bein und Ähnliches loswerden."

Natürlich kann er das, in unserer schrabbeligen Stadt. In München wird wahrscheinlich über jeden Fußnagel Buch geführt – aber bei uns, vergiss es.

„Und daraus folgerst du", sagte Klawitter, „dass diesmal so richtig etwas im Argen lag, sonst wäre er nicht so weit von der üblichen Methode abgewichen."

Andrea nickte. „Wo du recht hast, hast du recht."

Monika: „Er wurde verfolgt, aber nicht bis hier. Sonst hätte er nicht angehalten."

Moi: „Genau. Er hatte den Verfolger abgeschüttelt, aber er war immer noch in Panik. Das Bein musste weg, ganz schnell. Er konnte sich nicht sicher sein, ob der Verfolger sein Autokennzeichen notiert hatte. Heute Nacht noch konnte die Polizei vor seiner Haustür stehen und einen Blick in seinen Kofferraum werfen wollen. Er konnte nicht bis zum nächsten Tag warten, um das Bein im Krankenhaus zu entsorgen. Es musste weg."

So weit, so gut.

Alle waren ein wenig still und grübelten vor sich hin.

Transactie wordt verwerkt.

Unten ruderte ein Achter vorbei, da ist ein Ruderclub nicht weit. Einen Moment lang beneidete ich die Ruderer, aber dann doch nicht. In der prallen Sonne im Gleichtakt Sport treiben, ich weiß nicht.

Klawitter fasste noch mal zusammen: „Ja, er hatte Grund zur Angst, dass der Verfolger sein Kennzeichen gesehen hatte."

Andrea unterbrach: „Genau. Und umgekehrt? Wir haben ja ein Autokennzeichen gehabt, in dieser ganzen dödeligen Geschichte. Weil ja auch Widmer ein Autokennzeichen gesehen haben könnte, was er dann wiederum notiert haben könnte Schrägstrich würde. An welchem verdammten Tag war das? Dieser Google-Such-Quatsch. Kann das der Tag welcher gewesen sein, der Operationstag?"

„Was hat das eigentlich alles mit dem Mord zu tun, um den es uns eigentlich geht?", fragte ich, um die Leute ein bisschen zu ärgern.

Und dann passierte etwas Ungewöhnliches: Und zwar kam Klawitter – ja! – an mir vorbei, sagte: *„On va voir, ma petite"* und küsste mich auf die Schläfe.

Ich meine: *what*?! Wird der jetzt auch noch zur Tucke?!

Zeit, ins Büro zu fahren. Also wirklich, diese Hitze machte uns offensichtlich alle vollkommen kirre.

43

Es wurde langsam Abend. Ich hätte am Wannsee liegen sollen, wo ich hingehörte. Jetzt käme bestimmt gerade die Durchsage, dass heute länger geöffnet bliebe. Das Gebäude würde kupfern leuchten. Noch ein Bierchen. Gegenüber geht die Sonne unter. Am Strand klatschen fette Schwänze im Gehen von Oberschenkel zu Oberschenkel.

Ach.

Aber!

So komisch es klingt: Ich wollte heute lieber arbeiten. Erstaunlich, aber wahr.

Wir näherten uns dem Ende, das war spürbar und ich wollte jetzt hinter diesen ganzen Quatsch kommen.

Also Besprechung.

Im Hinsetzen sagte Andrea, während sie auf ihr iPad sah: „Also nach dem Autokennzeichen von Ammann hat Widmer am 2.4. gesucht."

„Das ist der Tag, den uns Jörn als OP-Tag genannt hat", stellte ich fest.

„Hm", meinte Klawitter, „nachher fährt einer von uns raus zu diesem Ammann und macht Reiterferien. Aber erst mal alles durchsprechen." Zu den Damen: „Wir waren ja bei Stieglitz." Klawitter fasste kurz das Gespräch zusammen.

„Das Schwein hat ihn erpresst?", fragte Monika.

„Naja", antwortete ich, „das hatten wir uns anhand der Kontoauszüge ja schon gedacht."

„Ja, okay, aber die Bestätigung zu kriegen ist ja noch mal was anderes ...", maulte Monika.

„Ja, ich weiß, hast ja recht."

„Jedenfalls", fand Andrea, „motiviert das zu einem solchen Mord aus Leidenschaft, wie wir ihn vorgefunden haben? Ich meine – da kann man schon viel Hass entfalten. Verzweiflung. Unglaubliche Wut. Wirklich, wie Monika sagt: Was für ein Schwein! Immer wieder rauf auf den Kopf mit der Flasche ..."

Happy water, ergänzte ich in Gedanken.

Monika griff sich die Fotos vom Tatort und die Skizze der Räumlichkeiten. „Im Rollstuhl oder wie? Das geht?"

„Das macht sogar vollkommen Sinn", fand Klawitter. Er deutete auf den zurückgeschobenen Sessel: „Wir haben ja angenommen, der Sessel wäre im Kampf zurückgeschoben worden. Aber ist es nicht gut möglich, dass er weggenommen worden war, um Platz für den Rollstuhl zu machen? So dass Stieglitz am Tisch sitzen konnte?"

„Könnte sein", meinte ich, „was bedeuten würde, er war schon drei Monate nach der Amputation fit genug für einen Mord?"

Klawitter nickte. „Könnte ich mir vorstellen."

Andrea hatte einen Moment vor sich hingeguckt und sagte dann: „Wir werden wohl nicht viele Spuren von ihm in der Wohnung finden, Fingerabdrücke oder DNS meine ich." Als sie unsere fragenden Blicke auffing: „So ein Rollstuhlfahrer berührt nicht viel, denke ich, oder? Setzt sich nirgendwo hin, legt seine Hände nicht auf Sessellehnen, zu trinken hat er ja auch nichts bekommen ..."

Allgemeines Nicken.

„Am Körper des Toten wurde keine fremde DNS gefunden", dachte Monika laut.

„Nee", bestätigte Andrea, „das ist bei dieser Art des Gewaltverbrechens zwar ungewöhnlich, aber kommt leider durchaus vor. Der Täter hat da auch einfach Glück gehabt."

„Also noch mal das ganze Geschehen zum Mitschreiben", fasste Klawitter zusammen, „sie treffen sich – woher weiß er, wo Widmer wohnt?"

Monika schlug vor: „Er ist Erik Brandstedt gefolgt. Irgendwann. Der war ja regelmäßig bei Jörn Stieglitz und eines Tages hat Jörn sich an Eriks Fersen geheftet."

„Wobei er nicht wissen konnte, dass Erik und Widmer ein Paar waren", warf ich ein.

Andrea dachte nach. „Ja ... Aber dass sie sich kannten, war ihm natürlich klar. Und dass sie sich mal treffen würden, war naheliegend. Oder?"

Klawitter nickte. „Er sah wahrscheinlich auch keine andere Chance und hat sich dann eben an diesen Strohhalm geklammert."

„Jedenfalls ist es möglich", fasste Monika zusammen.

Klawitter: „Stieglitz und Widmer treffen sich, Erpressung, Streit, wann hörst du auf, Geld von mir zu fordern, et cetera, blabla, es schaukelt sich hoch – und in einem unbeobachteten Moment greift sich Stieglitz die Flasche und zieht sie dem Doc über die Birne. Der ist sofort – siehe Obduktionsbericht – bewusstlos und kippt vom Sofa. Unser einbeiniger Meister robbt aus seinem Rollstuhl und kloppt Doctor Hyde weiter auf die Birne und schlitzt ihm schließlich den Hals auf, bis der ins Nirwana segelt. Dann schnauft er durch, fasst sich wieder, packt den Flaschenhals ein und verkrümelt sich, ohne Fingerabdrücke zu hinterlassen, indem er die Türen mit dem Ellenbogen öffnet. Und dann ab ins Taxi und heim?"

„Naja", meinte Andrea, „so in der Art."

„War er nicht völlig blutverschmiert?", fragte ich.

Andrea sagte: „Muss nicht unbedingt sein. Die starken Blutungen kamen nur aus dem Hals. Wenn er sich aus der Fontäne rausgehalten hat, hat er vielleicht nicht so viel abgekriegt. Die Fontäne ging ja auch mehr an die hintere Wand als an die Decke. Und er muss" – sie zeigte auf die Skizze – „auf der anderen Seite des Toten gekniet haben. Und falls er doch was abbekommen haben sollte, kann er es sich auch abgewischt haben, vielleicht hat er sich ein Küchenhandtuch geschnappt, sein T-Shirt – es gibt Möglichkeiten."

„Selber gefahren sein kann er nicht?", fragte Monika.

„Nee", antwortete Klawitter, „glaub ich nicht. Das war dann doch zu früh nach der OP. Es sei denn, die hätten vorher schon ein Automatik-Auto gehabt – auch das sollten wir herausbekommen."

„A propos Auto", warf ich ein, „wir wollten doch noch mit Ammann sprechen."

44

Die Damen fuhren raus zu Ammann, was den Vorteil für sie hatte, dass sie am Wandlitzsee vorbeikommen würden, wo sie – auf dem Rückweg – ins Wasser hüpfen könnten, wenn sie einen Parkplatz fänden. Aber ich beneidete sie nicht. Ich wollte zu meinem Jörn.

Noch mal auf den Busch klopfen. Jörn Stieglitz hatte ein paar Stunden Zeit gehabt, um zu grübeln, das kann ihn einem Geständnis näherbringen, so was haben wir schon erlebt. Außerdem hatte Klawitter noch mal Andreas Einschätzung geholt, unauffällig, er hatte wie so oft vermieden, sie direkt zu fragen, aber er hatte doch rausgehört, dass sie Jörn für einen plausiblen Täter hielt.

Also fuhren wir noch mal zu ihm an den Willmanndamm. Vor dem Petite Europe – warum eigentlich hat ein italienisches Restaurant einen französischen Namen? – saßen viele Gäste, jeder Platz vergeben. Eine gemütliche kleine Trattoria, die ich nun auch schon seit vielen Jahren kenne, während derer ich keine Veränderung an der Speisekarte festgestellt habe.

Auf dem Weg hierher war mir eingefallen, dass man Widmer eigentlich „Dr. Jekyll und Dr. Hyde" nennen könnte.

Jörn war allein, Carsten, der praktischerweise Krankenpfleger war, hatte Spätschicht.

Wir setzten uns ins Wohnzimmer.

Jörn war müde, müde, müde. „Was führt Sie denn schon wieder zu mir?"

„Dieselbe alte Geschichte", meinte Klawitter, „nichts Neues. Wir haben uns noch mal besprochen. Es sieht alles nicht gut aus für Sie."

Jörns Gesicht war eingefallen.

„Ein Geständnis würde Ihnen vor Gericht helfen", sagte Klawitter.

Jörn reagierte immer noch nicht.

„Wissen Sie, selbst wenn wir keine Fingerabdrücke oder DNS-Spuren von Ihnen am Tatort finden, entlastet Sie das nicht, weil es gut möglich ist, dass Sie keine hinterlassen haben", fuhr Klawitter fort.

Jörn sah auf: „Sie werden mir nicht beweisen können, was ich nicht getan habe."

„Aber Sie wissen, ich sag's nicht gerne, aber es ist unser Job, dass wir uns Antworten aus Ihrem Umfeld holen müssen, wenn wir sie nicht von Ihnen bekommen."

In den Stunden unserer Abwesenheit hatte Jörn offensichtlich nachgedacht, wie schon das letzte Mal, und war längst zu einem Entschluss gekommen. Deswegen sagte er so schnell, was er jetzt sagte: „Haben Sie schon mal den Namen Michael Orth gehört?"

Ich sagte: „*Quoi*?!" Um ein Haar hätte ich aufgekreischt.

Als wir in der Nürnberger Straße ankamen, war Silke Orth schon vorbereitet – und nicht nur sie allein. Es war schon späterer Abend, heute war wirklich ein langer Tag, 21:30 Uhr. Ein sanfter, zarter Abend, seidige Luft, warm und verspielt.

Ich grüßte sie freundlich, als wir die Wohnung betraten, und stellte Klawitter vor. Er war ganz offensichtlich von ihrer eleganten Erscheinung beeindruckt, aber die Stimmung war sehr ernst.

Frau Orth sah mich freundlich an: „Ihre sympathische Kollegin ist diesmal nicht dabei? Und bitte entschuldigen Sie, dass ich das letzte Mal nicht vollkommen aufrichtig zu Ihnen war."

„Nicht in jedem Detail." Ich gab ihr freundliches Lächeln zurück. Sie hatte uns ganz schön die Hucke vollgelogen, die Alte, Mann … „Er saß im Zimmer nebenan?"

Sie nickte. „Er sitzt seit Wochen im Zimmer nebenan. Wo soll er denn hin?"

Wir betraten das Wohnzimmer.

Sie hatte ein Fenster offen stehen und aus einer Wohnung wehte ein leiser Bob-Dylan-Song herein: *„The man in me will hide sometimes to keep from being seen. But that's just because he doesn't want to turn into some machine."* Mid-tempo.

Zwei Gläser Rotwein standen auf dem Couchtisch und Silke – ich nenne sie jetzt bei ihrem Vornamen, wir treffen uns immer noch gelegentlich, das ist vielleicht nicht richtig *comme il faut*, sich mit einer Zeugin anzufreunden, und dann noch eine, die uns so dreist belogen hat, aber sie ist eine verdammt coole Frau und so ist es eben passiert. Silke jedenfalls holte noch zwei Gläser aus einem Schrank und goss Klawitter und mir auch ein wenig von dem *happy water* ein. War das erlaubt? Wohl nicht, egal.

Es war ein schwerer Shiraz. Schönes Zeug – und schwer. Ich finde das Wort „Abgang" irgendwie peinlich, aber der Geschmack dieses Weines vervielfachte sich nach dem Runterschlucken unglaublich im Mund, wie eine Explosion in Zeitlupe.

Es war so ein schöner Abend. So viele Stimmungen gleichzeitig.

Micha saß in seinem Rollstuhl am Tisch. Er war immer noch verdammt hübsch. Nicht mehr der gehetzte junge Mann von den Fotos, aber seine Züge waren immer noch schön, wenn auch unerträglich traurig. Aber dann auch wieder ruhig. Jetzt würde sich endlich etwas ändern.

Ich habe mal im Radio ein Interview gehört, mit einem Surfer, der von der Ebbe aufs Meer hinausgezogen worden war, kilometerweit, und er war völlig sicher, dass er nun sterben würde, fraglos, es gab objektiv keine andere Möglichkeit. Und er beschrieb, das wäre gar nicht so schlimm gewesen. Dann war es jetzt eben so. Er hätte nur überlegt, ob man wohl seine Leiche finden würde und was für eine Aufregung sein Tod für seine Eltern darstellen würde – aber das Hauptgefühl wäre Ruhe gewesen. Ich glaubte ihm jedes Wort und diese Art von Ruhe schien Micha auszustrahlen.

Der Surfer war damals durch unglaublichen Zufall von einem Fischer gerettet worden.

Wir gaben uns die Hand und auch Klawitter und er grüßten sich freundlich.

„Ich habe natürlich mit Jörn gesprochen“, sagte er, seine Stimme war ziemlich hoch und ein wenig heiser. „Natürlich kann er nicht für meine Tat in den Knast gehen. Und ich kann auch nicht ewig bei meiner Schwester im Arbeitszimmer sitzen.“

Er hatte ein leichtes Laken über seinen Beinen und seinen Füßen.

Er sagte mit einem kleinen Lächeln: „Ich habe mich für Sie hübsch gemacht. Halten Sie sich fest. Ich zeige Ihnen jetzt was Unvergessliches.“ Und ein wenig ernster hinterher: „Damit Sie verstehen, um was es geht.“

Und dann zog er das Laken weg. Wo ich gerade noch seine Füße vermutet hatte, denn ich wusste es noch nicht, hatte er Pferdehufe, nicht Hufeisen, sondern Hufe, Pferdefüße, wenn man so will.

Der Inselhengst.

Mir wurde schlecht.

Ich musste mich zwar nicht übergeben, aber irgendwas in meinem Magen war absolut nicht in Ordnung, ganz plötzlich, in diesem Moment. Ich hörte auch, wie Klawitter fast seinen Wein ausspuckte.

Wir saßen eine Weile lang vollkommen wortlos.

Dann sagte er: „Sie sind nicht echt, das ist Hartgummi und Plastik. Sie sind auch nicht am Knochen befestigt, sondern nur draufgesteckt und festgeschnallt, wie ganz normale Prothesen.“

„Was ist geschehen?“

„Herbert wollte es so sehr. Es war ihm so ein großer Wunsch. Er wollte ein menschliches Pferd haben. Er hatte mich immer schon ‚Hengst‘ genannt, ‚Inselhengst‘, ich komme doch von Spiekeroog, er wollte das, mich, perfektionieren." Er lächelte traurig. „Und ich war ihm vollkommen hörig. Ich hatte mich aufgegeben. Es war mir egal, wie lange ich noch leben würde. Ich hatte ja schon einige Selbstmordversuche hinter mir. Also habe ich eingewilligt."

Ich zuckte zusammen, als hätte mich ein Messer gestochen.

„Um es klar zu sagen", fuhr Micha fort: „Ich wollte das zwar nicht von mir aus, aber ich habe formal eingewilligt. Ich wurde nicht heimlich betäubt und operiert – so war es nicht. Es wäre heute leichter für mich, wenn es so gewesen wäre. Aber so war es nicht. Ich habe zugestimmt."

„Allerdings abhängig, hörig …", bekam ich heraus, kaum meine Stimme findend.

Klawitter starrte die ganze Zeit sprachlos auf die Hufe.

„Ja", antwortete Micha, mit den Schultern zuckend, was zu bedeuten schien: Beweisen Sie das mal oder auch: Was soll das bringen?

„Das ist jetzt über ein Jahr her, die Operation. Ich konnte auf diesen schrecklichen Dingern nie richtig laufen. Nur mit Krücken." Er wies mit dem Kopf hinter sich. „Ich bin meistens im Rollstuhl unterwegs und gelegentlich auf Krücken." Sie waren an seinem Rollstuhl befestigt. „Herbert hat mich eine Zeit lang bei sich versteckt. Und letzten Winter hatte er genug und er hat gesagt, dass er mich rauswerfen will, er hat die Schnauze voll von mir, ich solle in den nächsten Monaten schauen, dass ich woanders unterkommen würde."

Ich verzog schmerzhaft das Gesicht.

„Das war ein schrecklicher Schock. Und irgendwo auch ein Impuls. Vielleicht doch wieder ins Leben zurückzukommen." Er machte eine kurze Pause. „Ich kannte diesen Arzt nicht, der mir damals die Füße amputiert hat, ich habe ihn nie gesehen. Aber ich hatte ja ein paar Monate Zeit, bevor Herbert mich endgültig vor die Tür setzen würde. Also suchte ich nach diesem Arzt. Ich hätte mich nicht getraut, in ein Krankenhaus zu gehen, ich habe mich viel zu sehr geschämt." Er sah mir in die Augen: „Am meisten schäme ich mich, dass ich mein Einverständnis dazu gegeben habe."

Pause.

„Und dann fand ich in einem Internet-Forum Hinweise auf einen Arzt, der illegale Amputationen machte." Ich kannte diesen Thread, wir hatten uns mittlerweile in dem Forum umgesehen. „So habe ich Jörn kennengelernt. Der war natürlich interessiert daran, von mir zu hören, ob dieser Arzt seine Arbeit versteht. Und naja: Die Amputation hat funktioniert. Diese entsetzlichen Dinger, die Hufe … So was wollte Jörn ja gar nicht. Insofern: Ja, der Arzt versteht sein Handwerk."

Naja, dachte ich, ob das mit dem hippokratischen Eid zu vereinbaren ist, weiß ich nicht.

„Ich hab auch nicht versucht, Jörn seine Amputation auszureden, das war ja eine völlig andere Geschichte. Er wollte das seit Jahren, Jahrzehnten. Ich habe mich nur benutzen lassen." Er machte eine kurze Pause. „Ich hatte mir von Jörn versprechen lassen, dass ich ihm zu seiner Operation folgen darf, um den Arzt anzusprechen, ob er mich irgendwie wieder gesund operieren könnte. Ich war völlig verzweifelt, verstehen Sie? Und er war der Einzige, an den ich mich wenden konnte, dachte ich, vor dem ich mich nicht schämte, er war ja genauso schlimm wie ich, er wusste ja alles. Aus Jörns Sicht war ich ein Aufpasser, was ihm natürlich auch sehr recht war, schließlich gab er sich in die Hand dieser Unbekannten. Ich habe mir Herberts Auto genommen und habe während der Operation vor der Wohnung gewartet."

‚Mit den Dingern Auto gefahren?', dachte ich gerade und offensichtlich hatte er meinen Blick wahrgenommen und richtig interpretiert.

„Ja, ich kann damit ganz gut fahren. Sie sind", er zeigte es mir, „sehr stabil an den Unterschenkeln befestigt und beim Autofahren ist die Belastung darauf ja lange nicht so groß wie beim Gehen. Also – ich darf damit natürlich nicht fahren. Aber", und er lächelte mich freundlich an und hinter seiner Traurigkeit sah ich noch die Reste seines zerstörten Charmes: „Sie müssen das ja nicht der Polizei sagen."

Ich lächelte zurück: „Versprochen."

Er fuhr mit seiner Geschichte fort: „Nachdem Jörn und ein Krankenpfleger, den ich von meiner Operation kannte, in die Wohnung gegangen waren, wartete ich und viel später kam ein dicker Mann, den ich nicht kannte. Ich konnte ihn auch durch die Fenster sehen. Das musste also der Arzt sein. Als er viel später rauskam, hatte er etwas dabei, was das Bein sein musste. Ich versuchte, ihn anzusprechen, aber er floh sofort. Ich folgte ihm mit dem Auto, aber er entkam mir. Dann bin ich zurückgefahren zu dem Haus, in dem die Operation war, und bin später dem Krankenpfleger gefolgt bis zu dessen Zuhause. Ich hatte die Hoffnung, dass er irgendwann den Arzt treffen würde. Dass die beiden ein Paar waren, war natürlich unglaubliches Glück. Jedenfalls habe ich so Widmers Adresse gefunden. Und eines Abends habe ich ihn dort abgepasst. Weil er Angst hatte, dass ich Lärm veranstalten würde, hat er mich reingebeten. Da habe ich ihn dann angefleht, mir zu helfen. Ich habe mein ganzes Leben in seine Hand gelegt. Aber er hat mich ausgelacht, schallend gelacht – was hat der gelacht! Und es war, als ob die ganze Welt über mich lachen würde, alle, alle, mein Vater, Herbert, alle, die mich benutzt und weggeworfen haben, alle, alle haben sich ausgeschüttet vor Lachen." Er dachte zurück an den

Moment, es sah ein wenig aus, als würde er die Erinnerung genießen. „Jetzt lacht er nicht mehr. Und er wird nie mehr lachen."

45

AZ 1612-BE/77 II/Dokument 1/8:
Privates Dokument (Brief), undatiert, Verfasser: nicht unterzeichnet

Mein lieber Lieber,

ich liebe dich.

Ich werde diese Briefe jetzt nicht abschicken. Ich tue es einfach nicht.

Weil ich die Informationen nie zurückholen könnte.

Ich werde mir noch ein paar Lügen und Ausreden überlegen, warum die Polizei da war – und all diese Turbulenzen. Aber das sind ja nur leichtere Bodenwellen im Vergleich zu dem, was hinter uns liegt.

Ich werde weiter lügen. Die Lüge wird immer weiter in die Vergangenheit rutschen, sie wird unbedeutender werden, weil mehr neues Leben und neue gemeinsame Erfahrungen zwischen der Operation und der Gegenwart liegen werden.

Und du hast ja längst bemerkt, dass meine depressiven Phasen nachgelassen haben, wie ich ohne das Bein ein fröhlicherer Mensch geworden bin. Du wirst nie verstehen, woran das liegt, aber dann verstehst du es eben nicht. Ich hoffe, ich kann dir mit nur einem Bein ein besserer Mann sein.

Und gleichzeitig habe ich dich erlebt, in dieser Phase, die für dich letztlich viel schrecklicher war als für mich – denn für mich war sie zwar schrecklich, aber auch die Erfüllung einer Hoffnung. Für dich war sie nur furchtbar. Und du hast nicht gezuckt und nie gezweifelt, an unserer Liebe nicht, an unserer Zukunft nicht. Wie sehr ich dich dafür liebe, kannst du dir nicht vorstellen. Ich habe es dir schon oft gesagt und ich werde es immer wieder tun. Ich liebe dich. Ich danke dir. Du bist einzigartig. Ich will dich nie verlieren. Ich werde alles für dich tun. Das verspreche ich dir. Du kannst das Versprechen nicht lesen, aber du wirst merken, dass ich es einlöse.

Vielleicht bin ich ein Feigling, aber dann bin ich das eben. Ich werde mein Geheimnis für mich behalten. Wer weiß, vielleicht ändere ich irgendwann mal meine Meinung und schicke diesen Brief doch noch ab, deshalb bewahre ich ihn auf, aber im Moment glaube ich das nicht.

Wir werden glücklich sein.
Dein Jörn

46

Ein paar Tage später fuhr ich an den Wannsee raus. Es war ja noch eine ganze Menge Spätsommer übrig und die Sonne hatte heute noch mal so richtig aufgedreht.

Wir hatten diesen Martin Müller gefunden, der sich bigdaddy im Forum nannte, ein freundlicher, älterer Mann. Er sitzt im Rollstuhl, weil ihm ein Bein fehlt. Ich habe ihn nicht gefragt, wie es dazu gekommen war.

Wir hatten aber die Zusammenhänge aufgeklärt. Es war im Prinzip alles so, wie Jörn uns erzählt hatte, nur mit weniger Mittelsmännern.

Die Akten waren jetzt alle bei der Staatsanwaltschaft. Die würden sehen.

Auch Ammann. Die Staatsanwaltschaft würde prüfen, ob da was zu holen sein würde. Viel wohl nicht. Micha war ja nicht entmündigt. Er war auch nicht unzurechnungsfähig. Und Ammann selbst hatte ja nichts getan, jedenfalls nicht eigenhändig. Letztlich ging es um Fragen der Einsichts- und Urteilsfähigkeit des Opfers, in dem Fall Micha. Es war eine Sache für die Psychologen. Und nüchtern betrachtet, wo auch immer die Sympathie ist: Micha hatte zugestimmt, er sagte das ja noch heute ausdrücklich. Ammann hatte nicht irgendjemanden entführt und dem die Füße amputiert.

Und Erik? Es gibt keine strafbare Körperverletzung, wenn die verletzte Person einwilligt. Sonst müsste übrigens auch Sado-Maso-Sex verboten sein. Und die Körperverletzung an sich hatte ja sowieso Widmer vorgenommen. Ich konnte mir allerdings vorstellen, dass Erik seinen Job verlieren würde.

Der Einzige, der mit Sicherheit in den Knast kommen würde, war Micha.

Er würde natürlich mildernde Umstände bekommen. Er würde psychologische und medizinische Betreuung bekommen. Er würde sinnvolle Prothesen bekommen. Die Dinge würden besser werden. Ich setzte mich später auch hinter den Kulissen für ihn ein, ich kannte Leute hier und da, die *velvet mafia*, überall.

Ach so: Muss ich den Begriff „*velvet mafia*" erklären? Es ist kurz gefasst eine Bezeichnung für schwule Netzwerke hinter den Kulissen, Schwule, die Schwulen Jobs verschaffen, Informationen geben oder anders unterstützen.

Jedenfalls: Ich hätte Micha sowieso helfen wollen, aber ich tat es dann noch lieber, weil Silke Monika angerufen hatte, um sie genau darum zu bitten: Etwas für Micha zu tun. Nun hatte aber ich – *velvet* – die besseren Kontakte als Monika und deshalb telefonierte ich mit Leuten, die im Knast arbeiteten und die ich kannte. Silke lud mich daraufhin zum Essen ein, ins Chez Maurice, gleich bei mir im Prenzlauer Berg. Da gibt es zehngängige Menüs. Beste französische Küche. Es war unglaublich korrupt, dass ich darauf einging. Aber ich mag diese Frau so. Wie sie sich um ihren Bruder kümmert. Sie kämpft wie eine Löwin für ihn. Ich weiß, er ist ein Verwandter, vielleicht ist das normal. Vielleicht aber auch nicht. Sie würde ihm immer helfen. Das war offensichtlich. Solche Menschen bewundere ich sehr.

Da kann man sich schon mal auf ein zehngängiges Menü einladen lassen!

Nein – war natürlich ein Witz. Ich wollte mit ihr befreundet sein.

Aber das war ja alles noch gar nicht passiert, als ich zum Wannsee rausfuhr.

Ich hatte tatsächlich noch einen Parkplatz gefunden und ging langsam die Treppen hinab. Barfuß, die Schuhe hielt ich in der Hand. Ich spürte den Sand auf den Holzbohlen, während ich unter dem Schild durch – ach so, das gibt es ja nicht! –, während ich am Kiosk vorbei auf die Trauerweiden zuging. Der Kioskbesitzer hatte sich umsonst gesorgt: Die Saison war noch richtig gut geworden.

Unter der Trauerweide lag der Geschäftsführer. Da war noch ein anderer Typ bei ihm.

Ich sagte: „Hey, na?"

Gab ihm einen Kuss auf die Stirn.

Er grinste: „Hi …"

Während ich mich auszog, sagte er: „Na, viel Arbeit in letzter Zeit?"

„O Mann", stöhnte ich, „da sagste was."

Der Geschäftsführer wies mit dem Kopf auf den anderen Typen. Ziemlich groß, Anfang dreißig, nicht unsympathisch. „Sebastian – Steffen."

Ich sagte „Hi" und er auch.

Dann legte ich mich auf mein Handtuch in den Sand und begann, mich mit Sonnencreme einzuschmieren.

Anschließend hielt ich die offene Flasche dem Geschäftsführer hin: „*Toi?*"

„Ja", sagte der und drehte sich auf den Bauch. Bevor ich es mich versah, hatte Sebastian mir die Flasche aus der Hand genommen und saß auf den Rückseiten der Oberschenkel des Geschäftsführers und schmierte ihm den Rücken ein. Und den Arsch. Hingebungsvollst.

„Ach so", sagte ich.

Ich legte mich auf den Rücken und begann, auf Planetromeo zu surfen, wo ich unvermittelt auf eine Anzeige für diese Hundemasken stieß. Hm, dachte ich, 90 Euro. Kann man ja eigentlich mal machen.

MORD UND TOTSCHLAG AUF HOHEM NIVEAU
QUER CRIMINAL

Band I – Aus Rache
Kriminalroman
Jan Stressenreuter
12,90 €, 978-3-89656-165-7

Ein Köln-Thriller mit ungewöhnlichem Ermittlerduo. Prickelnd und spannend erzählt.

**Band II –
Tod durch Erinnern**
Kriminalroman
Corinna Waffender
12,90 €, 978-3-89656-166-4

Hochspannung mit Tiefgang: literarisch, fesselnd, einfühlsam.

Band XI – Sterben war gestern
Kriminalroman
Corinna Waffender
12,90 €, 978-3-89656-190-9

Inge Nowaks 3. Fall führt sie in eine psychosomatische Klinik an der Ostsee. Die Hauptkommissarin steht vor mysteriösen Verbrechen und vor abgründigen Seelenlandschaften.

Band VI – Aus Angst
Kriminalroman
Jan Stressenreuter
12,90 €, 978-3-89656-174-9

Ein Fall zwischen Hoffnungslosigkeit und Jugendkriminalität, Kommissarin Plasberg ermittelt wieder.

Band XII – Aus Wut
Kriminalroman
Jan Stressenreuter
12,90 €, 978-3-89656-191-6

Leichen in der Domstadt, alle grausam zugerichtet; alle tragen einen Zettel auf der Stirn: „Niemand kann seiner Strafe entkommen". Das spannungsgeladene Finale der Plasberg-Brinkhoff-Trilogie

Unsere quer criminal-Reihe finden Sie auch als eBook

Band XIII
Leichen-Puzzle
Kriminalroman
Markus Dullin
12,90 €
978-3-89656-196-1

Auf Berliner Spielplätzen werden Körperteile gefunden. Eine Nase, zwei Ohren und Augen. Jede Woche kommt ein anderes Teil hinzu. Als der Kopf eines Mannes auftaucht, bestätigt sich ein grausamer Verdacht.

Band XIV
Operation Fledermaus
Kriminalroman
Sebastian Benedict
12,90 €
978-3-89656-210-4

Wien, Herbst 1932. Es wird gestohlen, betrogen, geraubt, gemordet und erpresst, um zu überleben. Lehrlinge verschwinden. Die Polizei ist überfordert. Ein klarer Fall für den „Kaffeehaus-Detektiv" Ferdinand Nowak.

Band XV
Eine Bratsche geht flöten
Kriminalroman
Inge Lütt
12,90 €
978-3-89656-212-8

Kurz vor dem großen Abschlusskonzert wird ein Bratscher vor dem Bachdenkmal tot aufgefunden. Hauptkommissarin Karin Rogner hat ihre Zweifel – und bald mehr als genug Verdächtige.

Band XVI
Mord am Wannsee
Kriminalroman
Markus Dullin
12,90 €
978-3-89656-213-5

Als Hauptkommissarin Monika Seyfarth in der Villa der 67jährigen Christin Wohlfahrt am Berliner Wannsee eintrifft, scheint der Fall schnell gelöst, doch jede Familie hat Leichen im Keller.

Band XVII
Fatale Treue
Kriminalroman
Heny Ruttkay
12,90 €
978-3-89656-221-0

Eine Serie von Männermorden bringt nicht nur die Polizei in Bedrängnis, sondern auch die Therapeutin Sophie Lambert

Band XVIII
Angst ist stärker als der Tod
Kriminalroman
Felix Haß
12,90 €
978-3-89656-235-7

Ein Toter in einer schwulen Szenebar – leider ausgerechnet im Stammlokal von Kommissar Steffen Lenz. Schade, dass er am Tatabend selbst dort Gast war und den Toten kannte.

Band XIX
Trans*Later
Kriminalroman
Bennet Bialojahn
12,90 €
978-3-89656-249-4

Ausgerechnet am
CSD-Wochenende wird
ein Toter im Hinterhof
des Kölner Szeneclubs
Trans*Later aufgefunden.
Kriminalhauptkommis-
sarin Frieda Leippold
ermittelt.

Band XX
Zehntausend Kilometer
Kriminalroman
Ria Klug
12,90 €
978-3-89656-250-0

Semret, eine Ärztin
aus Eritrea, und Karla,
eine Taxifahrerin in
Berlin, geraten in die
Fänge Organisierter
Kriminalität.

Band XXI
Aus Hass
Kriminalroman
Jan Stressenreuter
14,90 €
978-3-89656-251-7

Plasberg und Brinkhoff
sind zurück! Die Opfer
werden nach den litera-
rischen Vorlagen des ex-
zentrischen Krimiautors
Stephen Gatler ermordet.
Die Tat eines Einzelnen,
eine perverse Form der
Ehrerbietung?

Band XXII
Sein letzter Schritt
Kriminalroman
Felix Haß
12,90 €
978-3-89656-255-5

Am Schwulenstrand des
Berliner Wannsees wird
ein menschliches Bein
angeschwemmt. Der
Fund stellt den Kommis-
sar Steffen Lenz und sein
Team vor ein Rätsel, das
in ungeahnte Abgründe
führt.

Band XXIII
Mord auf Irisch
Kriminalroman
Helmi Schausberger
14,90 €
978-3-89656-256-2

Gerda braucht dringend
Abstand von ihrem Alltag,
also beschließt sie, ihre
einfühlsame, Chat-Freundin
Karen in Irland zu besu-
chen. Doch unter der ange-
gebenen Adresse findet sie
nicht Karen, sondern eine
männliche Leiche.